KB219167

## 그랜드 펜윅 나라 정보

**국토 면적** : 약 40제곱킬로미터

**총 인구** : 6천 명가량

**주요 소득원** : 와인과 양모 수출

**지리** : 북부 알프스의 험준한 습곡에 자리한 작은 나라. 이 나라를 빼먹은 지도도 상당수 있음. 계곡 셋, 강 하나, 높이가 60미터쯤 되는 산 하나와 성 한 채가 있는 산악 국가. 북부 지역은 높은 산봉우리로 둘러싸여 있어 토질이 좋고 일조량도 풍부하다.

**국가 원수** : 글로리아나 12세 대공녀

**주요 정당** : 공화당, 노동당

**대외관계** : 프랑스와 국경이 접해 있어 통신, 외교에서 상당 부분 의존하지만 그다지 좋아하는 편은 아니다. 미국과 우여곡절이 많으면서도 우호적인 관계에 있는데, 이것이 조롱인지 진심인지는 명확하지 않다.

**경제** : 주요 수출품은 알이 작은 포도로 만들어 세계 와인 애호가들을 애타게 하는 와인. 그리고 뽀송뽀송한 양모.

**교통** : 그랜드 펜윅 공국에는 헬기가 내릴 만한 장소조차 없으므로, 비행기를 타고 입국하겠다는 것은 말도 안 된다. 가까운 프랑스 공항에서 내려 자동차를 타고 가야 한다. 국내에는 자동차가 두 대뿐이고 대부분 자전거를 이용하거나 걸어다닌다.

**국민성** : 넉넉지 않은 살림이지만 자급자족하며 자유롭게 살아온 국민답게 위풍당당함. 돈의 본질(돈이란 실은 종이 쪼가리에 불과하다는)을 제대로 파악하고 있는, 지구상 얼마 남지 않은 현명한 민족.

**언어** : 신기하게도 영어

# 약소국 그랜드 펜윅의 달나라 정복기

약소국 그랜드 펜윅의 달나라 정복기

**지은이** 레너드 위벌리 **옮긴이** 박중서

초판 1쇄 발행 2006년 10월 28월
개정판 1쇄 발행 2010년 7월 23일

**펴낸곳** 뜨인돌출판사 **펴낸이** 고영은
**총괄상무** 김완중 **책임편집** 이진규
**기획편집팀** 이준희 이재두 신문수 이혜재
**마케팅팀** 이학수 오상욱 엄경자 진영수 **총무팀** 김용만 고은정

**표지그림** 이강훈 **필름출력** 스크린 **인쇄** 예림 **제책** 바다

**신고번호** 제313-1997-156호 **신고년월일** 1997년 3월 31일
**주소** 121-840 서울특별시 마포구 서교동 396-46
**대표전화** (02)337-5252 **팩스** (02)337-5868
**뜨인돌 홈페이지** www.ddstone.com **뜨인돌 블로그** blog.naver.com/ddstone1994

책값은 뒤표지에 있습니다.
ISBN 978-89-5807-154-9 03840
ISBN 978-89-5807-309-3 (세트)

이 도서의 국립중앙도서관 출판시도서목록(CIP)은
e-CIP 홈페이지(http://www.nl.go.kr/ecip)에서 이용하실 수 있습니다.
(CIP제어번호 : CIP2010002499)

# 약소국 그랜드 펜윅의 달나라 정복기

THE MOUSE ON THE MOON

레너드 위벌리 지음
박중서 옮김

뜨인돌

본인은 이 책의 내용을 모두 검토한 바,

수록된 내용이 모두 정확한 사실에 근거하였음을 엄숙히 맹세한다.

**– 그랜드 펜윅 공국 성내 집무실에서**
**마운트조이 백작**

THE MOUSE
ON THE MOON

## 차례

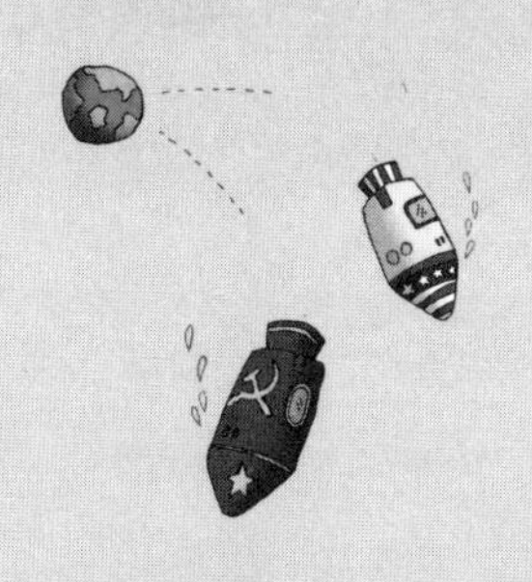

## 20세기가 포용하기엔 너무 어려운 두 인물, **마운트조이 백작과 코킨츠 박사**

스위스와 프랑스 사이의 알프스 북부 산기슭에 위치한, 세계에서 가장 작은 군주제 국가인 그랜드 펜윅 공국. 이 나라의 수상인 마운트조이 백작은 다음 주에 열릴 자유의회 회의에 대비해 내년도 예산안 보고서를 준비하느라 분주했다.

예산안을 편성하느라 갖가지 자질구레한 항목까지 검토해야 했기 때문에 백작은 잔뜩 짜증이 나 있었다. 그는 대대로 공국의 수상과 특사와 섭정을 한 인재들을 배출한 명문가 출신이다. 그리고 그 역시 평생 조국에 공복으로 헌신해왔다. 일찍이 '마운트조이 백작'—이 작위의 유래는 무려 15세기, 즉 공국 탄생 당시로 거슬러 올라간다—이라는 호칭을 사용한 그의 선조들은 각자 혁혁한 업적을 하나씩 남긴 바 있다. 특히 위기의 순간마다 그의 선조들이 뱉은 발언들은 유럽 정치가들 사이에서

명언 중의 명언으로 인용되기도 했다.

그중에서도 가장 유명한 발언은 나폴레옹이 워털루 전투에서 참패한 직후, 당시 그랜드 펜윅의 수상이었던 선대 마운트조이 백작이 그에게 보낸 위로 편지의 한 구절이다. 낙심한 황제에게 백작은 이렇게 써 보냈다. "힘내라, 짜샤. 세상에 쉬운 일이 어디 있냐?" 후대 사람들은 이 몇 마디가 나폴레옹 황제가 처절하게 몰락한 원인부터 당시 프랑스군의 사기가 급격히 떨어진 이유까지 예리하게 지적한, 명언 중의 명언이라고 입을 모았다.

이처럼 쟁쟁한 정치가들을 무수히 배출한 가문의 후손이 기껏 2만 파운드 언저리를 맴도는 1년 예산안을 짜고 있으니 한심한 일이었다. 예산안의 세부 항목들은 제목만 그럴듯해 보일 뿐, 막상 그 내역을 들여다보면 실망스럽기 그지없었다.

가령 '국가 방위 및 자주 유지를 위한 군 병력 양성 예산'이라는 항목을 보자. 언뜻 거창해 보이는 이 제목은 백작이 의회에 나가 발표할 때 조금이라도 근사해 보이도록 고심에 고심을 거듭하여 지었다. 그런데 그 뒤에 나오는 예산 배정액은, 122파운드 18실링 6펜스이니, 김이 팍 새는 일이 아닐 수 없었다.

세부내역을 보면 더욱 기가 찼다. 활시위를 새것으로 교체하는 데 13파운드 2실링 6펜스, 화살을 만드는 데 사용할 영국제 거위 깃털 구입 비용 7파운드 18실링 6펜스, 활 손잡이 교체 비용 4파운드 9실링 6펜스……. 이 같은 항목들이 국가예산의 한 자리를 차지하는 것은 지난 몇 세기 동안 그랜드 펜윅 군대의 주력무기가 바로 장궁長弓이었기 때문이다.

"흥!"

이런 세부내역을 들여다보고 있자니, 마운트조이 백작은 절로 코웃음이 나왔다.

"나처럼 원대한 정신의 소유자가 이렇게 시시껄렁한 일에 신경 써야 한다니, 이 얼마나 끔찍하고도 비참한 운명인가! 다른 나라에서는 호메로스의 시를 단 두 줄도 못 외우고, 기껏해야 삽질로 먹고살았을 변변찮은 가문 출신이 수십억 예산을 주무르는데 말이야."

그는 다음 항목으로 눈길을 돌렸다. '공국 내 대중교통 및 도로 유지관리 예산'이었다.

'아, 이건 뭔가 있어 보이는군.'

그러나 세부내역인즉, 총 길이 20여 킬로미터에 달하는 공국 내 단 하나뿐인 도로를 유지 · 보수하는 데 필요한 예산으로, 고작 31파운드 15실링이었다.

지난해에 마운트조이 백작은 예산을 대폭 확충하여, 공국의 산 주위를 따라 구불구불 나 있는 도로를 직선으로 만들겠다는 공약을 내세웠다. 물론 다른 공약들처럼 이 역시 매년 선거 때마다 반복되었다.

하지만 아무도 그의 말에 귀 기울이지 않았다. 그랜드 펜윅 사람들은 좁아터진데다가 구불구불해서 위험하기까지 한 지금의 도로를 무척 좋아했기 때문이다. 물론 공국 내에는 자동차가 한 대도 없고 가장 빠른 교통수단이라고 해봐야 자전거뿐이어서, 사고가 나더라도 비교적 가벼운 수준에 그친다는 이유도 이런 반응에 한몫하긴 했다.

"현대적인 도로 계획을 수립해서, 필요한 곳에 다리를 세우고 산을 깎아서라도 구부러진 길을 곧게 만들어야 합니다."

마운트조이가 주장했다.

"그러면 우리나라를 거쳐 프랑스와 스위스를 오가는 차량 통행량이 늘어나 통행료 수익도 기대할 수 있으니까요."

"그건 제 무덤을 파는 격이오!"

그랜드 펜윅의 야당 지도자이며, 성미 급하기로 소문난 데이비드 벤트너가 대꾸했다. 그랜드 펜윅의 노동자를 대변하는 벤트너는 토론할 때마다 노골적인 단어들을 즐겨 사용했다. 이런 말투는 같은 계층의 노동자들에게는 무척 쉽게 와닿았지만, 노동으로 먹고살지 않아 정서가 다를 수밖에 없는 마운트조이 백작 같은 귀족들에게는 생소하기만 했다.

"우리 공국을 거쳐서 스위스와 프랑스를 연결하는 훌륭한 도로를 건설하면, 거기서 얻는 관광 수입 또한 무시할 수 없을 겁니다."

마운트조이는 계속 말을 이었다.

"제 무덤을 파는 격이라니까!"

벤트너가 다시 메아리처럼 대꾸했다.

"우리 공국은 여름이건 겨울이건 관광객이 전혀 찾지 않는, 유럽에서 유일한 나라일 겁니다. 편의시설이 부족하고, 무엇이든 말 그대로 '중세' 수준을 벗어나지 못했기 때문입니다."

백작이 벤트너의 말을 무시하고 발언을 계속했다.

"제 무덤을 파는 격이라 이겁니다!"

종소리처럼 근엄하게 벤트너가 대꾸했다.

"야당 대표께서는 아까부터 '제 무덤을 파는 격'이라는 말만 되풀이하시는데, 이 토론을 이어갈 의사가 있다면 그 말이 무슨 뜻인지 설명해주시기 바랍니다."

마운트조이가 화를 내며 말했다.

"작년에 그랜드 펜윅을 지나간 자동차는 모두 네 대였습니다. 그로 인해 거위 여섯 마리와 오리 다섯 마리가 죽었고, 양 네 마리가 놀라서 새끼를 조산했는데 그것도 하필이면 모조리 암놈들이었습니다. 또한 테드 페인터의 모친께서 그때의 자동차 소음 때문에 귀에서 윙윙거리는 소리가 그치지 않아 고생하고 계시다는 건 누구나 다 아는 사실입니다."

"테드 페인터 모친의 연세가 여든일곱이라는 것도 누구나 다 아는 사실 아니오?"

격분한 마운트조이가 소리쳤다.

"그놈의 자동차들이 지나가기 전까지만 해도 그분의 귀는 멀쩡했습니다."

벤트너가 아랑곳하지 않고 말했다.

"그랜드 펜윅의 노동자들을 대표하여, 저는 프랑스 차들이 남쪽으로 가거나, 혹은 스위스 차들이 북쪽으로 가는 데 필요한 고속도로를 우리 공국 내에 만들려 하는 계획에 분명하게 반대표를 행사할 것임을 이 자리에서 밝히는 바입니다. 수상께서는 부디 '프랑스 사람을 너무 믿지 마라'라는 말을 명심해주시기 바랍니다."

벤트너가 발언을 마치고 자리에 앉자, 같은 당 소속 당원들이 열화와 같은 박수를 쳤다. '프랑스 사람을 너무 믿지 마라'라는 말은 1475년에 벌어진 전쟁 이래 지금까지 회자되는 격언이었다.

그랜드 펜윅의 '노동자들'을 대표한다는 벤트너가 진보는커녕 극단적인 '보수' 성향을 지니게 된 것은, 정치라는 흥미진진한 연금술이 빚어낸 결과라 할 수 있다. 사실 그는 '보수'라는 말 자체를 일종의 해악으로 생각했고, 스스로를 점진적 사회주의자로 여겼다.

하지만 노동자들의 이익을 옹호하려다 보니, 공국 내에서 일어나는 그 어떤 변화에도 반대할 수밖에 없었다. 벤트너는 어떠한 변화건, 그 배후에는 노동자의 이익을 박탈하고, 물가를 지나치게 올리거나, 임금은 그대로 두고 작업량만 늘리려는 음모가 숨겨져 있다고 믿었다.

그래서 마운트조이 백작은 자신의 정적政敵이 내걸 선거유세 구호가 하나 있다면 "벤트너와 함께 어두운 과거로 돌아갑시다!"일 것이라고 빈정거리곤 했다.

한편 벤트너가 보기에 마운트조이는 무책임한 몽상가였고, 꿍꿍이가 많은 사람이었다. 여차하면 미국 같은 나라에나 있을 법한 경제 문제를 일으켜서 공국을 말아먹을 요주의 인물. 그게 벤트너가 보는 마운트조이 백작이었다.

이처럼 완전히 상극인 두 정치가의 대립이 적절하게 균형을 이룬 덕분에, 국토 면적이 약 40제곱킬로미터에 지나지 않는 군주제 국가 그랜드 펜윅 공국은 무시무시하기 짝이 없는 20세기의 한때를† 그럭저럭 잘 버텨가고 있었다.

일찍이 그랜드 펜윅은 세계 최강대국인 미국과의 전쟁에서 승리함으로써 세계적인 명성을 얻은 바 있다. 자세한 이야기는 『약소국 그랜드 펜윅의 뉴욕 침공기』를 참고하시라.

그랜드 펜윅이 미국에 선전포고를 한 이유는 단 하나, 돈이 궁했기 때문이다. 역사상 수많은 선례를 보건대, 미국을 상대로 월요일에 선전포고하고, 화요일에 전쟁에서 져버리면, 금요일 저녁쯤엔 패배자에게 하염없이 관대한 이상한 나라 미국으로부터 막대한 원조를 받을 수 있으리라고 계산한 것이다.

이 계획은 실행 과정에서 한 가지 중대한 차질을 빚었다. 당시 원정대의 지휘관이었던 털리 배스컴이 실수로 대량살상무기인 Q폭탄을 노획하고, 개발자인 코킨츠 박사마저 공국으로 나포하는 바람에, 그랜드 펜윅이 얼떨결에 전쟁에서 이기고 만 것이다.

현재 공국에서 보관하고 있는 Q폭탄은 장궁 200개와 쇠미늘 갑옷 몇 벌, 화살과 함께 그랜드 펜윅의 가장 완벽하고도 강력한 주력무기이다. 이 폭탄을 소유하게 됨으로써, 그랜드 펜윅은 전 세계의 약소국들로 구성된 약소국가연합을 결성하고, 강대국에 핵무기 조사단을 파견할 수 있었다. 그로 인해 한동안은 어색하게나마 동서 간의 평화가 이루어진 것이 사실이다.

하지만 핵무기 조사단만 해도 강대국들이 진심으로 동의했다기보다는, 그랜드 펜윅의 강요로 마지못해 받아들인 조치였으므로 제대로 기능할 리 없었다. 이런 제재에 아랑곳하지 않고 강대국들의 핵무기 경쟁은 가속화될 뿐이었다. 그 결과 강대국들은 더 커지고 더 위협적이 되어간 반면, 약소국들은 점점 더 입지가 좁아졌다. 강대국 간의 경쟁은 지구를 넘어 우주까지 확대되었고, 바야흐로 달을 누가 먼저 정복하느냐를 두고 경쟁하는 판국이었다.

마운트조이 백작으로선 미치고 팔짝 뛸 노릇이었다. 다른 나라에서는 자기와 비슷한 지위에 있는 사람들이 수십억 예산을 주무르고 달 정복을 둘러싼 각축을 벌이는 판에, 전통 있는 명망가의 자손인 자신은 이곳 그랜드 펜윅에서 2만 파운드도 안 되는 예산을 가지고 끙끙거리다니 말이다.

백작은 본래 규모가 큰 사업을 마음껏 펼칠 수 있을 만큼 진취적이고 상상력이 풍부한 사람이었다. 하지만 작은 나라의 수상을 맡고 있다 보니 운신의 폭이 나날이 좁아지고 있다는 생각이 들었다. 그나마 그 안에서 야심차게 구상한 계획조차도 야당 대표인 벤트너의 고집스러운 보수주의에 의해 연거푸 좌절되고 있었다.

공국 내에 32킬로미터에 달하는 직선도로를 건설하여 외국 관광객을 끌어들이자는 것 말고도, 마운트조이 백작이 구상한 계획은 무척 많았다. 그중에서도 내심 간절히 바라는

† 이 작품은 1962년에 출간되었고, 작품의 배경은 1968년이다.

것은 자신의 거처가 있는 그랜드 펜윅 성에 수도 설비를 갖추는 것이었다. 그는 이를 위해 무려 15년간이나 애써왔지만 아직까지 아무런 성과도 얻지 못했다.

현재 펜윅 성의 수도 설비는 지극히 원시적이었다. 백작은 지금도 항아리에 담긴 물로 방에서 세면을 해야 했다. 13세기에 지어진 성이다 보니, 수도 설비를 갖추지 못한 것이다.

세숫물은 성의 마당에 있는 우물에서 길어다가 부엌의 큰 솥에 데워서 썼다. 그렇게 데운 물을 다시 항아리에 옮겨 붓고 300개나 되는 나선형 계단을 지나 백작의 방에 이르면, 물은 이미 미지근해지거나 차갑게 식어버리기 일쑤였다. 목욕이라도 한번 할라 치면 시종 두 명과 급사 한 명이 백작의 방과 부엌을 분주하게 오가며 물을 데우고 날라 백작 전용 욕조에 부어야 했다. 그나마 욕조도 200년도 더 된 것이라서 아래쪽 어딘가에 금이 갔는지 물이 졸졸 새는 형편이었다.

물론 이런 불편을 겪는 사람은 백작뿐이 아니었다. 그랜드 펜윅 공국의 군주인 글로리아나 12세 대공녀는 물론이고, 그 남편인 털리 배스컴을 비롯해서, 성안에 살고 있는 모든 사람들이 같은 처지였다. 그런데도 백작이 성에 현대식 수도 설비를 갖추기 위한 예산을 배정하려 하거나, 하다못해 그에 필요한 금액을 미국에서 차관으로 들여오겠다며 의회의 동의를 얻으려 할 때마다, 자유의회는 요지부동이었다.

고집불통인 벤트너 때문에 온수와 냉수를 마음껏 쓸 수 있는 시설조차 펜윅 성에 설치하지 못한다는 사실에 백작은 짜증이

났다. 그래서 예산안 관련 서류를 한쪽으로 치워두고 기분전환도 할 겸 코킨츠 박사를 찾아갔다. 코킨츠 박사는 Q폭탄의 개발자로 유명했지만, Q폭탄은 중성자 폭탄의 개발 가능성이 떠오르면서 구시대의 유물로 남게 될 운명에 처해 있었다.

코킨츠 박사는 성에 있는 연구실의 따뜻한 난로 앞에 앉아 새에 관한 책을 열심히 들여다보고 있었다. 박사는 저명한 물리학자이지만 조류학에도 관심이 많았다. 연구실 안에 줄지어 늘어선 새장엔 그가 기르며 일일이 이름을 지어준 새들이 신나게 지저귀고 있었다.

"아, 어서 오세요, 마운트조이 백작님."

백작이 들어서자 코킨츠가 인사를 건넸다.

"방금 배스컴, 그 친구한테서 대단한 소식을 들었지 뭡니까?"

"무슨 소식인데요?"

"펜윅 숲에서 쌀먹이새 두 마리를 발견했답니다. 아직 확실치는 않지만, 암수 한 쌍 같다더군요. 정말 신기하지 않습니까? 그랜드 펜윅에는 쌀먹이새가 한 번도 서식한 적이 없거든요. 그런데 그 새들이 이 숲에 둥지를 틀었다 이거죠. 내일은 배스컴과 함께 숲으로 가서 하루 종일 그놈들을 관찰할 생각입니다. 오듀본 협회†에서도 무척 관심 있어 할 겁니다. 아마 깜짝 놀랄걸요. 한 가지 심각한 문제는, 숲의 남쪽 끝자락에 때까치가 한 놈 살고

† 미국 자연보호협회를 말한다. 이 명칭은 미국의 조류연구가인 존 제임스 오듀본(1785-1851)의 이름에서 따왔다.

있다는 건데……."

"때까치요?"

"예. 그놈은 육식성이거든요. 같은 새까지 잡아먹는 극악무도한 녀석이죠. 그래서 혹시 그놈이 쌀먹이새를 발견하고 죽이기라도 하면 어쩌나 이만저만 걱정이 아니에요. 어쩌면 우리가 미리 때까치를 없애야 할지도 모릅니다. 배스컴 말로는 하루이틀 정도면 해치울 수 있을 거라더군요. 하지만 지금 당장은 자금에 여유가 없다지 뭡니까. 혹시 백작께서 그 일에 필요한 예산을 약간만 편성해주실 수 없을까요? 쌀먹이새 문제는 정말 중요하거든요."

마운트조이는 그 순간 "끙!" 하는 신음 소리를 낼 수밖에 없었다. 쌀먹이새와 때까치라니! 이젠 새들까지 신경 써야 하나 하는 자괴감이 밀려들었다.

"그렇게 하죠."

그는 무뚝뚝하게 대꾸했다.

"아무리 벤트너라도 새 두 마리를 보호하자고 몇 실링 지출하는 것까지 뭐라 하진 않겠죠. 그나저나 제가 박사님을 뵈러 온 까닭은 뭔가 규모가 큰 일에 대해 이야기를 나누고 싶어서입니다."

"아아, 백작께서는 새에 관심이 없으신 모양이군요. 참으로 안타깝습니다. 새들은 항상 쾌활하고 밝게 살아가죠. 어쩌면 새는 이 세상 모든 생물 중에서 가장 바쁘고 가장 유쾌한 녀석들일 겁니다. 그리고 지금 백작처럼 의기소침해졌을 때 좋은 친구가 되어줄 녀석들도 새들이지요."

코킨츠 박사는 말을 마치고 자리에서 일어나 찬장으로 가더니, 그랜드 펜윅 와인 한 병을 꺼내왔다. 이 와인은 약소국 그랜드 펜윅이 초강대국 미국과 싸워 승리했다는 사실보다도 더 확실하게 공국의 이름을 떨치게 해주는 명품 중의 명품이다.

그는 난로 앞 작은 탁자 위에 와인 잔 두 개를 올려놓고, 주머니를 뒤져 어린 시절부터 몸에 지니고 있는 구식 주머니칼을 꺼냈다. 이 주머니칼은 이젠 박물관에서나 찾아볼 수 있는 구닥다리지만, 말발굽에 낀 돌멩이를 제거하는 도구를 비롯해서 송곳과 드라이버, 깡통 따개와 코르크 따개까지 달려 있는 만능이었다.

코킨츠 박사가 칼에 달린 코르크 따개로 와인 마개를 뽑는 모습을 보며 마운트조이 백작은 이처럼 훌륭한 와인이 볼품없는 코르크 따개에 의해 개봉된다는 사실에 내심 경악했다. 박사는 자기 앞에 놓인 잔과 마운트조이의 잔에 차례로 와인을 따른 뒤 살짝 잔을 맞부딪쳐 건배하고는, 단숨에 꿀꺽꿀꺽 마셔버렸다. 백작은 다시 한 번 경악할 수밖에 없었다.

"박사, 지금 이 포도주로 말하자면 '프리미어 그랑크뤼† 58년산'입니다. 지난 반세기 동안 우리나라에서 생산된 와인 중에서도 최고급품이란 말입니다."

백작이 정색하며 말했다.

"그래요? 그래서인지 맛이 제법 괜찮군요."

† 프랑스의 보르도 지방 등에서 생산되는 1등급(프리미어 크뤼) 와인을 일컫는다.

코킨츠 박사는 백작의 핀잔에도 전혀 아랑곳하지 않고 잔에 다시 와인을 따랐다. 그러고는 주머니에서 사과를 하나 꺼내 칼로 조금 잘라낸 다음, 검은색과 흰색 털이 섞인 새 두 마리가 있는 새장의 창살 틈으로 사과 조각을 끼워주었다.

"새들은 사과를 무척 좋아하죠. 너무 많이 먹이면 건강에 해롭지만요."

그는 새 한 마리가 사과 조각을 얼른 채가며 재재거리는 모습을 보며 미소 지었다.

"박사가 보시기에는 누가 최초로 달에 갈 것 같습니까?"

마운트조이는 가급적 자신의 지적 수준에 어울리는 대화 주제를 끌어내기 위해 이렇게 말을 건넸다.

"그야 원숭이겠죠."

코킨츠가 대답하면서 킥킥거렸다.

"원숭이 아니면 생쥐겠죠. 인간은 아마 그다음일 겁니다. 원숭이가 살아남아서 지구로 귀환한 다음에나 가능하지 않을까요?"

"그러면 소련 원숭이가 먼저 갈까요, 미국 원숭이가 먼저 갈까요?"

마운트조이가 물었다.

"아프리카 원숭이일 가능성이 크죠. 그놈들이 작으면서도 튼튼하니까요."

"그럼 그 녀석들이 타고 갈 우주선은 소련제일까요, 미국제일까요?"

코킨츠는 어깨를 으쓱했다.

"그거야 저도 모르죠. 저도 관련 자료를 읽고 주워들은 게 전부니까요. 정말 중요한 것은 아무리 자료를 읽어도 나오지 않는 법이죠. 그래도 굳이 말하자면 저는 소련이 먼저 성공할 가능성이 높다고 봅니다. 그 친구들은 이미 달을 향해 무인우주선을 쏘아올린 적이 있잖아요.† 유인우주선을 발사해서 지구 궤도를 도는 데도 성공했죠. 물론 미국도 성공하긴 했지만, 그래도 소련이 먼저였죠. 이제 남은 문제는 하나입니다. 어떻게 하면 달에서 지구로 무사히 귀환하느냐는 것입니다.

이건 정말 어려운 문제입니다. 아시다시피 지구는 달보다 중력이 훨씬 크기 때문에, 지구로 다가올수록 우주선의 속도는 점점 빨라질 겁니다. 그런데 지구 주위는 대기 밀도가 높아서 그로 인해 마찰열이 일어나 우주선이 유성처럼 불타버릴 가능성이 높습니다. 이런 문제를 해결하기 위해 물리학자들이 고안해둔 게 있긴 하지만 말입니다. 어쨌든 저는 지금까지 소련이 미국보다 앞서 있는 만큼, 그쪽이 먼저 성공하리라 봅니다."

"우주선을 달까지 보내는 데 가장 큰 문제는 무엇인가요?"

최근 들어 부쩍 우주경쟁에 관심이 많아진 마운트조이가 물었다.

"에너지죠."

코킨츠가 난로 옆에 앉으며 말했다.

† 소련은 1959년 2월, 최초로 무인우주선 루나 1호를 달에 근접시켰다. 같은 해 9월에 발사된 루나 2호는 달 표면에 충돌해 파괴되었다. 최초로 달에 착륙한 무인우주선은 1966년 2월의 루나 9호였고, 같은 해 4월에 발사한 무인우주선 루나 10호는 최초로 달 궤도를 비행했다. 그러나 소련은 유인우주선을 보내는 데에 연이어 실패했고, 1969년에 미국의 아폴로 11호가 최초로 달에 착륙한 후부터는 달 탐사 계획을 완전히 포기했다.

"연료 말입니다. 무엇보다도 지구에서 달까지 우주선을 보낼 만큼 충분한 에너지 공급원이 필요합니다. 현재 우리가 사용하는 에너지는 산화 연료입니다. 산소를 태워서 에너지를 방출하는 거죠. 로켓에 사용하는 연료 중 일부는 액체 형태고, 나머지는 산소를 포함한 고체입니다. 아시다시피 우주에는 산소가 없으니까요. 지금 사용하는 연료는 너무 원시적입니다. 우주여행을 하려면 지금까지와는 전혀 다른 에너지원이 필요하죠."

두 사람은 한동안 말이 없었다. 마운트조이는 그처럼 대단한 문제를 연구하는 데에 선뜻 넉넉한 예산을 배정하는 나라들을 부러워했고, 코킨츠는 널리 알려지지 않은 각종 에너지들을 속으로 하나하나 꼽아보고 있었다.

에너지란 무엇인가? 이는 물질의 한 형태에 불과하다. 적절한 실마리만 발견한다면, 모든 물질은 에너지로 변환이 가능하다. 바꿔 말하면, 모든 에너지는 물질로 변환이 가능하다는 뜻이기도 하다. 결국 이 세상에 아주 사라져버리는 것은 없다. 모든 것은 단지 그 형태만을 바꿀 뿐 영원히 존재한다. 여기에 생각이 미치자, 코킨츠 박사는 문득 마음이 편안해졌다. 그는 어느새 에너지와 물질의 상호관계라는 무한을 거닐고 있었다.

마운트조이 백작은 박사가 또 뭔가에 정신이 팔려 있다는 것을 알아채고 여전히 낙심한 채 연구실을 나와, 골칫덩어리 내년도 예산안이 기다리고 있는 집무실로 돌아갔다.

백작이 자리를 뜬 것도 모른 채, 코킨츠 박사는 앞에 있는 낮고 육중한 참나무 탁자를 뚫어져라 쳐다보며 사색에 잠겼다.

마치 우주의 모든 신비가 그 위에 있기라도 한 듯 말이다. 이미 60대 후반에 들어선 이 과학자는 테디 베어처럼 땅딸막한 체구였다. 그는 세계에서 가장 위대한 물리학자 중 한 사람이지만 실은 무척이나 단순한 편이었다. 그의 동료들은 그가 위대한 과학자가 된 까닭이 그 단순함에 있다고 입을 모았다. 그는 아무리 복잡한 사건 속에서도 핵심을 꿰뚫어볼 줄 아는 능력을 지녔고, 결코 부차적인 무언가에 현혹되는 일이 없었다.

그는 항상 메모지에 뭔가를 적는 버릇이 있었다. 그래서 당장 연필이 하나라도 없으면 큰일이었기 때문에, 항상 열댓 개씩 지니고 다녔다. 지금도 그의 겉옷 가슴주머니에는 갖가지 연필들이 가득 들어 있었다. 한번은 털리 배스컴이 작정하고 세어보았더니, 무려 17개나 나왔을 정도다.

그는 간혹 다른 사람의 도움을 받아야 할 복잡한 계산 문제가 있으면 프린스턴 고등학술연구소나 캘리포니아 공과대학 같은 큰 기관에 문의했다. 그쪽에서도 코킨츠 박사의 질문이라면 늘 대환영이었다.

박사가 여전히 탁자를 응시하고 있는데 갑자기 와인 병을 막고 있던 코르크 마개가 '퐁!' 하는 소리를 내며 저절로 튀어나왔다. 코킨츠 박사는 병과 코르크 마개를 물끄러미 바라보다가, 이번에는 난롯불 쪽으로 고개를 돌렸다.

"보일의 법칙† 이군."

그는 이렇게 중얼거렸다. 그리고 이런저런 생각에 빠

† 영국의 화학자 로버트 보일(1627-1691)이 발견한 법칙으로, 일정한 온도에서 기체의 압력과 부피는 반비례한다는 내용이다.

져들었다. '방금 와인 병에서 코르크 마개가 저절로 튀어나온 것을 재현하려면 와인 병에 열을 가해 가스를 발생시켜야 할 텐데, 어느 정도의 열이 필요할까? 모든 와인이 똑같은 온도에서 그렇게 반응할까? 그럴 리는 없다. 각각의 휘발성에 따라 조금씩 다를 것이고, 알코올 성분과도 연관이 있을 것이다. 하지만 향과 맛이 뛰어난 그랜드 펜윅 와인이라면 뭔가 특별한 점이 있지 않을까?'

코킨츠 박사는 자리에서 일어나 와인 병을 집어들었다. 곧이어 벌어지는 그의 행동을 만약 마운트조이 백작이 봤다면 기절초풍했을 것이다. 그는 병 속에 남아 있는 프리미어 그랑크뤼 58년산을 모조리 비커에 쏟아버렸다. 그리고 그것을 증류기로 옮기고 주머니를 한참 뒤진 끝에 간신히 성냥 하나를 찾아냈다. 그 성냥으로 분젠 버너에 불을 붙인 다음 증류기 밑에 갖다 댔다.

이 실험에 대단히 흥미를 느낀 박사는 실험대 위에 각종 참고 서적이며 세계 각국의 과학자들이 보내준 관련 자료를 잔뜩 늘어놓은 채 꼬박 밤을 새웠다. 창밖에는 어느새 동이 터오고 있었다.

## 대공녀가 정말정말 **갖고 싶은 것**

다음 날 아침, 밤을 꼬박 새워 지칠 대로 지친 코킨츠 박사의 연구실로 털리 배스컴이 찾아왔다. 어제 얘기한 대로 오듀본 협회에 보낼 쌀먹이새 사진을 찍으러 가기 위해서였다.

털리는 그랜드 펜윅 공국에서 가장 중요한 인물 가운데 한 사람이었다. 그는 이제 겨우 스물세 살에 접어든 철딱서니 없는 군주, 글로리아나 12세 대공녀의 남편이다. 글로리아나와 털리의 관계는 영국의 빅토리아 여왕과 그의 남편 앨버트 공公의 관계와 비슷했다.† 털리는 대공녀의 남편인 동시에, 정치적 조언자 겸 조사관 겸 양심의 거울이었다. 그러면서도 그는 아내를 최대한 존중했고, 자신이 그랜드 펜윅의 실세인 양 나서지도 않았다. 또한 국민 앞

† 영국의 빅토리아 여왕(1819-1901)은 1840년에 사촌지간인 독일 작센-코부르크-고타 공국 출신의 앨버트 공(1819-1864)과 결혼했다. 앨버트 공은 아내의 정치적 조언자로서 극진히 외조한 것으로 유명하다.

에서 대공녀의 위신을 떨어뜨리는 일이 없도록 언제나 각별히 주의했다.

아내이자 한 나라의 군주인 글로리아나에 대한 그의 헌신이 어찌나 지극했던지, 총 5763명에 달하는 그랜드 펜윅 국민들이 아름다운 대공녀를 향해 보내는 충성과 애정은 두 사람이 결혼한 후에 더욱더 깊어졌다.

털리는 대공녀의 배우자여서가 아니라, 어디까지나 자신의 능력에 근거하여 공국의 '대원수(요즘의 육군 총사령관)'와 '집사장(요즘의 내무부 장관)'을 겸하고 있었다. 그랜드 펜윅의 관직명은 아직도 대부분 중세식이었다.

집사장으로서 그가 맡고 있는 임무 중에는 그랜드 펜윅 숲의 관리·감독도 포함되어 있었다. 총 면적이 2제곱킬로미터에 불과한 펜윅 숲은 골짜기 아래에서 공국의 국경이 있는 산지까지 죽 이어져 있었다. 털리는 젊은 시절엔 여행을 즐겼지만, 지금은 코킨츠 박사와 함께 그랜드 펜윅 숲을 생태계의 낙원으로 바꾸기 위해 노력하고 있었다.

"아, 연구 중이신 모양이죠?"

털리는 연구실 안을 둘러보다가, 공기 중에서 진한 와인 향을 느꼈다.

"음, 그렇네."

코킨츠 박사가 눈을 비비며 말했다.

"뭐, 대단한 연구는 아닐세. 와인의 화학성분을 깊이 연구하는 사람이 없다니, 참으로 안타까운 일이야. 물론 여기저기 조금씩 건드려놓기야 했지만, 본격적인 연구는 없었더군. 그런데 내가 그 찌꺼기를 어디 뒀더라?"

그는 혼잣말을 중얼거리며 실험대 위에 놓인 책과 피펫, 증류기, 비커를 뒤적거리면서 뭔가를 찾는 듯했다. 혹시나 해서 주머니를 여기저기 뒤져보던 그는 커다란 움폴 파이프와 어제 쌀먹이새에게 한 조각 잘라주고 남은 사과를 꺼냈다. 사과의 잘라낸 부분이 갈색으로 변해 있는 걸 보고는 또 무슨 호기심이 발동했는지, 뭔가를 찾던 중이라는 것도 잊은 채 골똘히 생각에 잠겼다.

"찌꺼기인가 뭔가를 찾으신다면서요."

털리가 조용히 말을 건넸다.

"아, 그렇지. 찌꺼기."

그는 다시 한 번 사과를 보다가, 아침 식사를 대신해 한입 베어 먹었다. 그러고는 남은 사과를 주머니에 넣고 주변에 널려 있는 책을 하나씩 펼쳤다 닫았다 하면서, 어떤 대목이 눈에 띄면 만사를 제치고 그 페이지에 빠져들었다.

"도쿄에 있는 다나시 박사의 글이군."

박사가 책을 손가락으로 톡톡 치면서 말했다.

"대단한 양반이지. 우주복사†가 대나무 같은 대형 식물의 성장에 미치는 영향에 대해 많은 연구를 했지."

그는 또 다른 책을 들여다보면서 뭐라고 중얼거리다가, 이번에는 누렇게 변색된 종이를 하나 집어들더니 혼잣말을

† 우주에 떠도는 전자기파의 일종. 대폭발(빅뱅)의 영향으로 발생하여 현재까지 남아 있는 것으로 추정된다.

했다.

“감자 바이러스에 대한 논문도 있군.”

그러더니 또 독서 삼매경에 빠져버렸다.

“찌꺼기는요?”

털리가 다시 말을 건넸다.

“방금 무슨 찌꺼기를 찾는다고 하셨잖아요.”

“아, 그렇지. 그래.”

코킨츠는 이렇게 대답하고 탐색을 재개했다. 그러다 봉투를 하나 찾아내서 그 안의 내용물을 확인한 뒤에, 착착 접어서 주머니에 넣었다. 그는 털리를 향해 돌아섰다.

“그런데 사진기는 왜 들고 있는 건가?”

“오늘 쌀먹이새 사진을 찍으러 가기로 하셨잖아요.”

털리는 코킨츠 박사의 이런 무심한 태도에 충분히 익숙해져 있었다.

“아, 그렇지.”

코킨츠 박사가 말했다.

“그래, 맞아. 건판은 이리 주게. 내가 들고 가지.”

그는 털리에게서 사진 건판 몇 개를 건네받아 외투 주머니 여기저기에 쑤셔넣었다.

두 사람은 숲으로 향했다. 털리는 박사가 한창 연구 중인데 억지로 끌고 나온 것 같아서 미안한 마음이 들었다. 그래서 혹시 지금 중요한 연구를 하는 중이었다면 연구실로 돌아가는 게 어떻냐고, 쌀먹이새 사진이야 내일 찍어도 되지 않겠느냐고 물었다. 아니면 자기 혼자 가서 찍어도 충분하다고 덧붙였다.

"아닐세, 아니야."

코킨츠가 대답했다.

"그다지 중요하지 않은 연구였다네. 뭐랄까, 그냥 심심풀이였다고나 할까?"

그는 더 이상 자세히 이야기하지 않았다. 두 사람은 묵묵히 걸음을 옮겼고, 곧이어 울타리로 빙 둘러싸여 있는 펜윅 숲에 도착했다. 울타리를 넘어간 두 사람은 고사리가 무성하게 자라난 3월의 숲 속을 지나 어제 털리가 쌀먹이새를 본 장소에 도착했다.

두 사람은 잡목 뒤에 사진기를 설치한 다음, 전날 새들이 앉아 있던 너도밤나무를 향해 초점을 맞춰두었다. 아침부터 저녁까지 기다렸지만 둘은 겨우 열두 장의 사진을 찍었고, 그중 제대로 나온 것은 망원렌즈로 찍은 세 장뿐이었다.

새를 기다리는 중에도 코킨츠 박사는 겉옷의 가슴주머니에서 연필 하나를 꺼내, 역시 항상 갖고 다니는 큼직한 메모지에 뭔가를 잔뜩 적어가며 계산했다.

점심때가 지나 박사가 잠시 눈을 붙인 사이에, 털리는 그 메모지를 들여다보았다. 거기에는 뜻밖에도 와인 병이 그려져 있었다. 그 옆에는 "화씨 68도"라고, 그 아래에는 "1인치당 최소 20파운드의 압력 발생"이라고 적혀 있었다.

털리는 이게 무슨 말인지 전혀 알 수 없었지만, 박사가 그랜드 펜윅 와인의 발효 과정에 대해 연구하고 있다는 사실은 분명해 보였다. 성으로 돌아가는 길에, 코킨즈 박사는 자기가 건판을 직접 현상해도 되겠느냐고 물었다. 다른 것은 몰라도 이런 일에는 박사도 무척 꼼꼼한 편이라, 털리는 흔쾌히 그러라고 대답했다.

털리와 코킨즈 박사가 그랜드 펜윅 숲에 가 있는 동안, 마운트조이 백작은 일과대로 글로리아나 대공녀를 알현했다. 대공녀는 침대에 걸터앉아 미국 대중잡지를 열심히 뒤적이고 있었다. 잡지 이름은 「홀리데이」였다. 그 모습을 바라보는 백작은 가슴이 조마조마하기만 했다. 글로리아나가 남편과 함께 해외여행을 가고 싶다고 몇 번이나 말했지만, 현재 공국의 재정 상황으로는 도저히 여행 경비를 마련할 수 없기 때문이다.

"설마 오늘도 그 지루한 예산안 이야기를 하시려는 건 아니겠죠, 보보 아저씨?"

글로리아나가 백작을 보면서 말했다.

"솔직히 지금은 그런 이야기를 들을 기분이 아니거든요. 그래도 굳이 말씀하시겠다면 남편보고 같이 들어달라고 할래요."

"오늘은 특별히 드릴 말씀이 없습니다, 전하."

백작이 순순히 대답했다.

"아, 다행이네요. 그럼 빵이라도 좀 드세요!"

글로리아나가 말했다.

"마멀레이드는 여기 있고…… 이런, 나이프가 버터 묻은 것 하나밖에 없네요. 뭐…… 그래도 괜찮으시죠?"

백작은 빙긋이 미소를 지으며, 대공녀가 손수 마멀레이드를 발라 건네준 빵을 먹었다. 그는 나이로만 보면 대공녀의 아버지뻘이었다. 그래서 대공녀는 어린 시절부터 감히 백작의 이름을 부르지 못하고 '보보 아저씨'라는 별명으로 불러왔다. 물론 간혹 화가 나면 정색을 하며 본명을 부르기도 하지만 말이다.

"전하, 혹시 휴가 계획이라도 세우고 계십니까?"

백작은 대공녀가 보는 잡지를 바라보며 걱정스레 물었다.

"아뇨. 휴가는 아니에요. 아니…… 어쩌면 휴가보다 더 좋은 것일 수도 있죠. 적어도 여자들에겐 말이에요."

"아니, 그런 게 있습니까?"

백작은 궁금하다는 듯 물었다.

"보보 아저씨, 사실은…… 제가 너무너무너무 갖고 싶은 게 하나 있어요. 절 좀 도와주시면 안 될까요? 정말정말정말 갖고 싶어서 그래요."

그녀의 목소리나 태도는 어린아이처럼 단도직입적이면서도 천진난만했다. 글로리아나는 다섯 살 때부터 이런 작전으로 마운트조이에게서 원하는 것을 얻어냈다. 마운트조이 역시 글로리아나의 작전 앞에선 늘 속수무책이었다. 백작은 냉정을 찾으려 애썼다.

"전하, 그게 무엇인지 먼저 말씀해주셔야 제가 약속해드릴 수 있지요."

"아이 참, 정말 그러시기예요?"

글로리아나가 새침하게 말했다.

"그렇게 나오실 줄 몰랐는데……. 예전에는 제가 해달라는 건 뭐든지 해주셨잖아요? 보보 아저씨도 연세가 드셔서 그런지 많이 변하셨네요!"

"저야 예나 지금이나 전하께 충성을 바치는 신하일 뿐입니다."

마운트조이가 말했다.

"물론 나이가 든 것은 사실이지만 말입니다."

"치, 괜히 그렇게 말씀하시는 거 다 알아요."

글로리아나가 말했다.

"그래도 이번에는 안 통할걸요. 늘 말씀은 '충성을 바치는 신하'라고 하시지만, 제가 뭘 부탁드리려고 하면 한 번도 바로 '예'라고 대답하신 적이 없잖아요? 항상 무슨 내용인지 일단 듣고 나서 생각해보자고 하시죠. 그러면서 어떻게 '충성을 바치는 신하'라고 하실 수가 있어요? 정말 '충성을 바치는 신하'라면 군주하고 감히 협상을 해서는 안 되는 것 아닌가요? 무슨 요청을 하든지 일단은 들어주셔야 하는 것 아니냐고요!"

마운트조이는 자기가 한 방 먹었다는 걸 깨닫고 약간 놀랐다. 그는 호랑이에게 물려가도 정신만 차리면 산다는 속담을 떠올리며 애써 마음을 진정시켰다.

"그럼 약속하겠습니다, 전하. 전하께서 원하시는 것이 무엇이든지, 전하의 소원을 이루어드리기 위해 최선을 다하겠다고 말입니다."

"역시! 보보 아저씨는 멋쟁이예요!"

글로리아나가 기쁨에 겨워 대답했다.

"아, 그리고 아까 아저씨가 연세 드셔서 많이 변하신 것 같다는 말은 괜히 해본 소리니까 신경 쓰지 마세요. 아저씨는 이 세상에서 여자 마음을 이해할 줄 아는 유일한 남자일 거예요. 그럼요, 정말 '유일한' 남자지요. 우리 남편만 해도 그런 덴 재주가 없거든요."

"과찬이십니다, 전하."

마운트조이 백작이 대답했다.

"그나저나 전하께서 원하시는 게 도대체 무엇인지요?"

"모피코트요."

글로리아나가 짧게 대답했다.

"모피코트요?"

대경실색한 마운트조이 백작이 되물었다.

"그렇다니까요."

글로리아나가 말했다.

"러시아제 흑담비 모피코트요. 정말 우아해 보이더라고요. 이것도 그중 하나인데…… 좀 보세요. 근사하지 않아요?"

대공녀는 마운트조이 백작에게 「홀리데이」를 내밀었다. 거기에는 한 여자 모델이 호화스러운 흑담비 모피코트를 입고 있었다. 짙은 검정색 털이 풍성한 모피를 두른 모습이 여왕처럼 품위 있어 보였다.

마운트조이 백작은 그 사진을 보며 문득 제1차 세계대전이 일어나기 전에 좋았던 시절을 떠올렸다. 그때만 해도 코벤트가든이나 파리의 오페라 극장에는 우아한 모피코트 차림의 귀부인들과 실크 모자를 쓰고 흰색이나 붉은색 비단줄이 쳐진 망토를 두른 신사들이 모여서, 스코틀랜드에서의 뇌조 사냥, 인도에서의 멧돼지 사냥 이야기를 나누거나, 루시타니아 호†의 코코뱅 요리††, 호랑이 사냥에 쓰는 벨기에제 사냥총의 성능에 대해 이야기하곤 하지 않았던가. 그 모피코트 사진을 보고 있자니, 그에게는 가장 멋진 시절이었던 그때의 기억이 새록새록 떠올랐다.

하지만 문제는 가격, 그것도 어마어마한 가격이었다. 자그마치 5만 달러! 환산하면 1만 6천에서 1만 7천 파운드는 너끈히 되는 금액으로, 그랜드 펜윅의 한 해 예산과 맞먹는다. 가격을 보는 순간 백작은 얼굴이 창백해졌고, 대공녀의 소원을 들어주기 위해 최선을 다하겠다고 맹세한 것이 크나큰 실수였음을 깨달았다. 글로리아나는 그의 마음을 눈치 채기라도 한 듯 넌지시 말을 건넸다.

"무슨 문제라도 있나요, 보보 아저씨?"

"그게…… 가격이 워낙 비싸서 말입니다."

백작이 말했다.

"이만한 돈을 어떻게, 어디에서 조달해야 할지 막막하군요. 지금 우리 형편으로는 불가능합니다."

글로리아나는 백작의 부정적인 말에 바로 반응하지 않았다. 대신 빵을 한 조각 더 꺼내서 정성껏 마멀레이드를 바른 다음, 최대한 방실거리며 백작에게 건네주었다. 하지만 모피코트 가격을 보는 순간부터 백작의 입맛은 멀찌감치 달아나버렸다.

"보보 아저씨도 참……. 아저씨는 자신의 능력을 너무 과소평가하시는 것 같아요."

글로리아나는 어르고 달래는 투였다.

"아마 지금껏 아저씨의 탁월한 능력에 비해 너무 사소한 문제들만 다뤄오셔서 그럴 거예요. 우리 공국에서 벌어지는 일이야 다 고만고만하잖아요. 하지만 사실 아저씨는 세상 누구보다도 원대한 일을 하실 수 있는 분 아닌가요? 그런데 이까짓 모피코트 하나에 벌벌 떠시다니……. 저는 놀랍기만 하네요!"

대공녀의 부추김에 백작은 약간 기분이 우쭐해지면서, 정말 이깟 모피코트 하나에 너무 떨었다 싶어 창피스럽기도 했다. 그리고 한편으로는 그 어떤 예산 지출에든, 심지어 돈을 빌리자는 제안에도 늘 어깃장만 놓는 벤트너의 얼굴이 머릿속에 떠올랐다. 대공녀에게 모피코트를 사주려면 어디에서 돈을 빌려오는 수밖에 없었다.

"솔직히 말해서 여기도 엄연히 한 '나라' 아닌가요?"

글로리아나가 정색을 하고 말했다.

"물론 작긴 하지만, 그래도 세계 다른 나라와 마찬가지로 그랜드 펜윅도 엄연한 '나라'란 말이에요. 물론 개인이라면 이 정도 가격에 움찔하고 물러설 수도 있겠죠. 하지만 한 '나라'의 군주를 위해 이만한 모피코트 한 벌 장만하

† 1906년부터 미국과 영국을 오가던 정기여객선으로, 제1차 세계대전 중이던 1915년 5월 7일에 뉴욕을 떠나 리버풀로 항해하던 중에 독일 U보트에 격침당했다. 이 사건을 계기로 미국이 전쟁에 뛰어들게 되었다.

†† 와인으로 졸여 만든 프랑스식 닭고기 요리.

지 못해 쩔쩔맨다고 생각해보세요. 그건 너무 우스운 일 아니에요?"

"우스운 일이죠."

백작이 동의했다.

"하지만 사실이기도 하니까요."

"그건 아저씨께서 '사실'이라고 인정하실 때나 '사실'이고요."

글로리아나가 또 정색을 하고 말했다.

"말씀드렸다시피 아저씨께선 그동안 너무 사소한 일들만 처리하시다 보니 자신도 모르게 본인의 뛰어난 능력을 과소평가하게 된 거예요. 아직 우리 성에 수도 설비를 갖추는 문제랑, 도로 정비 문제를 해결하지 못한 건 사실이지만, 모피코트 정도에는 충분히 능력을 발휘할 수 있으시리라 믿어요. 솔직히 저는 유럽 여왕이나 왕비 중에서 유일하게 모피코트 하나 없이 사는 신세예요. 물론 제가 가진 아일랜드 트위드 코트도 그리 나쁘진 않지만……. 그래도 이건 너무 심한 거 아닌가요?"

대공녀의 이 말과 함께 그날의 알현은 끝나고 말았다. 그리고 대공녀의 사탕발림에 넘어가 용기백배한 마운트조이 백작은 집무실로 돌아가자마자 뭔가를 골똘히 생각하기 시작했다.

## 정치적이고도 애국적인 **모피코트 스캔들**

마운트조이 백작은 그랜드 펜윅 자유의회에서 내년도 예산안에 대한 보고를 시작하기에 앞서, 늘 그랬던 것처럼 최근의 국제정세를 짧게 요약해서 발표했다. 둔감하기 짝이 없는 데이비드 벤트너조차도 이때만큼은 백작의 탁월한 식견을 인정하지 않을 수 없었다.

국제정세에 대한 백작의 논평은 무척 훌륭했다. 특히 '철의 장막'†이 장차 우주로까지 확대될 것(백작의 말을 그대로 옮기자면, "인간의 편협한 민족주의를 가지고 우주의 고요를 위협하겠다는 발상")이라는 그의 견해는 벤트너의 노동당으로부터도 찬사를 받았다.

무엇보다 지금과 같은 시대에 동서 양 진영을 과거의 건전한 정신상태로 되돌

† 20세기 중반, 냉전시대에 소련의 정치·경제·군사적 영향권을 가리키는 말로 사용되었다. 이 말의 기원은 19세기 말까지 거슬러 올라가지만, 1946년에 영국 수상 윈스턴 처칠의 연설에 등장하여 널리 유행했다.

려놓을 막중한 책임이 그랜드 펜윅의 어깨 위에 있다는 백작의 발언에, 의원들은 여야 할 것 없이 박수갈채를 보냈다. 박수 치는 데 당장 특별한 노력이나 현금 지출이 필요한 건 아니었기 때문이다.

"이 시대에 우리가 해야 할 일은, 인간의 모든 지혜를 총동원하여 인류의 행복과 안녕을 확고히 하는 것입니다."

마운트조이가 연설을 계속했다.

"우리는 현재 보유하고 있는 모든 자원에 더욱 관심을 쏟는 한편, 정부 예산 지출에도 더욱 신중을 기해야 합니다. 그래서 오늘 제출하고자 하는 내년도 예산안에는 공국 내 도로망 증설 예산이라든가, 성내의 현대식 수도 설비 예산은 별도로 편성하지 않았습니다. 이미 여러 번 제안했지만 매번 통과하지 못했기 때문입니다. 이 결정은 야당에서도 무척 환영하시리라 봅니다만……."

백작의 이 발언에 야당 측에서 박수 소리가 나오긴 했지만, 어딘가 좀 수상쩍다는 듯 조심스러웠다.

"다만 한 가지……."

마운트조이가 말을 이었다.

"여야를 막론하고 의원 여러분 모두에게 한 가지 안건을 상정하고자 합니다. 다름 아닌 미국으로부터 특별 차관을 도입하는……."

"차관 반대! 차관 반대!"

갑자기 벤트너가 외쳤다.

"미국으로부터 특별 차관을 도입하는 것으로……."

"차관 반대!"

벤트너가 소리를 질렀다.

"남의 돈을 빌리는 건 스스로를 팔아버리는 것과 마찬가지요!"

"그 이유를 말씀드리자면……."

벤트너는 다시 한 번 백작의 말을 끊을 심산이었으나, 의장이 의사봉을 탕탕 내리치며 정숙을 명했기 때문에 마지못해 입을 다물었다.

"그 이유를 말씀드리자면……."

백작이 말을 이었다.

"우리의 군주이신 글로리아나 12세 대공녀 전하의 소원을 들어드림으로써, 전하의 명예와 위엄을 세우고 더불어 우리 국민의 명예를 드높이기 위해서입니다."

순간 벤트너의 안색이 변하고 말았다. 물론 대공녀는 예산안 보고가 이루어지는 이 자리에 참석하지 않았다. 그랜드 펜윅의 헌법에 따르면 군주는 어떠한 경우에도 돈에 관련된 문제에 간섭할 수 없다. 군주가 가혹한 세금을 매길 수 없도록 고안된 장치였다.

그래서 한편으로 의회는 무리하지 않는 선에서 군주가 원하는 바를 따르는 것이 전통이었다. 더군다나 온 국민의 사랑과 존경을 받는 글로리아나 대공녀의 소원인데, 제아무리 야당이라 하더라도 그에 반대한다는 것은 큰 불충이었다.

"에…… 야당을 대표해서 말씀드리건대……."

벤트너가 발언했다.

"제가 방금 수상의 발언을 중도에 끊긴 했지만, 그렇다고 대공녀 전하께 불충할 의도는 없었음을 분명히하고자 합니다."

의장이 뭔가 중얼거리더니, 곧바로 의회 서기에게 뭐라고 지시를 내렸다. 결국 보기 좋게 벤트너를 한 방 먹인 마운트조이 백작이 발언을 계속했다.

"우선 의장께 한 가지 제안하고자 하는 바는, 지금부터 몇 분 동안 다루게 될 이 안건을 '비공개'로 해주십사 하는 겁니다. 제가 말씀드릴 내용은 가급적 대공녀 전하께 비밀로 해야 효과적이기 때문입니다. 물론 나중에는 아시게 되겠지만 말입니다. 한마디로 대공녀 전하를 깜짝 놀라게 해드리고 싶습니다."

의장은 서기와 의논한 뒤에 벤트너를 흘끔 쳐다보았다. 아까 괜히 나섰다가 한 방 먹고 난 뒤로, 벤트너는 다시 이의를 제기하지 못하고 있었다. 그는 정치가로선 결코 뛰어난 인물이 못되는 터라 이런 식으로 백작의 책략에 휘말리기 일쑤였다.

"그러면 의원 여러분께서 모두 동의하신 것으로 보고……."

의장이 말했다.

"예산안 심의는 잠시 휴회한 것으로 하겠습니다. 그리고 의장인 제가 예산안 심의 재개를 선언할 때까지, 그사이에 이루어지는 논의는 모두 비공개로 진행하겠습니다."

서기는 거위 깃털 펜으로 의사록에 의장의 발언을 기록했다.

"감사합니다."

마운트조이 백작이 말했다.

"제가 지금부터 말씀드리는 내용은 극비에 속함을 모두 명심해주셨으면 합니다. 대공녀 전하께서는 러시아제 흑담비 모피코트를 갖고 싶다는 소망을 피력하셨습니다. 모두 알다시피, 러시아제 흑담비 코트는 무척 고급품인 관계로 본래 러시아 왕족들만 입을 수 있었습니다. 이 코트 한 벌의 가격은 세금을 포함하여 대략 1만 6천 파운드, 환산하면 약 5만 달러입니다."

순간 의회장 안에는 약간의 웅성거림이 있었지만, 마운트조이는 이를 무시하고 말을 이었다.

"이는 우리 그랜드 펜윅 공국의 1년치 정부 예산과 맞먹는 금액이므로, 당장 이만한 돈을 마련하려면 세금을 무지막지하게 인상하는 것밖에는 방법이 없습니다. 하지만 우리는 절대 그런 방법을 써서는 안 됩니다."

"옳소! 옳소!"

벤트너가 맞장구쳤다.

"따라서 대공녀 전하의 요청을 거절하거나, 아니면 매우 낮은 이자율에 삼사십 년 뒤에 상환하는 조건으로 미국에서 차관을 들이는 것밖에는 방법이 없습니다.

여기 계신 의원 여러분께서도 잘 아시다시피, 역대 군주들은 무려 600년 이상이나 온갖 사랑과 헌신을 다해 이 나라를 다스려오셨습니다. 그 뒤를 이으신 대공녀 전하께, 우리가 그깟 모피코트 한 벌도 못 해드린다고 아뢰기란 결코 쉽지 않습니다. 저 자신만 해도 차마 그런 말씀을 드릴 수가 없고, 여기 계신 야당 의원 여러분들 또한 마찬가지일 것이라 생각합니다. 그랜드 펜윅 국민이라면 어느 누구도 대공녀 전하의 이 청을 감히 거절하지 못할 것입니다."

짧은 침묵에 이어 여기저기서 웅성거리기 시작했다. 노련한 정치가이자 의회의 분위기를 감지하는 데 뛰어난 마운트조이 백작은 아직도 자기 의견에 적극 동조하지 않는 의원들이 있음을 깨달았다. 그는 사람들의 생각을 바꾸는 것은 종종 머리가 아니라 가슴이라는 사실을 잘 알고 있었다. 이성에 호소해서 바꿀 수가 없다면, 반대로 감정에 호소하는 것이 방법이다. 이제는 본격적으로 감정에 호소할 차례였다.

"의원 여러분께서는 어쩌면 이렇게 생각하실 수도 있을 겁니다. 대공녀 전하께서 백성에게 너무 무리한 요구를 하시는 것이 아니냐고 말입니다. 그리고 그런 요구는 대공녀 전하의 이기심과 여자 특유의 허영심에서 비롯된 것에 불과하며, 우리 모두가 사랑하는 대공녀 전하의 인격과 품위에는 전혀 어울리지 않는다고 생각하시겠죠. 여러분이 이런 생각을 하시는 것도 무리는 아닙니다.

또 어쩌면 이렇게 생각하시는 분도 계시겠지요. 대공녀 전하께서 과연 우리를 위해 무엇을 희생하셨기에, 이렇게도 쉽게 무리한 요청을 하시냐고 말입니다.

의원 여러분, 제가 잠시 이 질문들에 대해 답변해보도록 하겠습니다. 우리의 군주이신 대공녀 전하께서도 결국 여자에 지나지 않지만, 그렇다고 백성에게 가당치 않은 부담을 지우실 분은 결코 아닙니다. 실제로 전하께서는 지금껏 우리에게 선물을 달라고 청하시기는커녕, 오히려 당신이 받으신 선물들을 모조리 나누어주시지 않았습니까? 그것도 한두 개가 아니었습니다.

지금 전하보다도 한참 지체가 낮은 여성들, 결코 우리 전하의 성품이나 지성에 미치지 못하면서 요행수로 사업이며 미술이며 문학 분야에서 명성을 얻은 여성들이 지금 우리 대공녀 전하께서 간절히 바라시는 모피코트를 척척 사 입고 있습니다. 이런 여성들에겐 사생활이 보장되어 있고, 자신의 능력과 재능을 오로지 자기 일과 인생을 위해서 쓸 수 있습니다. 이들은 완전히 자유롭습니다. 이 세상 어느 나라도 그 사실을 부정하지 못할 것이며, 어떤 직업이나 분야에서도 이들을 배제하진 못할 겁니다. 그들의 삶은 온전히 그들의 것입니다.

하지만 우리 대공녀 전하께선 어떠신가요?

전하의 삶은 태어날 때부터 우리 국민의 것이었습니다. 우리는 이 나라의 온 짐을 전하의 두 어깨 위에 올려놓고 이곳에 남아 계시게 했습니다. 전하께서는 어떤 직업도 가질 수가 없었습니다. 한 번도 개인의 발전과 만족을 위해 재능을 사용할 기회를 가져보지 못했지요. 전하께서는 당신의 정신, 당신의 재능, 당신의 영혼, 당신의 야심, 당신의 희망, 이 모든 것을 그랜드 펜윅의 국민들을 위해 기꺼이 내놓으셨습니다.

여러분, 전하께서는 당신의 인생 전체를 우리에게 주셨고, 그건 지금 이 순간도 마찬가지입니다. 당신의 호흡 하나하나까지도 우리 백성들의 것이라 여기고, 기꺼이 모든 것을 희생하고 계십니다. 그런 대공녀 전하께 그까짓 모피코트 한 벌을 못 해드리겠다고 거절해야만 할까요?"

"아니오! 아니오!"

벤트너를 비롯한 의원들 전체가 한꺼번에 외쳤다.

마운트조이는 엷은 미소를 띠더니, 잠시 말을 멈추고 주위를 둘러보았다. 그리고 다시 말을 이었다.

"여기에는 우리가 고려해야 할 문제가 하나 더 있습니다. 저는 이것을 '정치적' 문제라고 부르지만, 사실은 '애국적' 문제라고 하는 편이 더 정확한 표현일 겁니다. 여러분 모두 잘 아시겠지만, 미국 대통령 부인의 우아한 자태와 멋진 의상이 전 세계인의 마음을 사로잡지 않았습니까?† 영국은 또 어떻습니까? 엘리자베스 2세 여왕은 매력적인 자태로 전 세계에 좋은 인상을 심어주고 있지 않습니까?†† 그러니 우리 대공녀 전하께도 이들 못지않게 우아한 자태를 선보일 기회를 드려야 합니다. 그렇지 않으면 훗날 우리 대공녀 전하께서 외국을 방문하실 때 겨우 천 코트로, 물론 그 트위드 코트도 꽤 좋은 것이긴 하지만, 하여튼 그 옷 한 벌로 당신의 위엄과 우리 국민과 국가의 위엄을 드러내야 할 텐데, 그래도 무방하다는 말입니까, 여러분?"

"아니오! 아니오!"

벤트너가 소리쳤다.

"절대로 안 됩니다!"

"그렇습니다."

마운트조이 백작이 냉큼 말을 받았다.

"그러면 이에 필요한 자금을 마련하기 위해 미국에 차관을 요구하는 안건에 대해, 지금 여기 계신 의원 여러분께서 만장일치로 동의하셨다고 간주해도 되겠습니까?"

"그렇소!"

벤트너는 이렇게 소리치면서, 아무도 찍소리 못하도록 당원들을 향해 눈을 부라렸다.

"대공녀 전하를 대신하여 여러분 모두에게 감사의 뜻을 표하는 바입니다."

마운트조이 백작이 말했다.

"그러면 이 안건을 정식으로 발의해주시기 바랍니다."

의장이 말했다.

마운트조이 백작은 외눈안경을 끼고 의장 쪽을 바라본 다음 바로 앞에 있는 야당 의석을 살펴보고 난 뒤, 자연스레 눈썹을 움직여서 외눈안경을 툭 떨어뜨렸다. 눈가에서 떨어져 나온 외눈안경은 가느다란 금줄에 연결되어 그의 허리춤에 매달린 채 다이아몬드처럼 반짝거렸다.

"그랜드 펜윅 공국의 수상으로서, 대공녀 전하는 물론이고 우리 국민의 위신을 세우기에 충분한 자금을 미국에서 차관으로 들여오는 데 대해, 의원 여러분의 동의를 요청하는 바입니다."

† 당시 미국 대통령은 존 F. 케네디(1917-1963). 그의 부인은 재클린 케네디(1929-1994)였다. 지적이고 우아한 외모의 재클린은 패션과 헤어스타일 등에서 당시 유행을 이끌었다.

†† 지금은 할머니가 다 되었지만, 이 책이 발표된 1962년만 해도 엘리자베스 여왕(1926년생)은 36세였음을 감안하자.

어딘가 모호한 데가 있는 표현이었지만, 다른 누구보다도 대공녀에게 충성스럽고 헌신적인 국민임을 보여주고 싶어서 안달이 난 벤트너는 마운트조이 백작의 말이 끝나자마자 자리에서 벌떡 일어나 외쳤다.

"동의합니다!"

이 안건은 만장일치로 통과되었다. 그리하여 의회는 대공녀의 생일인 10월 20일을 기해 흑담비 코트를 선물하기로 결정했으며, 그때까지는 모두들 모르는 척 시치미를 떼기로 했다.

마운트조이 백작과 벤트너는 각자 방금 처리한 일에 대해 뿌듯해하며 회의장을 나섰다.

## 터무니없지만 **그랜드 펜윅에 돈을 퍼주게!**

미국 동부 연안에서 불어온 3월의 거센 바람이 요란한 소리를 내며 뉴저지의 평야를 휩쓸고, 윙윙 울부짖으며 뉴욕의 고층빌딩 사이를 스쳐 미국의 수도에까지 도달했다.

그곳 워싱턴 D. C.에서는 미국 국무부 장관이 집무실 책상 앞에 앉아, 창문 밖에 쏟아지는 진눈깨비를 바라보며 오만상을 찌푸리고 있었다. 이렇게 궂은 날씨는 국제 문제에 맞닥뜨린 자신의 곤경을 그대로 표현해주는 것 같았다. 그도 그럴 것이 국무부 장관을 역임한 지난 3년 내내 해온 일이 지금 막 연달아 수포로 돌아간 참이었다.

그는 문득 자기보다 수십 년 전에 이 자리를 지켰던 선임자들이 부러워졌다. 물론 그들에게도 나름의 어려움은 있었겠지만, 적어도 그 당시에는 상대해야 할 나라가 이렇게 많지는 않았을 것이다. 또한 지금에 비하면 각국의 역사나 경제적 필요, 정치적 야심 같은 것을 분명하게 알 수 있었다.

하지만 지금은 어떤가? 마치 보름달이 뜬 한밤중에 버섯이 쑥쑥 솟아나듯이 새로운 나라들이 속속 생겨나고 있었다. 아프리카 대륙에서는 최근 1년 동안 무려 20여 개나 되는 독립국가가 수립되었다. 게다가 대부분 영토 크기가 유럽에서 가장 오래된 나라들과 맞먹거나, 아니면 더 컸다.

최신판 세계지도에도 국경이 표시되어 있지 않고, 불과 1년 전만 해도 그 정부 수반이란 사람의 이름이 출생지에서 15킬로미터 너머로는 전혀 알려지지 않았으며, 경제적 필요라든지, 사회적 배경, 종교나 다른 갈등 요소 등에 대한 아무런 정보도 없는 신생 독립국에 대해 대통령에게 매번 조언하기란 여간 어려운 일이 아니었다.

이런 나라들과의 외교 협상은 결국 알아맞히기 놀이였다. 이 생각에 이르자 국무부 장관은 자기도 모르게 쓴웃음을 지었다. 하긴 외교가 알아맞히기 놀이라는 게 과장만도 아니다. 그게 아니라면 역사상 수많은 나라들이 외교 협상 테이블에서 한 번씩 저지른 숱한 실수들을 설명할 길이 없다.

일단 가능한 한 많은 정보를 수집해야 하는 것은 사실이지만, 그다음에는 결국 알아맞히기였다. 그런 의미에서 뛰어난 외교관이란 이 놀이를 잘하는 사람이며, 뛰어난 장군이나 대통령도 예외는 아니다.

이 놀이의 위험성을 최대한 줄이기 위해, 장관은 외국 정부에서 온 서한은 반드시 그 내용과 연관된 사항과 함께 문서로 완벽하게 요약 정리해서 제출하도록 지시했다. 국무부의 특정 부서에서 작성하는 이 요약문은 항상 붉은 서류철에 담겨 장관에게 제출되었다. 여기서 붉은색은 정보가 완벽하게 수집된 상태를 의미했다.

장관의 책상 위에는 언제나 붉은 서류철이 열댓 개 놓여 있었다. 지금도 이런 서류철이 한 무더기 쌓여 있었다. 날씨만큼이나 우울한 국제정세 때문에 고민에 빠져 있던 장관은 그중 맨 위에 있는 서류철을 집어들었다.

거기에는 다음과 같은 제목이 붙어 있었다.

'그랜드 펜윅 공국'

장관은 왠지 불안한 생각이 들어서 또다시 얼굴을 찌푸렸다. 과거에 미국이 이 작은 나라에게 당했던 황당한 사건은 장관도 익히 알고 있었다. 그래서 그랜드 펜윅 관련 서류철은 잠시 밀어놓고, 그 밑에 있는 서독 관련 서류철이나 펼쳐볼까 싶었다. 물론 아직 베를린 장벽 문제†가 있긴 하지만, 그래도 그쪽이 덜 위험해 보였기 때문이다.

하지만 버몬트 출신인 장관은 어린 시절부터 어렵거나 불쾌한 일을 피해서는 안 된다고 배워왔기 때문에, 결국 자신의 원칙에 따르기로 했다. 그는 마음을 굳게 먹고 그랜드 펜윅 관련 붉은 서류철을 펼쳤다. 그리고 맨 위에 놓인 편지를 읽기 시작했다.

† 1961년 동독 정부는 서독으로 가는 망명자를 막기 위해 베를린 동서 국경지대에 40킬로미터에 달하는 콘크리트 장벽을 쌓았다. 이것은 1989년 독일이 통일되면서 철거되기까지 20세기 동서 냉전의 상징이었다.

편지지 맨 위에는 그랜드 펜윅 공국의 공식 서한임을 알리는, 공국의 문장紋章이 새겨져 있었다. 맨 아래에는 초록색으로 인쇄된 문양 위에 공국의 인장印章이 찍혀 있었고, 그 옆에는 멋진 필체로 '마운트조이'라고 서명되어 있었다. 서명 아래에는 '그랜드 펜윅 공국 수상'이라는 직함이 적혀 있었다.

지금까지 그랜드 펜윅에서 온 다른 공문서들과 마찬가지로, 이 편지 역시 타자기로 친 것이 아니라 거위 깃털 펜으로 직접 쓴 것이었다. 그것은 다름 아닌 마운트조이 백작의 친필로서, 미국 독립선언서 원본처럼 세련된 모양이었고, 필체 속에서 권위와 위엄마저 풍기는 듯했다. 편지의 내용은 이러했다.

워싱턴 D.C. 소재<br>미국 정부 내<br>국무부 장관 귀하

삼가 인사드리며,

아래 서명한 본인 마운트조이는 지난 3월 5일에 열린 그랜드 펜윅 공국 자유의회 회의에서 의결된 바에 따라, '글로리아나 12세 대공녀 전하는 물론이고 우리 국민의 품위를 유지하는 데 충분한 자금'을 차관으로 제공해주실 것을 미국 정부에 정중히 요청하는 바입니다.

이러한 목표를 달성하기 위해 필요한 금액은 총 505만 달러이며, 이에 대한 미국 정부의 관대한 도움을 바라 마지않습니다. 아울러 우리

그랜드 펜윅의 국민 모두 미국 국민의 안녕을 기원하는 바입니다. 위 금액 가운데 500만 달러는 달에 유인우주선을 보내는 데 사용할 것이며, 나머지 5만 달러는 글로리아나 12세 대공녀 전하의 생신을 맞이하여 깜짝 선물로 모피코트를 구입하는 데 사용할 예정으로…….

"이게 무슨 뚱딴지 같은 소리야?"

국무부 장관은 편지를 읽다 말고 사무실이 떠나가라 외마디 소리를 질렀다.

"달에 유인우주선을 보내는 데 500만 달러, 모피코트 사는 데 5만 달러라니? 살다 살다 이런 말도 안 되는 소리는 처음 듣는군!"

그는 붉은 서류철을 책상 위에 던지고, 인터폰 스위치를 누른 다음 거기다 대고 언성을 높였다.

"웬도버! 당장 내 사무실로 오게!"

그는 상대방의 대답도 기다리지 않고 스위치에서 손을 뗐다. 몇 초 지나지 않아서 프레데릭 팩스턴 웬도버가 장관 사무실로 들어왔다. 그는 국무부의 중유럽 담당 연락사무관으로, 냉정하고 침착하면서도 무척이나 유능한 관료였다.

웬도버는 동료들 사이에서도 국무부 내의 2인자로 통했다. 공개 석상에서 연설을 전혀 못한다는 점과, 타인에게 친근한 인상을 주지 못한다는 단점 때문에 장관까지 올라갈 가능성은 희박해 보이지만, 오늘날의 국제정세, 특히 담당인 중유럽 정세에 대한 지식과 통찰력 면에서는 가장 뛰어난 관료로, 여러 장관들에게 큰 도움이 되어왔다.

하지만 외모 면에서는 전 세계에서 가장 평범하고도 눈에 띄지 않는 인물이라 할 수 있었다. 심지어 그와 가깝게 지내는 동료들조차도 그의 외모를 정확하게 묘사하지 못할 정도였다. 다만 그는 확실히 학구적인 인상을 주었다. 그래서 사람들은 그가 당연히 무테안경에 이어폰을 끼고 있다고 생각했다. 그러다가 그가 실은 안경을 쓰지 않는다는 걸 확인하고 나서 놀라는 식이었다. 그는 단지 '안경을 낀 사람'처럼 보였을 뿐이다. 체구도 보통이었고, 체중도 보통이었다. 그리고 항상 똑같은 무늬와 색깔의 양복을 입고 다녔다. 그런데도 어떤 사람들은 그의 양복이 짙은 회색이라고 생각했고, 또 어떤 사람들은 짙은 올리브색이라고 생각했다. 하지만 천만에! 실제로는 짙은 갈색이었다.

그의 밝은색 머리카락은 아주 가늘었고, 눈썹은 어찌나 얇은지 거의 보이지 않을 정도였다. 유일하게 멋을 부린 데라곤 콧수염이었지만, 어느 누구도 그가 언제부터 콧수염을 기르기 시작했는지 몰랐고, 그의 입술 위에 뭔가 있다는 사실조차 아는 이가 드물었다.

한마디로 긍정적인 특징도, 부정적인 특징도 전혀 없는 외모라고 할 수 있었다. 기질 역시 외모만큼이나 무미건조했다. 하지만 담당 분야에 관해서는 단연 능력이 뛰어났다.

그는 자신이 담당하는 중유럽 국가들의 역사와 특징을 비롯해서, 각국의 언어는 물론이고 지역 방언까지도 통달했다. 각각의 풍속과 경제 상황도 훤히 꿰뚫고 있었다. 무엇보다 미국인이면서도 유럽인의 입장에서 생각할 수 있는 특별한 능력은 그만의 장점이었다. 물론 조국에 대한 충성심 역시 확고하기 이를 데 없었으며, 다른 나라에 대한 이해심도 깊었다.

그런 웬도버를 마주하고 있자니 국무부 장관의 흥분도 어느덧 가라앉았다. 장관은 웬도버에게 앉으라고 권한 뒤, 방금 읽은 얼토당토않은 편지를 손가락으로 가리키며 물었다.

"이거 혹시 자네가 장난친 것 아닌가?"

웬도버는 평소처럼 장관의 질문에 즉답을 피한 채 딴청을 피우며 붉은 서류철을 펼친 다음, 문제의 편지를 흘끗 들여다보고 나서 이렇게 대답했다.

"아닙니다, 장관님."

"그래? 그러면 도대체 저게 무슨 뚱딴지 같은 소리인가?"

장관이 물었다.

"내 눈으로 똑똑히 읽었는데도 도무지 믿을 수 없군. 우주선을 만드는 데 500만 달러, 모피코트를 사는 데 5만 달러를 내놓으라니? 그게 도대체 무슨 소린가? 그 친구들이 나랑 농담 따먹기라도 하자는 건가?"

"아, 그건 절대로 아닙니다. 장담하건대 그쪽은 진지합니다. 혹시 이 편지를 끝까지 읽으셨는지요? 뒷부분에 그런 의문에 대한 답변까지 해놓았던데요."

"아직 다 읽어보진 않았네."

장관이 대답했다.

"그러면 먼저 끝까지 읽어보시는 게 좋을 듯합니다."

웬도버의 말에 장관은 붉은 서류철을 집어들었다. 그리고 웬도버를 향해 다시 한 번 오만상을 찌푸린 다음 편지를 읽어내려갔다.

차관 제공에 있어 귀국 의회의 동의를 얻기 위해서는, 어째서 우리 그랜드 펜윅 공국이 유인우주선을 달에 보내려 하는지 충분히 설명해 드려야 할 듯합니다.

우리의 우주개발 계획에 직접적인 동기가 된 것은 귀국 대통령께서 최근에 발표하신 선언문이었습니다. 전 세계가 함께 우주개발에 적극 나설 것을 강조하고, 현재 지구상에서 벌어지고 있는 국가 간의 분쟁이 달까지 확장되어서는 안 된다고 천명한 선언문 말입니다.

일찍이 미국은 유엔을 통해 달에 대한 국제적 합의를 도출하려 노력하셨지만, 실효를 거두지는 못했습니다. 따라서 지구상에서 오래전부터 통용된 발견의 법칙, 즉 가장 먼저 도달한 쪽이 권리를 가진다는 법칙이 우주에서도 적용될 상황에 이른 것입니다.

우리 정부는 이러한 경쟁에 끼어들어 유인우주선을 달에 보내는 것이 그랜드 펜윅의 어깨 위에 떨어진 역사적 임무라고 생각하기에 이르렀습니다. 그것이야말로 동서 두 강대국 말고 제3세력이 이 문제에 관여하는 길이기 때문입니다. 이는 귀국 대통령께서 천명하신 것처럼 달 정복에 있어 진정 국제적인 노력이 이루어지는 것이므로, 귀국

의회에서도 이에 필요한 자금을 지원함으로써 귀국 대통령의 열망을 실현시켜주시리라 믿어 의심치 않습니다.

아울러 모피코트에 대해 말씀드리자면…… .

장관은 모피코트 이야기는 더 이상 읽고 싶지가 않아서, 편지를 내려놓고 얼떨떨한 표정으로 웬도버를 바라보았다.

"이 친구들 진심일까?"

"분명히 진심일 겁니다."

웬도버가 차분하게 대답했다.

"그러니까 마운트조이는 분명히 진심이라는 겁니다. 이게 마운트조이 혼자서 꾸민 일이 아닌가 의심스럽네요. 그는 상상력이 풍부하고 야심 찬 인물입니다. 개인의 야심이 국가에 도움이 된다고 굳게 믿는 인물이기도 하고요."

"하지만 너무 터무니없는 이야기 아닌가?"

국무부 장관이 말했다.

"디즈레일리가 수에즈 운하를 건설하려 했을 때† 도 마찬가지 이야기가 나왔고, 제퍼슨 대통령이 루이지애나를 사들였을 때†† 에도 터무니 없다고들 했죠."

† 당시 영국 수상이었던 벤저민 디즈레일리(1804-1881)는 1875년에 이집트 총독이 소유했던 수에즈 운하 주식이 모조리 매물로 나왔다는 소식을 듣자마자 매입을 결정했다. 의회의 동의를 거치지도 않은 즉흥적인 결정에 자금마저 부족해서 로스차일드 가문에서 거액을 대출받아야 할 지경이 되어 큰 논란을 일으켰다. 하지만 이후 대영제국의 기틀을 마련한 조치로 평가받았다.

†† 당시 미국 대통령이었던 토머스 제퍼슨(1743-1826)은 1803년에 프랑스의 북아메리카 식민지(현재의 루이지애나)를 거액에 사들이기로 하고, 의회의 동의도 없이 협상을 시작해 물의를 빚었다. 하지만 그로 인해 미국의 영토가 두 배로 늘어났기 때문에, 이는 미국 초기 역사에서 가장 중요한 결정으로 여겨진다.

웬도버는 여전히 침착했다.

"두 사람은 목표가 달성되기 전까지 자신의 계획을 의회에 알리지도 않았지요. 마운트조이는 자기도 그런 식으로 일을 추진할 수 있다고 생각했을 겁니다. 어떤 의미에서는 옳은 생각이었고요."

"그 친구가 차관을 제공받는다고 해도 문제 아닌가?"

장관은 웬도버가 답할 틈도 주지 않고 말을 이었다.

"물론 그렇게 호락호락 차관이 제공될 리는 없겠지만, 만약에 된다고 쳐도 그래. 첨단기술이라곤 전혀 없고, 순전히 농사만 지어 먹고사는 작은 나라가 무슨 수로 로켓을 개발한단 말인가? 유인우주선을 달에 보내는 계획으로 말하자면 우리 같은 강대국도 지금껏 실패만 거듭했는데 말일세."

"마운트조이는 전형적인 유럽 정치가라 할 수 있습니다."

웬도버가 말했다.

"무슨 뜻이냐면, 그가 목표로 내세우는 것은 사실상 핵심적인 목표도, 실제로 의도하는 바도 아니라는 것이죠."

"이보게, 좀 쉬운 말로 설명하면 안 되겠나?"

국무부 장관이 짜증스럽게 말했다.

"이건 어디까지나 추측에 불과하지만 마운트조이라는 인물에 대해서는 물론이고, 그랜드 펜윅이라는 나라의 국내외적 상황에 대해 제가 아는 모든 지식을 총동원해서 내린 판단입니다."

웬도버가 말했다.

"우리야 결국엔 항상 알아맞히기 놀이로 가지 않나. 그러니 어디 자네 의견을 말해보게."

장관이 재촉했다.

"지난 몇 년간 마운트조이는 그랜드 펜윅 공국의 발전을 위한 여러 가지 계획을 세웠지요. 하지만 번번이 실행에 옮기지 못하고 좌절했습니다."

웬도버가 말했다.

"그 계획 중에는 도로 정비, 관광객을 위한 호텔 건설, 그리고 그랜드 펜윅 성을 비롯한 온 나라의 건물에 현대식 수도 시설을 갖추는 것이 포함되어 있습니다. 지금도 그랜드 펜윅에서는 목욕 한번 하려면 군불을 때서 물을 데우는 것부터 시작해서 서너 시간은 걸린다더군요.

하지만 이 모든 계획이 매번 야당의 반대에 가로막혀 실현되지 못했지요. 그랜드 펜윅에는 야당인 노동당이 있습니다. 그렇다고 공산당은 아닙니다. 이 당의 당수는 데이비드 벤트너라는 사람입니다. 야당이 그런 개혁정책에 반대하는 이유는 세금이 더 오를까 싶어서입니다.

지금 달에 우주선을 보내겠다며 500만 달러의 차관을 요청하긴 했지만, 제 생각에 마운트조이의 진짜 목적은 세금 인상 없이 그랜드 펜윅 성에 수도 시설을 갖추고, 도로를 확장하고, 호텔을 지을 자금을 마련하기 위해서인 듯합니다."

"그러면 차라리 다른 후진국처럼 원조를 요청하면 될 것 아닌가? 뭐하러 우주선이니 뭐니 핑계를 대는 거지?"

국무부 장관이 그의 말을 가로막았다.

"방금 장관님이 '후진국'이라고 말씀하시지 않았습니까? 아마 그게 이유일 겁니다."

웬도버가 말했다.

"세상 어느 나라도 스스로를 '후진국'으로 여기고 싶진 않을 겁니다. 특히 그랜드 펜윅처럼 자국의 역사를 대단히 자랑스러워하는 나라는 더더욱 그렇지요. 만약 마운트조이가 솔직하게 그랜드 펜윅 내 시설을 개선하기 위한 자금 원조를 요청했다면, 그는 온 국민의 분노를 샀을 것입니다. 조국을 '후진국'으로 여겼다면서요. 그래서 자신의 목적은 물론이고, 우리의 명분까지 모두 만족시키기 위해 우주선이라는 구실을 갖다 붙인 것입니다."

"그가 내건 구실이 우리까지 만족시키다니?"

장관이 반문했다.

"나로선 도저히 이해할 수 없는 주장이로군."

"그것은 저보다도 장관님께서 더 잘 알고 계신 현재의 국제 정세에 의거해서 드린 말씀입니다."

웬도버가 말했다.

"괜찮으시다면 부족하나마 제 생각을 좀 더 말씀드리고 싶습니다만……."

"어디 속 시원하게 털어놔보게."

장관이 말했다.

"마운트조이가 지적했다시피 우리는 유엔을 통해서 달에 관한 국제협정을 맺고자 했습니다. 현재 지구상에서 벌어지는 국가 간의 분쟁이 달까지 확장되어, 장벽을 사이에 두고 동과 서로 갈라진 베를린처럼 되면 안 된다는 의지의 소산이었죠.

하지만 그 협정이 우리와 소련 사이에서만 체결된다면, 이는 양자 간의 협정에 불과합니다. 즉 미국과 소련 양국 간의 협정이기 때문에, 각자의 입장에 따라 언제든지 깨질 수 있습니다. 이름만 국제협정이지, 실제로는 전혀 국제적이지 않지요. 근본적으로는 베를린처럼 동서 간의 갈등일 수밖에 없는 것입니다.

적어도 우리는 그런 갈등을 피하려고 하죠. 그러려면 제3국이 협정에 참여해야 합니다. 그래야 명실공히 국제협정이라 할 수 있을 테니까요. 우리가 유엔에서 달이 인류 공동의 것이라고 한 주장이 설득력을 얻으려면, 우리와 직접적인 이해관계가 없는 제3국이 유인우주선을 달에 보낼 수 있도록 자금을 지원해야 합니다. 그래야 달에 관한 국제협정을 추진하려는 우리의 노력이 얼마나 진지한지 보여줄 수 있으니까요.

물론 마운트조이는 더운물을 펑펑 쓰고 도로를 확충하고자 하는 본래 목적을 숨기기 위해 이런 구실을 댄 것입니다. 하지만 그가 내건 구실은 우리의 의도에 딱 맞아떨어지지요. 그러면서도 현재 진행되는 우주계획이나, 앞으로의 협상에 있어 하등 손해될 것이 없습니다."

"그래도 그렇지, 하필이면 그랜드 펜윅이라니!"

국무부 장관이 말했다.

"세상 어느 누구도 우리가 진지하게 그랜드 펜윅에 우주개발 자금을 제공한다고는 생각지 않을 걸세. 그랜드 펜윅은 절대 그럴 능력이 없지 않은가."

"그랜드 펜윅이 그저 작기만 한 나라라면 지나가던 소가 웃을 일이겠지요. 하지만 그랜드 펜윅은 좀 다르지 않습니까?"

"다르다니, 뭐가 다르단 말인가?"

"코킨츠 박사 말입니다."

웬도버가 말했다.

"그랜드 펜윅에 살고 있는 코킨츠 박사는 세계에서 가장 뛰어난 물리학자입니다. 그가 로켓 연료에 대한 연구를 시작할 가능성도 없지 않습니다. 그는 쿼디움 폭탄을 개발해 세계를 떠들썩하게 만든 장본인 아닙니까. 전 세계 과학자들이 하나같이 그의 실력을 인정하는 마당이니, 우리가 그랜드 펜윅에 원조하는 것도 충분히 합리적으로 보일 겁니다. 이 정도면 진지해 보이지 않겠습니까?

단지 시늉뿐이지만, 누구도 대놓고 반박할 수 없겠지요. 겨우 500만 달러만 들이면 달에 대한, 나아가 우주에 대한 국제협정을 맺으려는 우리의 의지가 얼마나 진실한지를 전 세계에 보여줄 수 있습니다. 이보다 확실한 선전효과가 또 있을까요?"

"그러면 모피코트 어쩌고 하는 소리는 또 무슨 꿍꿍이지?"

장관이 물었다.

"그것도 마운트조이의 진짜 목표 가운데 하나일 겁니다."

웬도버가 말했다.

"여기서 우리는 다시 한 번 그의 숨은 동기를 살펴야 합니다. 아까 말씀드린 것처럼 그는 속내를 잘 드러내지 않는 전형적인 유럽 정치가이니 말입니다. 제 생각에 그의 숨은 동기는 차관 총액에 대공녀에게 선물할 모피코트의 구입비용을 끼워넣음으로써, 훗날 자신이 한 행동이 밝혀질 경우에 쏟아질 비난을 최소화하려는 것이 아닐까 싶습니다. 대공녀에 대한 그랜드 펜윅 국민들의 애정과 충성심은 그야말로 대단하니까요.

마운트조이는 지금 자신의 의지를 관철시키기 위해 수상의 권한을 남용하면서까지 도박을 벌이고 있습니다. 하지만 그가 의도한 대로 집집마다 더운물이 펑펑 나오고, 공국에 좋은 도로가 생기고, 나아가 대공녀에게도 모피코트를 선물한다면, 국민의 비난은 눈 녹듯 사라지고 영웅 대접을 받을 것이란 점을 계산에 넣었겠지요."

"그러면 자네는 우리가 그랜드 펜윅의 차관 지원 요청을 받아들여야 한다는 건가?"

"그렇습니다, 장관님. 지금 마운트조이가 제 발로 찾아와서 우리를 도와주겠다는 셈이니까요. 500만 달러만 준다면, 자기네가 적극적으로 나서서 우리 대신 소련을 궁지에 빠뜨리고, 나아가 소련이 우주탐사 및 이용에 대한 국제협약을 거절할 수 없도록 몰아가겠다는 거나 다름없습니다."

웬도버가 말했다.

장관은 한동안 말이 없었다. 그는 내심 마운트조이 백작의 치밀한 전략에 감탄했다. 한편으로는 자기처럼 자수성가하여 외교관이 된 사람과 달리, 마운트조이처럼 대대로 외교관을 배출한 가문 출신에게는 뭔가 특별한 능력이 있을지도 모른다는 경외감까지 들었다.

"젠장."

그는 혼잣말을 중얼거렸다.

"이러다가는 뭐든지 솔직하게 털어놓는 미덕이 큰 약점이 되겠군. 그렇다면 우리가 이 세계를 개선하기 위해 할 수 있는 일이 뭘까? 이렇게 조그만 나라의 노련한 정치가 한 사람도 자신의 진짜 목적과 이익을 이토록 교묘하게 감추는데 말이야."

그는 큰 목소리로 웬도버에게 지시했다.

"이 문제에 대해 보고서를 작성하게. 내가 직접 대통령께 보고하겠네. 그리고 그 돈은 차관이 아니라 무상 증여로 하게. 유엔에 보고할 때 우리가 아무런 조건 없이 돈을 줬다고 해야 좋은 인상을 주지 않겠나. 우리가 돈을 돌려받을 의사가 없다는 걸 최대한 강조해야 하네.

그나저나 500만 달러는 좀 심하지 않나? 너무 적지 않냐 이 말이야. 이래서야 유엔이 진지하게 받아들일 턱이 있나……. 그래, 차라리 5천만 달러로 하세. 그래야 그랜드 펜윅의 우주개발 계획을 돕겠다는 게 진심으로 보이지 않겠나."

"5천만 달러라고요?"

웬도버가 깜짝 놀라 물었다.

"그러면 초과한 금액은 어떻게 하란 말씀입니까?"

"그거야 그 친구들이 알아서 하겠지."

장관이 퉁명스럽게 대답했다.

"국민 모두에게 집을 한 채씩 지어주든, 차를 한 대씩 사주든, 아니면 대학을 하나 짓든. 그건 그 친구들이 알아서 할 일이고, 나는 이런 문제에 쩨쩨하게 굴다가 일을 망치지나 않았으면 하는 생각일세. 어차피 우리야 공산주의와 미국 사이에서 오락가락하는 나라들에도 돈을 퍼주지 않나. 그랜드 펜윅처럼 소신이 뚜렷하고 그들의 이익이 곧 우리의 이익이 되는 나라라면 돈을 더 못 줄 이유가 없지."

## 그랜드 펜윅을 떠나고 싶은 남자, **그랜드 펜윅밖에 모르는 여자**

코킨츠 박사는 쌀먹이새의 사진을 찍은 지 며칠이 지나도록 사진 건판을 현상하지 않았다. 여전히 그랜드 펜윅 와인의 물리적, 화학적 특성에 관한 연구에 푹 빠져 있었기 때문이다. 사진을 찍고 나서 곧바로 현상하지 않고 미적거리는 것으로 치자면, 코킨츠 박사도 보통 사람들과 마찬가지였다. 박사는 털리 배스컴이 점잖게 몇 번 재촉하자, 그제야 윗도리 주머니 속에 들어 있던 건판을 꺼내 여러 가지 화학약품들을 섞어 만든 현상액에 넣었다.

결과는 실망스러웠다. 건판마다 한가운데 안개가 낀 것처럼 얼룩져 있었고, 거기서부터 퍼져나온 듯한 가느다란 선이 건판을 온통 뒤덮고 있었다. 코킨츠 박사는 건판의 얼룩이 감광제를 바르는 중에 실수를 해서 생긴 거라고 믿었다. 그리고 가느다란 선은 건판이 주머니에서 뒹굴다가 긁힌 자국이라고 생각했다.

모든 건판에 비슷한 얼룩이 있는 것으로 보아, 어쩌면 사진기에 빛이 새어 들어왔는지도 모르겠다는 생각이 들었다. 하지만 사진기를 아무리 꼼꼼히 살펴보아도 빛이 샜을 만한 부분은 없었다. 난감해진 코킨츠 박사는 작업 중인 암실로 털리를 데리고 들어갔다.

"쌀먹이새 사진을 다시 찍어야겠네."

그는 털리에게 잘못된 건판을 보여주며 말했다.

"필름에 문제가 있었나 봐. 빛이 들어가서 다 못쓰게 되었지 뭔가."

"이상하군요. 전부 새것이었는데……."

털리가 말했다.

"나온 지 한 달도 안 된 신품이거든요. 유통기한은 대개 1년 이상이고요."

"하여간 보다시피 모두 못쓰게 됐어. 그러니까 내일 다시 가서 찍도록 하세."

"그러죠."

털리가 말했다.

"그 쌀먹이새 한 쌍은 아예 너도밤나무에 둥지를 튼 것 같더군요. 지난번에 사진을 찍을 때 만들었던 우리 은신처는 그대로 놔뒀습니다. 그 녀석들한테 익숙해지라고요. 다음에는 저번보다 작업하기가 쉬울 거예요. 녀석들은 새벽녘에 가장 활발하게 움직이니까, 그 시간에 맞춰 가면 좋은 사진이 제법 나오겠죠."

"그렇게 하지. 그럼 나는 사진기에 다른 문제가 없는지 살펴보겠네."

털리가 떠나고 나서 코킨츠 박사는 얼룩진 건판 가운데 하나를 라이트박스 위에 올려놓고 자세히 들여다보았다. 한가운데 얼룩진 부분은 마치 해가 빛나는 듯한 모양이었다. 박사는 도무지 영문을 알 수 없었다. 해가 빛나는 모양의 얼룩으로부터 여러 가닥의 선이 사방으로 뻗어 있었다. 좀 더 가까이서 보니 빛이 새어 들어와서 생긴 형태는 아니었다. 그는 작은 보석용 확대경을 통해 건판을 들여다보았다.

"이상하군."

그는 혼잣말을 했다.

"정말 이상해. 방사능 물질에 닿았을 때와 비슷한 흔적이잖아? 이 건판을 방사능 물질 옆에 두었을 리는 없는데……."

그는 기억을 더듬었다. 한참 만에 그것을 윗도리와 외투에 나누어 넣은 적이 있다는 것을 깨닫고, 연구실 여기저기를 둘러보다가 의자 위에 걸쳐놓은 윗도리를 찾아냈다. 그는 주머니에 들어 있는 것들을 모조리 실험대 위에 꺼냈다. 그 와중에 까맣게 잊고 있었던 몇 가지 물건을 찾아내기도 했다.

먼저 샤프펜슬이 여덟 개 나왔는데, 거기에는 각각 다른 색깔의 샤프심이 끼워져 있었다. 코킨츠 박사는 뭔가를 적는 일 자체를 무척 지루하게 생각해서 어떤 때는 붉은색, 어떤 때는 보라색, 어떤 때는 초록색 샤프펜슬을 사용하여 변화를 주곤 했다.

한두 번 쓰고 나서 주머니에 집어넣고는 까맣게 잊어버린 몽당연필도 여러 개 나왔다. 이것저것 적어놓은 메모지도 무수히 많았다. 어떤 것은 새에 대한 내용, 어떤 것은 시간과 에너지, 혹은 시간과 공간의 관계에 대한 방정식이었다.(코킨츠 박사는 아인슈타인의 통일장 이론에도 관심이 있었지만, 요즘 들어서는 아인슈타인의 우주 개념 속에 뭔가 한 가지 빠진 차원이 있다고 생각하고 있었다.)

그 외에 지난주에 한 입 깨물어 먹고 다시 넣어두었던 사과, 찻숟갈 하나 분량의 모래흙을 담은 봉투(광물 성분을 분석하기 위해서였다), 끈이 떨어진 요요 하나(전날 어떤 꼬마가 고쳐달라며 맡긴 것이었다), 펜실베이니아 대학 총장에게서 받은 편지(우주공간에서 수소 원자의 자연적 형태에 관해 논문을 써달라는) 등이 들어 있었다.

주머니에서 나온 물건들을 실험대 위에 늘어놓은 뒤, 그는 다시 얼룩진 건판을 살펴보기 시작했다. 박사는 건판과 실험대 위의 물건들을 한 번씩 번갈아 쳐다본 뒤, 건판이며 물건들을 모조리 암실로 가지고 들어갔다.

한편 마운트조이 백작은 미국 국무부 장관의 답장을 기다리며 초조해하고 있었다. 그는 자기가 저지른 일을 떠올릴 때마다 섬뜩해졌다. 이번 일은 분명 자유의회로부터 부여받은 수상으로서의 권한을 남용한 조치였기 때문이다. 요즘은 종종 자신이 대역죄로 그랜드 펜윅에서 추방돼 망명자로 살아가거나, 아니면 성의 지하 감옥에서 죄수로 살아가는 모습을 상상했다.

그러다 보니 극도로 신경과민이 되었으나, 그래도 글로리아나 대공녀를 알현할 때만큼은 애써 마음을 가다듬었다. 물론 대공녀는 마운트조이에게 근심거리가 있다는 사실을 눈치 챘지만, 그저 아들 문제이겠거니 하고 모르는 척했다.

마운트조이 백작의 아들 빈센트 마운트조이는 올해 스물다섯 살 된 청년으로, 키가 크고 마른 체구에 아버지를 쏙 빼닮아 미남이었다. 하지만 기질적인 면에서는 아버지와 전혀 닮지 않았다.

빈센트의 자질은 아버지보다는 돌아가신 어머니에게서 물려받은 것이었다. 그는 정치에는 전혀 관심이 없었고, 오로지 기계공학에만 관심을 쏟았다. 아버지의 기대를 저버릴 수 없어 마지못해 옥스퍼드 대학에서 정치학을 전공했지만, 그 뒤에는 셰필드 대학에서 기계공학을 전공했다. 마운트조이 백작에게 그 대학은 농부나 푸줏간집 자식들을 상류층 기계공으로 만들어주는 기술학교나 다름없었다.

"아니, 인문학은 무시하고 기술만 가르치는 학교를 어떻게 대학이라 할 수 있단 말이냐?"

백작은 아들이 옥스퍼드를 졸업한 뒤에 셰필드로 진학하겠다고 하자 노발대발하며 말했다.

"기껏해야 직업 교육이나 시키는 학교는 교육 사기꾼이나 다름없다. 모름지기 대학의 목표란 남부끄럽지 않은 버젓한 신사를 키워내는 것이야. 그러기 위해서는 고전을 배워야 하고, 불몇의 작가들을 평생의 친구로 삼아야 한다."

하지만 빈센트는 아버지의 이런 훈계를 한 귀로 흘리고 셰필드 대학에서 기계공학 학사를, 런던 대학에서 석사를, 그리고 피츠버그 대학에서 박사학위를 받았다. 그러나 지금은 아버지의 명령에 의해 그랜드 펜윅으로 돌아와서 정치가가 될 준비를 하고 있었다.

귀국한 직후에는 몹시 불행한 나머지 몇 주도 못 돼 어디론가 도망치려고 했다. 그때 털리 배스컴이 그에게 최소한 1년 정도는 공국에 있어보라고 충고해주었다.

"자네는 너무 오랫동안 외국에 있었기 때문에, 우리 그랜드 펜윅에 대해서는 오히려 잘 몰라. 그러니 이번 기회에 자네 고향에 대해 좀 더 알아보는 게 어떤가. 눈 딱 감고 1년만 있게. 유에스 스틸이나 제너럴 일렉트릭 같은 대기업에 취직하는 것이야 내년에도 얼마든지 가능하지 않나? 그러니 자네의 일생에서 단 1년만 부친께 할애하게. 어찌 되었건 그랜드 펜윅은 자네의 조국이고, 자네의 부친은 자네에게 학비를 대주신 분이 아닌가."

"하지만 그랜드 펜윅은 제게 아무런 의미가 없어요. 저는 이 나라에 전혀 어울리지 않는 사람이라고요. 결국 1년을 고스란히 허비하게 될 겁니다. 두고 보세요."

"일생에서 단 1년을 희생해서 부친을 기쁘게 해드릴 수 있다면, 그 희생은 할 만한 가치가 있다고 할 수 있지 않을까? 그리고 또 누가 아나? 그랜드 펜윅도 달라질지?"

"600년 동안 달라진 게 하나도 없는 나라가 어떻게 갑자기 바뀌겠어요?"

빈센트는 이렇게 잘라 말했다. 하지만 말은 그렇게 하면서도 결국 1년만 더 머물러보기로 했다. 그나마 이런 결정을 한 것은 신시아 벤트너 때문이었다. 노동당 당수 데이비드 벤트너의 딸인 신시아는 예쁘고 착한데다, 남의 이야기를 잘 들어주었다. 학력이라고 해봐야 그랜드 펜윅에 단 하나뿐인 공립학교를 나왔을 뿐이지만, 그녀가 겸비한 상식과 이해심은 빈센트조차도 감탄해 마지않을 정도였다.

두 사람은 종종 함께 산책했고, 때로는 빈센트가 벤트너의 집 부엌 식탁에 앉아 신시아가 일하는 모습을 지켜보기도 했다. 어머니가 오래전에 돌아가셨기 때문에 신시아는 집안일을 도맡아했다. 그는 자신의 고민과 야심과 절망을 모두 그녀에게 털어놓았고, 때로는 그녀와 함께 있다는 것만으로도 위안을 얻곤 했다.

물론 가끔 싸울 때도 있었다. 대부분 그가 일방적으로 화를 내는 편이었고, 그 원인도 스스로에 대한 절망감 때문이었다. 한번은 그녀에게 "무식하다"고 하면서, "배운 것이라곤 없어서 저기 산등성이에서 놀고 있는 양들보다 나을 것이 없다"며 심한 말을 퍼부은 적이 있다.

"너도 머리가 있을 것 아냐? 그런데 기껏해야 사과파이 굽는 것 말고 하는 일이 뭐야?"

그는 화를 내며 나가버렸다. 그리고 며칠 뒤에 나타나서 미안하다고 사과했다.

"무식하니 뭐니 하는 말은 진심이 아니었어. 그냥 나 자신에게 화가 나서 괜히 너를 몰아세운 거지."

"아니, 네 말도 맞긴 맞아."

신시아가 말했다.

"나는 많이 배우지도 못했잖아. 여기 사람들이 배우는 만큼만 배웠고, 그렇다고 공부를 잘한 것도 아니었어. 하지만 모든 사람이 반드시 공부를 많이 해야 한다고는 생각하지 않아. 세상에는 굳이 공부하지 않아도 할 수 있는 일이 얼마든지 있으니까. 마찬가지로 배운 게 없어도 꼭 해야 하는 일도 있고."

"꼭 해야 하는 일이라니, 그게 뭔데?"

"이렇게 남의 이야기를 들어주는 것. 학위를 따야만 남의 이야기를 들어줄 수 있는 건 아니야. 하지만 누군가는 반드시 해야 하는 일이지."

이 말을 듣는 순간, 빈센트는 자신이 더욱 부끄러워졌다. 신시아가 자기보다 훨씬 더 나은 인간처럼 보였다. 처음에는 그런 생각 때문에 언짢았지만, 결국은 겸허히 인정하지 않을 수 없었다. 물론 언짢은 기분은 금세 가시지 않았다. 남의 장점을 통해 자신의 약점을 깨닫는 것을 끔찍이 싫어한다는 점에서 빈센트는 아버지 마운트조이 백작을 쏙 빼닮았다.

하지만 자기 앞에 놓여 있는 기계공학 분야에서의 찬란한 미래를 떠올릴 때면, 신시아 벤트너나 그랜드 펜윅이라는 존재는 모두 지워져버리고 말았다. 그의 머릿속에서 이 둘은 긴밀히 연결되어 있었고, 신시아 벤트너는 그랜드 펜윅 공국이 의인화된 형태처럼 느껴졌다. 그러면서도 언젠가는 그녀에게 고민을 털어놓을 수 없을 거라고 생각하면, 삶이 왠지 황량하게 느껴지기도 했다. 그는 이런 기분이 권태와 감상에서 비롯된 것이라고 애써 생각하며, 1년 뒤 이 나라에서 벗어나면 그런 생각도 모두 사라지리라고 여겼다.

빈센트가 신시아와 가깝게 지낸다는 사실이 마운트조이 백작에게는 적지 않은 근심거리였다. 자기 아들이 그리 지적이지 않은 처녀와 결혼한다는 건 생각만 해도 끔찍했다. 두 사람이 함께 있는 모습이 자주 눈에 띄자, 아들을 그랜드 펜윅에 붙잡아두는 것이 잘하는 짓인지 의구심마저 들었다.

그야말로 딜레마였다. 빈센트는 한번 떠나면 앞으로 자기나 그랜드 펜윅과는 영영 인연을 끊을 것이다. 반대로 계속 머무른다면 엉뚱한 여자와 결혼해서 신세를 망칠 게 아닌가.

"공국 내에 우리 아들놈하고 결혼할 만한 처녀가 없는 게 너무 아쉽구먼."

한번은 백작이 털리에게 이렇게 불평했다.

"다행인지도 모르죠. 빈센트는 결혼하기엔 아직 어리지 않습니까?"

털리가 대답했다.

"무슨 소리. 벌써 스물다섯이나 되었는걸."

"나이로는 그렇지만 생각하는 건 아직 어린애에 지나지 않아요. 아직도 자기가 세상에서 가장 중요한 인물이고, 매사에 가장 적합한 인물이라고 생각하던걸요. 그런 사람은 대개 평생 독신으로 살게 마련이죠. 천성 자체가 어린애니까요.

아, 그나저나 이번에 새로 찍은 쌀먹이새 사진은 아주 잘 나왔습니다. 처음에 찍은 건 실수로 건판에 얼룩이 졌죠. 아마 사진기에 빛이 새어 들어왔던 모양이에요."

"잘되었다니 다행이군. 박사 말로는 그것이 아주 중요한 일이라던데."

백작이 말했다.

"이건 전 세계의 조류학자들 사이에 대단한 화제가 될 겁니다. 지금까지 쌀먹이새는 미국 북동부 연안 지역에만 서식하는 것으로 알려져 있었거든요."

"미국? 그까짓 미국이 뭐 그리 대단하다고?"

백작은 화가 난 듯 불쑥 내뱉고는, 영문을 몰라 어리둥절해 하는 털리를 뒤로 하고 총총히 사라져버렸다.

불안한 마음으로 미국의 답장을 기다리는 사이, 백작은 다시 한 번 위안을 얻고자 코킨츠 박사를 찾아갔다. 박사가 연구실에 틀어박혀 있는 동안은 아무도 방해할 엄두를 내지 못했다. 오직 마운트조이 백작만이 자기야말로 그랜드 펜윅에서 유일하게 박사를 상대할 수 있는 고상한 인물이라고 확신하고 그를 찾곤 했다. 백작은 연구실 문을 똑똑 두드린 뒤에 대답은 듣지도 않고 곧장 안으로 들어섰다.

"내 외투는 어쨌소?"

코킨츠 박사가 뒤도 돌아보지 않고 물었다. 그는 실험대 위에 화학약품이 들어 있는 유리병을 잔뜩 늘어놓고 바쁘게 움직이고 있었다.

"외투라니, 무슨 말입니까?"

마운트조이가 반문했다.

코킨츠 박사는 그제야 고개를 돌려 멍한 표정으로 백작을 쳐다보았다.

"아, 난 또 플러머 여사인 줄 알았지 뭡니까."

그의 말투는 마치 마운트 조이 백작이 불쑥 나타난 게 잘못이라는 식이었다.

"아, 착각하셨군요."

"그러면 백작께선 제 외투가 어디에 있는지 모르시겠군요? 아주 중요한 건데……. 혹시 제 외투를 보신 적 없나요?"

"제가요?"

백작이 놀라며 물었다.

"저야 없죠."

"그러면 플러머 여사께 제 외투를 어디다 두었는지 좀 물어봐주시겠습니까?"

코킨츠 박사가 말했다.

"외투가 아니라면 도무지 설명이 되지 않는 문제라서요."

백작은 시종이라도 된 듯한 기분이 들어 마뜩치 않았지만, 코킨츠 박사가 워낙 정신 없어 보였기 때문에 할 수 없이 박사의 빨래를 해주는 플러머 여사를 찾아갔다. 그리고 몇 분 뒤에 코킨츠 박사의 외투를 손에 든 플러머 여사와 함께 연구실로 돌아왔다.

"아, 거기 있었군요. 외투 때문이 아니라면 이건 정말 수수께끼라고 해야 할 겁니다."

코킨츠 박사가 말했다.

"제가 보기엔 지금 이 상황이 수수께끼로군요. 괜찮으시다면 이게 어떻게 된 일인지 설명해주시겠습니까?"

마운트조이 백작이 말했다.

코킨츠 박사는 대답 대신에 자신이 현상한 사진 건판을 백작에게 건넸다. 하나같이 한가운데 시커먼 얼룩이 있었다.

"이건 사과, 아무렇지도 않습니다."

코킨츠 박사가 말했다.

"이건 요요, 역시 아무렇지도 않습니다. 이건 제가 쓰는 초록색 연필이죠. 보시다시피 이것도 아무렇지 않습니다."

"이게 다 뭔지 도무지……."

마운트조이가 말했다.

"이중 일부에서는 선이 뻗어나와 있어야 합니다. 그런데 선이 없는 건 이 외투 때문이라고밖에 생각되지 않습니다."

코킨츠 박사가 말했다. 그가 이 문제로 워낙 정신이 없는 듯 보여서 백작은 더 이상 아무것도 물어볼 수가 없었다.

"이 외투를 가져다가 어떻게 하셨습니까?"

코킨츠 박사가 외투를 들고 있는 플러머 여사에게 물었다.

"물에 푹 담갔다가 꾹 짰죠."

플러머 여사가 대답했다.

"물에 푹 담갔다가 꾹 짰다고요?"

박사가 꽥 소리를 질렀다.

"맙소사! 엄청난 과학적 발견이 송두리째 날아갔을지도 모르는데! 혹시 물에 담그기 전에 주머니를 확인해보셨습니까?"

"그럼요."

"뭐가 나오던가요?"

"저런 것 하나하고요."

여사는 사진 건판을 가리켰다.

"그리고 구겨진 봉투가 하나 있더군요."

"그건 어디 두셨나요?"

"저런 것은 옷장 밑에 뒀고요."

여사는 다시 사진 건판을 가리켰다.

"봉투도 같이 뒀죠."

"그러면 지금 당장 그 물건들을 좀 가져다주세요."

코킨츠 박사가 다급하게 부탁했다.

플러머 여사는 곧바로 그 두 개의 물건을 가져왔다. 그러자 코킨츠 박사는 한마디도 없이 그것을 받아가지고 즉시 암실로 들어가서는 나오지 않았다. 마운트조이 백작은 플러머 여사를 돌려보냈다. 여사는 몹시 당황스러워했지만 곧 평소의 활달한 모습으로 돌아가, 코킨츠 박사가 지금 또 뭔가 실험 중이니 머지않아 성안이 시끌벅적해질 거라고 하인들에게 소문을 퍼뜨렸다.

백작은 박사가 암실에서 나오기를 기다렸지만 박사는 오랫동안 나오지 않았다. 박사가 나오더라도 또 그 사진 건판을 들먹일 거라는 생각이 들었다. 그래서 백작은 마음의 위안도 얻지 못한 채 연구실에서 나와 혼자 고민에 빠질 수밖에 없었다. 그의 고민이란 두말할 것도 없이 미국 국무부 장관으로부터 답장이 도착할지 여부였다.

## 500만 달러가 아니라, **5천만 달러라고?**

그랜드 펜윅 공국으로 오는 편지는 대개 프랑스를 거쳐서 온다. 정확히 말하자면 퐁탈리에에서 보메르당† 사이를 오가는 버스기사가 도중에 공국의 국경에 들러 배달했다. 그래서 제아무리 비행기를 타고 1분에 15킬로미터 이상의 속도로 날아온 특급우편이라 하더라도, 프랑스부터 그랜드 펜윅까지는 공국의 국경이 펼쳐진 외딴 산길을 따라 덜컹거리는 구식 르노 버스에 실려 한 시간에 15킬로미터 이하의 속도로 갈 수밖에 없었다.

이 버스를 운전하는 기사는 툭하면 늦게 오는 건 물론이고, 운행 시간에 대해서도 프랑스인 특유의 무신경한 태도를 보였다. 그는 버스회사에서 정해주는 운행 시간표가 자신을 속박하고 있다고 생각했다. 게다가 설령 기분이 좋아서 운행 시간표를 엄수하고 싶어도 고물 르노 버스로는 절대 불가능하다고 투덜거렸다.

그런가 하면 그랜드 펜윅으로 가는 우편물이 퐁탈리에에 도착하기 전에 버스가 떠나버리는 경우도 종종 있었다. 때로는 뭔가에 심통이 난 버스기사가 오늘은 그랜드 펜윅에 우편물을 배달하지 않겠노라고 마음먹는 때도 있었다. 어쨌든 이런저런 이유로 우편물이 공국에 제때 배달되는 경우가 없다 보니, 미국으로부터 답장을 기다리고 있는 마운트조이 백작으로선 애가 바짝바짝 탈 수밖에 없었다.

퐁탈리에와 보메르당을 잇는 도로의 중간 지점에는 그랜드 펜윅 공국의 국경이 있었다. 거기엔 돌기둥이 하나 있었고 그 기둥에는 우편함을 달아두었다. 버스기사는 바로 여기에 우편물을 넣어두곤 했다.

그랜드 펜윅에는 우체부라는 직업 자체가 없었다. 대신 누구든지 우편함 근처를 지나가다가 생각이 나면 편지가 있는지 확인하고, 마침 편지가 와 있으면 그걸 직접 수취인에게 가져다주었다.

달리 말하자면 그랜드 펜윅 국민은 누구나 우체부인 셈이니, 어쩌면 제법 효율적인 체계라고 할 수도 있겠다. 그러나 문제는 편지를 꺼낸 사람이 곧바로 배달하지 않고 편지를 주머니에 넣어둔 채 하루 이틀이 지나도록 까맣게 잊어버리는 경우가 잦은데, 그것을 다들 그러려니 한다는 것이었다.

† 둘 다 스위스 접경지대에 위치한 프랑스의 도시 이름이다.

마운트조이 백작이 그토록 고대하던 미국 국무부 장관으로부터의 답장 역시, 느려터진 르노 버스를 타고 도착하여 우편함 안에 들어 있다가, 한 농부의 손에 들어갔다. 그는 마침 키우던 소가 병들어서 약을 타가는 중이었다. 농부는 편지를 주머니 속에 넣고 우선 집으로 돌아가 소에게 약을 먹인 다음, 이틀이나 지나서야 배달에 나섰다.

마운트조이는 낚아채듯 농부의 손에서 편지를 받아들었고, 작별인사를 건네는 그에게 고맙다는 말을 남기곤 부리나케 집무실로 들어가 떨리는 마음으로 봉투를 열었다. 맨 처음 그의 눈에 들어온 것은 5천만이라는 숫자였다. 이 숫자를 보는 순간 그의 가슴은 덜컥 내려앉았다.

"5천만 달러?"

그가 외쳤다.

"도대체 어떻게 된 거지?"

그는 혹시 편지가 잘못 왔나 싶어 편지봉투에 적힌 주소를 확인해보았다. 이 정도 거금이면 그랜드 펜윅 정부가 아니라, 이탈리아나 프랑스로 가야 할 편지인가 싶었던 것이다.

하지만 겉봉에 적힌 수신인의 이름은 분명히 마운트조이 백작이었다. 다시 한 번 편지를 들여다보니, 5천만이라는 숫자 바로 뒤에 "일금 오천만 달러"라고 적혀 있었다. 아무래도 오타는 아닌 듯했다. 그는 흥분을 가라앉히며 편지를 한 자 한 자 꼼꼼히 읽어나갔다. 혹시 자기가 그랜드 펜윅을 5천만 달러라는 빚더미 위에 올려놓은 것이 아닌가 싶어 조마조마하던 백작의 걱정은, 편지를 다 읽은 순간 뿌듯함과 자랑스러움으로 바꿔었다.

편지에는 달 탐사용 유인우주선을 개발하기 위한 그랜드 펜윅의 자금 지원 요청을 숙고한 결과, 미국 정부는 우주개발에 있어 그 어떠한 독점이나 야심을 지니고 있지 않다는 평소의 소신을 확고히 표명하기 위해, 기꺼이 공국 측에 5천만 달러의 자금을 무상으로 증여하기로 결정했다는 내용이 적혀 있었다.

편지는 다음과 같이 계속되었다.

미국 정부는 귀국에서 현재 진행하는 우주개발이 자국의 이익만을 위한 것이 아니라, 인류의 이익을 위한 것임을 믿어 의심치 않는 바입니다. 따라서 우리 정부는 귀국에 지원하는 이 자금에 대해서 향후 원금 및 이율의 상환 의무를 일체 면제해드리고자 합니다.

"세상에!"

마운트조이가 외쳤다.

"정말 통 한번 큰 나라로군. 욕조나 하나 들여놓을까 해서 돈을 빌려달라고 했더니, 고급 대리석에 순금으로 장식한 욕조를 들여놓게 생겼어. 하느님께서 미국을 축복하시길! 이 정도면 세계의 희망이며 모두의 위안이 되는 나라 아닌가!"

그는 미국의 관대함에 깊은 감동을 받아 신나게 떠들었다.

"앞으로는 우리가 미국을 지켜줘야겠군. 이렇게 훌륭한 나라가 그보다 못한 나라 때문에 망하도록 내버려두어선 안 되지. 당장 소련에 서신을 보내서 그랜드 펜윅은 베를린 장벽 문제에서 기꺼이 미국을 지지한다는 의사를 강력하게 표명해야겠어."

미국의 관대함 덕분에 펜윅 성에 수도 시설을 갖출 수 있게 됐다고 생각하자, 백작은 더없이 기분이 좋아졌다. 그는 평소에 사용하던 욕조가 놓인 옆방으로 들어가, 방금 더운물을 가득 채워놓은 욕조의 아래쪽을 힘껏 걷어찼다. 그러자 이미 나 있던 틈이 더욱 벌어지면서 물이 졸졸 새어 나왔다.

"네놈은 이제 필요 없어! 이 망할 놈의 욕조 같으니!"

마운트조이 백작이 외쳤다.

이렇게 좋은 소식을 혼자만 알고 있을 수는 없었다. 가장 먼저 떠오른 사람은 코킨츠 박사였다. 슬플 때나 기쁠 때나, 혹은 지루할 때 늘 찾아가는 사람이 바로 박사였다. 백작이 연구실로 찾아갔을 때 코킨츠 박사는 여전히 사진 건판 실험에 몰두하고 있었다.

"이게 뭔지 아시겠소, 박사?"

백작이 편지를 흔들어 보이며 물었다.

"자그마치 5천만 달러랍니다. 이제 우리가 필요한 건 다 가질 수 있어요."

그러나 박사는 무심한 표정을 지은 채 두툼한 안경 너머로 백작을 바라보며 마지못해 고개를 한 번 끄덕인 뒤, 다시 하던 일에 집중했다. 마운트조이는 코킨츠 박사를 둘러싸고 있는 무심함의 짙은 안개를 뚫는 대신, 속으로 짜증을 내며 박사의 연구실을 나섰다. 이번에는 털리 배스컴을 찾아가 이 소식을 전했다.

털리의 반응은 백작의 예상과는 정반대였다.

마운트조이는 미국 국무부 장관과 교환한 서신 내용을 자세히 설명해주고 나서, 신이 나서 이런 결론을 내렸다.

"생각해보게. 내가 얼마나 멋지게 성공했는지를 말이야! 이런 게 바로 정치의 묘미지. 500만 달러를 요청했는데, 5천만 달러를 받아냈단 말일세! 크롬 도금 수도꼭지가 아니라 순금 수도꼭지를 달게 생겼고, 맘만 먹으면 마노제 욕조도 가질 수 있어! 이제 그랜드 펜윅을 세계에서 가장 멋진 관광지로 개발할 수도 있네. 대공녀 전하께 러시아 모피코트를 사드릴 수 있는 건 물론이고 말일세. 그야말로 상상을 초월하는 일이라니까! 에…… 그나저나 내가 자네를 찾아온 건 다름이 아니라, 차후에 자유의회에 나가서 이 문제에 대해 약간의 해명을 해야 할 때 도움을 좀 받을까 해서라네. 그러니까…… 에…… 우선 내가 의회 결의안을 조금 부풀려서 실행한 것은 잘못이라고 할 수 있지. 뭐, 하지만 그 덕분에 이렇게 대단한 결과가 나왔잖나."

"제가 그 편지를 좀 읽어봐도 될까요?"

털리는 마운트조이 백작에게서 편지를 건네받아 유심히 읽어보았다.

"그런데 이 편지에는 달에 유인우주선을 보내는 데 쓰라고 돈을 준 것으로 되어 있는데요?"

그는 편지를 읽고 말했다.

"그 외의 다른 목적으로 사용해도 된다는 이야기는 한 구절도 없군요."

"그거야 당연하지, 이 친구야."

마운트조이가 말했다.

"그게 바로 정치의 묘미이자 외교라니까. 이런 협상을 할 때에는 진짜 이유나 동기를 명확히 드러내서는 안 되는 법이네. 내가 우주선 개발 운운한 것도, 미국이 자금을 지원할 적절한 구실을 제공하기 위해서였어. 미국도 공식적으론 우주선 개발에 쓰라면서 돈을 주긴 했지만, 사실 우리가 이 돈을 어디에 쓰건 별 관심이 없을 걸세. 그 친구들이야 자신들이 우주 정복에 있어 독점적 지위를 차지할 의사가 없고, 그 소신을 지키려고 노력하고 있다는 사실을 세계에 확실히 선전하려는 거니까. 우리는 덕분에 욕조를 들여놓을 수 있게 되었고 말일세. 그러니 누이 좋고 매부 좋은 일 아닌가. 게다가 우주개발을 둘러싼 동서 간의 긴장도 해소하고 말일세."

하지만 털리는 고개를 저었다.

"그렇게 순순히 일이 풀리진 않을 겁니다. 우리 국민은 아직 남을 등쳐먹을 만큼 타락하진 않았으니까요. 그런 거짓 구실을 대면서까지 다른 나라로부터, 그것도 우리보다 역사도 한참 짧은데다가 아직까지는 한때 우리처럼 강력하고도 훌륭한 이상을 지니고 있는 나라한테서 돈을 우려낼 만큼 타락하진 않았다

이겁니다. 연륜도 짧고 미숙하기 짝이 없는 미국 같은 나라를 우리처럼 전통 있는 나라가 도와주지 않으면 누가 도와주겠습니까? 그러니 그들을 속여서는 안 됩니다. 이 돈을 돌려주도록 하세요."

"이것 보게, 이 친구야!"

백작이 안절부절하면서 말했다.

"그건 애써 우리를 도와준 미국에 대한 예의가 아니지! 그런 식으로 상대를 난처하게 해서야 쓰겠나? 그쪽에서는 어디까지나 스스로의 판단에 의해 5천만 달러를 보냈다고. 자네도 알다시피 내가 원한 건 단지 500만 달러였는데 말야. 그런데 이제 와서 필요 없다면서 돌려보내라고? 그게 어떤 결과를 가져올지 생각해보게. 지금껏 어느 누구도 미국이 주는 돈을 거부한 예가 없지 않나? 금시초문이 맞지? 그런데 우리가 거절한다면 아마 세계적인 재난이 벌어질 걸세. 우리 공국이 이 돈을 거절했다는 소문이 돌면, 미국 달러에 대한 불안감이 조성되어 경제적으로 큰 파장이 일어날 수도 있단 말일세.

미국은 어디까지나 호의를 가지고 돈을 보낸 걸세. 우리가 당연히 받아들이리라고 생각하고서 말이야. 그러니 우리가 이 돈을 받지 않는다면 두 나라 사이의 호의적인 협력관계를 해치지 않겠나. 돈을 받는 게 피차 명예로운 일일 걸세."

"미국은 우주선 개발에 쓰라고 돈을 준 겁니다. 그러니 정말 우주선 개발에 쓰거나, 아니면 돌려보내야 합니다. 둘 중 하나입니다."

털리가 고집스럽게 주장했다.

"자네, 정말 답답하군!"

마운트조이 백작은 격노했다.

"자네의 문제가 뭔지 아나? 늘 그렇게 원칙만 고수하고 정치가로서의 유연성이 부족하다는 걸세! 물론 '정직이야말로 최선의 정책'이라는 격언도 있지. 하지만 그건 어디까지나 격언에 불과하단 말일세. 정직이나 솔직함 따위는 진정으로 뛰어난 정치가에게 아무 소용이 없단 말이야.

솔직히 각국 정부가 어떤 식으로 일을 해나가는지, 어떤 계획을 품고 있는지 국민들이 안다면 놀라 자빠질걸? 정부가 매일같이 직면하는 온갖 재난들을 국민이 가감 없이 알게 되면, 나라는 대혼란에 빠져들 걸세. 정부의 기능이란 되도록 국민들에게 쉬쉬해가면서 나라를 부강하게 만드는 것 아니겠나? 그걸 잘하는 정부가 훌륭한 정부라고 할 수 있지.

정부들이 각자의 정책과 목표를 솔직하게 털어놓지 않아도, 얼마든지 효율적으로 협력해가며 일할 수 있는 걸세.

만약 세상 모든 정부가 자네처럼 무조건 정직하고 솔직하기만 하다면 어떻게 되겠나? 어떤 나라도 감히 자국의 발전을 도모할 수 없을 걸세. 걸핏하면 다른 나라가 곧바로 따라잡고 훼방을 놓을 테니까.

자네는 이해하지 못하겠지만, 이런 속임수는 외교에 있어 일종의 윤활유란 말일세. 서로 얼버무림으로써 복잡한 만사가 자연스럽게 술술 돌아가게 만드는 거지. 반대로 각국 정상들을 모두 불러다가 한자리에 앉혀놓고 서로 솔직해지자는 것만 한 고역은 없다네. 뭔가 진전을 이루려고 한다면 결코 있어서는 안 되는 일이지.

그래서 수많은 관료들이 모여서 시간낭비에 불과한 온갖 정상회담용 의제를 만들어내는 것이고, 전문가들이 모여서 정부의 본래 목표를 가급적 애매모호하게 만들 사안들을 각국 정상들에게 귀띔해주는 것이 아닌가.

물론 정상회담이 끝나면 으레 거창한 진전이 이루어진 것처럼 발표하고, 회담 자체도 시종일관 화기애애한 분위기 속에서 이루어진 것처럼 얘기하지. 자네도 알겠지만, 솔직히 제2차 세계대전 이후 이런 일이 빈번하지 않았나.

그런 다음에는 만사가 제자리로, 그러니까 노련한 정치가들의 손으로 되돌아오고, 그러면 이들이 다시 나서서 최대한 간접적으로 자국의 이익을 위해 노력하는 걸세. 물론 뭘 모르는 대중이야 정상회담 한 번 하면 만사가 풀리고, 긴장이 완화되는 줄 알겠지.

협상 테이블에서 목적을 솔직하게 털어놓는 것은 다른 나라의 신뢰를 잘못 이용하는 것임을 자네도 분명히 알아야 하네. 만약 미국이 우리에게 돈을 빌려주면서, 우리가 공식적으로 내건 용도로만 돈을 사용하라고 요구했다면 이만저만한 실례가 아니지. 그런 돈은 어떤 용도로 전용하더라도 피차 너그러이 이해하는 게 관례란 말일세. 이번 경우에는 우주선 개발보다도 수도 시설이 우리에게 더 시급한 일 아닌가."

"혹시 이 돈이 누구 주머니에서 나온 것인지는 생각해보셨습니까?"

백작이 퍼부은 휘황찬란한 정치적 수사 앞에서 말없이 생각에 잠겨 있던 털리가 문득 물었다.

"그야 물론 미국 납세자들의 주머니에서 나왔겠지. 우리가 받은 금액으로 따지자면 미국 국민 1인당 1달러도 채 안 되는 금액을 조금씩 기부했다고 생각하면 될 걸세."

"그렇다면 미국 납세자들은 자신들이 낸 세금을 가지고 우리가 더운물로 목욕하는 것을 흔쾌히 승낙했을까요?"

털리가 재차 물었다.

"물론 사실을 알고도 흔쾌히 승낙할 사람은 없겠지. 하지만 그게 뭐 대순가? 일단 미국 납세자들이 이 사실을 알게 될 리가 절대 없고, 우리가 정말로 그 돈을 우주선 개발에 사용하면 자기들의 우주개발에 새로운 위협이 되겠거니 하고 말겠지."

"우리가 무슨 권리로 그들을 속인다는 말씀입니까?"

"어이구, 이런!"

마운트조이 백작이 소리쳤다.

"자네 왜 갑자기 성인군자라도 된 것처럼 구나? 미국 납세자들은 예나 지금이나 정부에게 속고 사는 판 아닌가? 미국 정부가 남아메리카의 독재자들에게 돈을 빌려줄 때도, 그 순진한 납세자들은 자기가 낸 세금이 남아메리카의 가난한 농부들을 위해 쓰인다고 철석같이 믿었지. 미국이 사실을 괜히 감췄다고 생각하나? 감추는 편이 납세자들에게 더 좋다고 생각해서야.

물론 미국 정부에게도 '당연히' 좋고.

지금 같은 상황에서는 제3세계 국가를 끌어들여 우주경쟁을 다각화하는 편이 미국 정부에게 더없이 좋은 일일세. 그래야 국민이 안심할 테니까. 이것이 미국 정부가 의도한 것이지. 그러니 우리는 안심하고 욕조나 새로 들여놓도록 하세."

"절대로 그렇게 되진 않을 겁니다."

털리가 말했다.

"이 돈은 이 편지에 적힌 공식적인 용도로만 사용되어야 합니다. 그렇게 하실 의사가 없다면 저는 자유의회를 통해 수상의 직권 남용과 기만 행위를 들어 탄핵안을 올리고 해임안을 통과시킨 뒤에, 그 돈을 고스란히 미국에 돌려보내겠습니다. 필요하다면 노동당과 연대해서라도 말입니다. 그렇게 되면 벤트너가 백작의 뒤를 이어 신임 수상이 되겠지요."

"말도 안 되는 소리 말게!"

마운트조이는 노발대발했다.

"어떻게 하시겠습니까? 동의하시겠습니까, 아니면 물러나시겠습니까?"

하지만 마운트조이 백작은 온갖 술수가 난무하는 정치판 한가운데서 산전수전 다 겪은 인물이었다. 그는 뛰어난 정치가가 이 위기의 순간을 타협으로 승화시키지 못하고 파멸에 이른 경우를 수없이 보았다. 그는 지금이 바로 그러한 위기임을 깨달았다. 하지만 그에겐 아직 몇 가지 무기가 남아 있었고, 이것만 잘 사용하면 어느 정도 타협에 성공할 수도 있을 듯했다.

"이것 보게."

그는 엄숙하게 말했다.

"지금부터 내가 하는 이야기를 새겨듣게. 이건 세계의 정치학도들이 귀담아들을 만한 교훈이라네.

비록 이 상황에는 악영향을 끼치겠지만, 나 역시 자네 못지않게 정직을 존중하는 입장이네. 하지만 자네는 대부분의 사람들처럼 돈에 대한 정직을 말하고 있지 않은가. 그것은 어디까지나 장사꾼의 관점에서 본 정직이고, 따라서 열등한 것이지. 세상에는 우정에서의 정직도 있고, 원칙에서의 정직도 있다네. 그런가 하면 도둑들 사이에서만 통하는 정직과 명예가 있고, 정치가들 사이에서만 통하는 정직과 명예도 있네. 물론 일반인들은 이런 개념 자체를 무시하려 하겠지만 말일세.

자네는 이 5천만 달러를 단지 큰돈이라고만 생각하고, 어떻게 하면 이걸 최대한 정직하게 쓸 것인지를 고민하고 있지? 하지만 여기에는 돈으로 표현할 수 없는 게 또 하나 얽혀 있다네. 바로 신뢰라는 것이지. 미국은 우리를 신뢰하네. 그러니까 우주개발을 국제화하기 위한 자신들의 계획을 우리가 도와줄 것으로 믿고 이 돈을 보내준 것이 아닌가?

물론 돈을 빌리고 어쩌고 하는 것은 내가 세운 계획이네. 하지만 나는 어디까지나 좋은 뜻으로 미국에 제안했고, 그쪽 역시 좋은 뜻으로 받아들였네.

그런데 이제 와서 우리가 물러난다면, 그것은 상대방의 신뢰를 저버리는 일 아닌가? 이것은 미국이 준 돈을 다른 용도로 사용하는 것보다도 더 부정직한 일일세.

게다가 미국과의 관계에서 우리의 명예가 심각하게 실추되겠지. 우리가 먼저 제안해놓고, 그쪽이 수락하자마자 대뜸 취소한 셈이니 말일세. 그렇게 되면 우리 공국에 대한 신뢰는 앞으로 영원히 회복하기 어려울 걸세.

한마디만 더 하겠네. 자고로 국가 간의 세력 균형은 조약이나 정상회담에서 이루어지는 거창한 합의에 근거하는 것이 아니라, 서로에 대한 신뢰를 바탕으로 한다네. 지금 미국은 우리가 이 돈을 기꺼이 받을 것으로 확신하고, 이미 유엔에 우주개발 경쟁을 국제화하기 위해 우리 그랜드 펜윅에 자금을 증여했다는 사실을 정식으로 통보했을 걸세. 따라서 우리는 그들을 실망시킬 수도 없고, 실망시켜서도 안 되지."

백작의 짧은 훈계를 통해 털리의 마음이 조금 흔들린 모양이었다.

"돈을 무조건 돌려보내자는 건 아닙니다."

그가 천천히 입을 열었다.

"다만 본래의 목적인 우주선 개발에만 사용하자는 겁니다."

"자네가 그렇게 말하니 적이 안심이 되는구먼."

마운트조이 백작이 말했다.

"그렇다면 우리 둘 다 돈을 돌려보내지 않는다는 기본적인 합의에 이른 셈이군. 이제 남은 것은 이걸 어떻게 쓰느냐 하는 문제일세. 자네도 잘 알겠지만, 이렇게 많은 금액은 어떻게 사용하느냐에 따라 우리 국민에게 돌아갈 이익도 크지 않겠나.

최대한 지혜로운 쪽으로 사용한다면 말일세."

"지혜로운 쪽이라니, 무슨 뜻인가요?"

"만약 우리가 이 돈을 우주선 개발에만 사용한다면, 우리 국민들에겐 아무런 이득이 없지 않겠나? 고용할 사람이라야 코킨츠 박사 한 사람뿐일 텐데 그 양반도 지금은 사진 건판 몇 개만 있으면 아쉬울 게 없어 보이더군.

그러니 이 돈을 우주선 개발에 모조리 쏟아붓는 대신, 일정액을 우리 국민에게 좀 더 직접적인 이익이 되는 분야에 사용한다면 어떻겠나? 그러면 당장 고용효과도 생길 거고, 결국 공국 전체적으로도 소비가 활성화……."

"결국 도로하고 호텔을 만들고 수도 설비를 하자, 그 말씀이시군요."

털리가 백작의 말을 끊었다.

"뭐…… 호텔 정도야 빼도 괜찮고."

마운트조이 백작이 말했다.

"호텔은 지금 당장 필요한 건 아니니까. 하지만 그 돈에서 일부만이라도 떼어서 펜윅 성의 수도 시설을 현대화할 수만 있다면…… 그렇게만 된다면 지금 남아 있는 방들 가운데 일부를 관광객에게 개방할 수도 있지 않겠나. 포르투갈에서도 이미 그러고 있잖은가. 그렇게 되면 우리 그랜드 펜윅 국민에게 지속적으로 이득이 될 걸세.

솔직히 우리 공국이 이만큼 막대한 자금을 소유하는 것은 이번이 처음이자 마지막이 되지 않을까 싶네. 그러니 이번 기회를 놓쳐서는 안 되네. 우리는 미국 납세자들보다도 그랜드 펜윅의 납세자들을 더 위해야 하지 않겠나?"

"그러려면 얼마나 필요할까요?"

털리가 물었다.

"최소한 500만 달러는 있어야겠지."

백작이 눈 하나 깜짝하지 않고 곧바로 대답했다.

"그게 원래 내가 요청한 금액이니까. 나머지 4,500만 달러는 자네하고 코킨츠 박사 둘이 알아서 하게. 그 돈에 대해서는 나도 일절 관여하지 않겠네."

털리는 잠시 생각해본 뒤에 대답했다.

"좋습니다. 500만 달러는 도로와 수도 시설에 사용하시는 겁니다. 그걸 제외한 나머지는 모두 우주선 개발에 쓰고요."

"약속하지."

백작은 이렇게 말하고 털리와 악수를 나누었다. 그는 끝내 패배의 문턱에서 승리를 쟁취하지는 못했다. 하지만 그보다 훨씬 어려운 일을 이루어냈다. 파멸의 문턱에서 가까스로 합의를 낚아챈 것이다. 아무튼 백작은 무척 기분이 좋았다.

## 마운트조이의 **승리와 벤트너의 반격**

미국은 그랜드 펜윅 공국에 5천만 달러를 무상증여했다는 사실을 유엔 총회에서 공식 발표했다. 이는 하는 일 없이 덩치만 커진 이 조직의 무미건조한 회의에서 유일하게 신선한 바람을 일으킨 사건이었다.

물론 이 발표 전에도 우주개발을 국제화하는 문제에 대한 공개토론이 있었지만, 거기에 참가한 신생 독립국 대표들은 어리둥절해할 뿐이었다. 적도 아프리카 부근의 신생국에서 막대한 항공료를 지불하며 유엔 본부가 있는 뉴욕까지 날아온 대표들. 그들은 금광이나 흙탕물 범벅인 강, 피그미족들을 제외하면 아무도 들어가 본 적이 없는 정글의 일부분에 대한 소유권을 인정받겠다는 현실적인 문제를 들고 왔다. 그런데 뉴욕에 와보니 세계 강대국들은 저 하늘의 달에 대한 소유권을 놓고 싸우고 있으니 황당할 법도 했다.

신생국 대표들이 보기에 이 싸움은 말도 안 되는 수작이었고, 신성모독처럼 느껴졌다. 대표들은 그렇게 생각하지 않지만, 그들을 뉴욕까지 보내준 국민들은 여전히 달이란 밤하늘을 헤엄쳐 다니는 거대한 물고기가 낳은 알이며, 그 알이 부화해서 은하수가 되었다고 믿는 사람들이었다. 그러니 대표들로선 각자 조국에 돌아가서, 지금 소련과 미국이 하늘의 성스러운 물고기 알을 누가 차지하느냐를 두고 싸우고 있다는 말을 국민들에게 전할 생각을 하니 여간 곤란한 게 아니었다. 그래서 어떤 대표는 미국과 소련에 서한을 보내, 저 하늘의 성스러운 물고기 알일랑 내버려두고, 국민 가운데 무려 20퍼센트 이상이 고통받고 있는 각기병이나 치료할 수 있도록 실질적인 지원을 해줄 것을 호소했다.

이날도 유엔 총회에서는 달을 둘러싼 논쟁이 대부분이었으며, 미국 대표는 오랜만에 소련 대표를 궁지로 몰아넣기 직전이었다. 미국 대표가 우주개발의 국제화라는 자국의 이상에 관해 긴 연설을 마치자, 소련 대표는 까치발을 하고 일어나서 언성을 높였다.

"지금 미국 대표께서 하신 말씀은 늘 그렇듯이, 그리고 당연하게도 실제 행동과는 완전히 모순됩니다. 지금까지 이 분야의 국제 협력에 관해 길고 긴 말씀을 늘어놓으셨지만, 자본주의의 첨단을 달린다는 당신네 나라가 실제로 한 일이 뭡니까?

미국 정부의 공식 통계자료를 보면, 지난 수년간 미국은 달에 가장 먼저 도달하겠다는 목표로 무려 20억 달러나 연구개발비를 지출했다고 나와 있습니다. 여기 계신 미국 대표께서 우주개발에 관한 국제적인 협력을 호소하는 지금 이 순간에도, 미국 정부는 막대한 돈과 시간과 에너지를 들여서 가장 먼저 달에 도달하여 자국 영토로 선언하기 위해 획책하고 있지 않습니까?

전 세계 노동자들의 기대와 성원을 한 몸에 받고 있으며, 그들의 지도국임을 자랑스럽게 생각하는 우리 소련은, 일찍이 지구 궤도를 비행한 탁월한 우주비행사들을 여럿 배출하는 쾌거를 이룬 바 있습니다. 우리는 저 퇴폐적인 자본주의 논리를 우주에까지 적용하는 것을 강력히 반대하는 바, 최초로 달에 유인우주선을 보내기 위한 계획을 실행해오고 있습니다.

실제로 우리는 이미 몇 년 전에 자랑스러운 소련 국기가 뚜렷이 새겨진 우주선을 달 위에 착륙시켰으며…… 에…… 그러니까 거기 우리 소련 국기를 그려넣은 까닭은…… 뭐랄까…… 오로지 전 세계 노동자들의 상징으로서……."

"그야말로 '달나라의 노동자들이여, 단결하라'로구먼."

영국 대표가 중얼거리며 소련 대표를 향해 이죽거렸다. 그러자 소련 대표는 영국 대표를 무서운 표정으로 노려보았다.

"죄송하지만 방금 소련 대표께서 말씀하신 통계자료를 정정해야 할 것 같습니다."

미국 대표가 끼어들었다.

"아, 물론 인용을 잘못하셨다고 비난하려는 건 아닙니다. 아까 20억 달러라고 말씀하셨는데, 20억하고도 5천만 달러가 맞습니다."

"그렇다면 더 많은 돈을 썼다는 소리 아니오?"

소련 대표는 이렇게 맞받아치고는, 아프리카 신생국 대표들을 죽 훑어보며 덧붙였다.

"하지만 그 정도야 별것 아니죠. 세계 노동자들의 권익을 위해서라면 우리도 그 정도는 언제든지 내놓을 의향이 있으니 말이오."

"좋은 말씀 감사합니다."

미국 대표가 온화하게 대답했다.

"소련 대표께서 방금 하신 말씀을 번복하시는 일은 없었으면 좋겠습니다. 미국은 실제로 자국의 우주개발을 위해 20억 달러를 소비했습니다. 그리고 최근에 그랜드 펜윅 공국에 독자적인 우주개발을 위한 자금으로 5천만 달러를 무상으로 증여했습니다. 향후 자금의 용도에 대해 일절 관여하지 않는 조건으로 말입니다. 이는 우주개발 경쟁을 국제화하고자 하는 우리의 신념을 실천에 옮긴 것입니다. 여기서 텍사스의 속담을 인용하고 싶군요. '자신이 한 말은 반드시 책임져야 한다.'

그러니 이제 소련에도 우리가 한 것과 똑같이 해주십사 제안해도 될까요? 방금 소련 대표는 우리가 한 정도는 기꺼이 하실 의향이 있다고 말씀하셨는데, 지금 이 자리에 계신 여러분께서도 모두 들으셨을 줄 압니다. 이제 소련은 구체적으로 어떤 계획을 가지고 있는지 좀 들어보고 싶군요."

회의장에 있는 각국 대표들의 시선이 자기에게 쏠리자, 소련 대표는 당황해서 어쩔 줄 몰랐다. 그는 수행원들과 서둘러 뭔가를 상의한 다음, 앞에 놓인 서류 뭉치를 챙겨들더니 신속히 회의장을 빠져나갔다. 그리하여 이 논쟁에서는 미국 대표가 최후의 승자가 되었다.

소련 대표가 회의장을 빠져나간 뒤에, 미국 대표는 계속해서 그랜드 펜윅에 무상증여한 기금의 목적과 성격에 대해서 자세하게 설명했다. 우선 그는 그랜드 펜윅이 자금 지원을 먼저 요청했음을 시인했다. 또한 그랜드 펜윅에 세계 최고의 물리학자 가운데 한 명인 코킨츠 박사가 존재하지 않았더라면, 이런 요청은 결코 쉽게 받아들여지지 않았을 것이라고 덧붙였다. 그리고 미국은 이처럼 국제적으로 중요한 프로젝트에 코킨츠 박사처럼 유능한 인력이 참여하는 것을 무척 바람직하게 생각한다고 밝혔다. 또한 미국이 이런 중차대한 연구에 지원을 아끼지 않으면서도 일체 간섭하지 않고 연구자의 재량에 맡기기로 한 결정을 전 세계인이 환영해 마지않을 거라고 말했다.

미국 대표는 그랜드 펜윅 공국과 미국 간에 오간 서한의 일부를 참고자료로 돌리기까지 했다. 물론 글로리아나 12세 대공녀의 모피코트 대목은 슬쩍 빼놓았다.

미국 대표의 발표는 대단한 선풍을 불러일으켰다.

발언권을 얻은 이라크 대표가 자신은 본국을 대표하여 미국의 진실성을 신뢰하노라고 짧게 연설하자, 회의장 안에는 각국 대표들의 박수갈채가 요란하게 쏟아졌다. 이로써 미국의 승리는 확고해졌다. 소련은 미국의 행동에 상응하는 뭔가를 하든가, 아니면 그 효과에 상응하는 선전이라도 벌여야 할 입장이 되었다.

하지만 그랜드 펜윅에서는 일이 매끄럽게 해결되지 못했다. 유엔 총회에서 미국 대표가 그랜드 펜윅에 대한 자금 지원 사실을 발표하던 바로 그 시각, 마운트조이 백작은 펜윅 성의 여리고 실室에서 열린 자유의회 회의에서 미국 자금을 무상 지원받은 사실을 발표하고 있었다.

글로리아나 대공녀는 회의 직전에 보고를 받고 크게 당황했다. 물론 국민에게 아무런 부담을 지우지 않고도 바라 마지않던 모피코트를 얻게 된 것은 다행이었다. 하지만 그렇게 막대한 금액이 단번에 국고에 들어온다는 사실이 대공녀는 무척 걱정스러웠다. 마운트조이 백작은 갑작스럽게 돈이 많아진다고 해서 국가에 해가 되는 일은 없을 것이라며 대공녀를 안심시키느라 진땀깨나 흘렸다.

"전하께서 제게 좀 대범하게 굴어보라고 말씀하지 않으셨습니까. 그래서 정말 한번 해본 것입니다. 그런데 미국은 저보다 훨씬 더 대범하게 답변한 것이지요. 하여간 지금 우리 앞에 예기치 못한, 그야말로 어마어마한 기회가 왔다는 것은 분명합니다. 이만한 돈이면 그랜드 펜윅을 세계 관광객들의 낙원으로 만들 수 있습니다. 리스본의 리츠 호텔 못지않은 서비스와 요리가 제공되는 최고급 호텔을 지을 수도 있고요. 그렇게 해서 관광 수입을 거두면, 언젠가 우리의 연간 예산도 천만 달러가 훨씬 넘을 겁니다."

"보보 아저씨, 이게 정말 옳은 행동일까요?"

글로리아나가 심각한 목소리로 물었다.

"뭔가 나쁜 짓이라도 하는 듯한 기분이 들어서요. 이 돈 덕분에 그랜드 펜윅이 앞으로 크게 번영하면…… 뭐랄까, 인심이 사나워지거나 황폐해질 위험은 없을까요?"

"그런 걱정은 마십시오, 전하."

백작은 이렇게 말하며, 무척이나 기쁜 듯 처칠의 명언을 되풀이했다.

"제가 수상으로 전하를 섬기는 이상, 그랜드 펜윅이 무너지는 일은 결코 없을 겁니다."†

키가 훌쩍 크고 은발에 위엄 있는 태도를 지닌 백작은 이 말과 함께 총총히 자리를 떴다. 백작의 뒷모습을 지켜보던 글로리아나는 한숨을 내쉬며, 비록 나이가 많긴 하지만 저렇게 잘생기고 충성스러운 신하를 둔 군주가 자신 빼고 세상에 몇이나 될까 생각했다.

마운트조이는 미국으로부터 받은 자금에 관해 공식적으로 발표하기에 앞서, 벤트너에게 귀띔이라도 해줄까 싶었다. 하지만 벤트너의 평소 기질로 보건대 그는 반대할 것이 뻔했고, 어리석게도 모든 계획을 망쳐놓을 가능성이 높았기 때문에, 미리 알리지 않기로 마음을 고쳐먹었다.

물론 공식 발표 뒤에는 벤트너와 개별 면담을 통해 자금 가운데 일부분을 벤트너의 제안대로 사용할 의향도 있었다. 물론 상당 부분을 마운트조이의 뜻에 따라 쓰겠지만, 노동당의 당수인 벤트너가 제안한 부분에도 일부 사용한다면 자신의 목적이 더욱 성공적으로 관철될 테니 말이다.

예상대로 벤트너는 무상증여를 반대하고 나섰다. 회의에서 이 사실이 공식적으로 발표되자, 벤트너는 소스라치게 놀랐다. 곧이어 그는 의회의 일은 어디까지나 그랜드 펜윅의 국경 안에서만 이루어져야지, 저 적막한 우주공간에 떠 있는 달까지 가서는 안 된다고 주장했다.

벤트너는 마운트조이 백작의 마키아벨리적인 의중을 정확히 간파했다. 그는 곧 백작이 의회의 승인을 빌미로 수상의 권한을 남용했고, 모피코트니 뭐니 하는 핑계로 졸지에 이 나라를 분쟁의 한복판에 밀어넣었으니 이제 국제적으로 망신살이 뻗치게 되었다며 노발대발했다. 이쯤 되고 보니 백작이 아무리 좋은 말로 타일러도 벤트너의 분노를 가라앉힐 수가 없었다.

"이런 역적 같으니!"

벤트너는 수상을 향해 삿대질을 하며 고함을 질렀다. 그는 이렇게 회의를 소집해서 의원들을 속여먹고, 본인에게 위임된 권력을 멋대로 남용하는가 하면, 오랜 전통을 자랑하는 그랜드 펜윅 의회를 사조직처럼 써먹는 수상과 어떻게 서로 신뢰하며 공조할 수 있겠느냐고 의원들을 향해 핏대를 올렸다.

"전 의원을 상대로 벌인

† 처칠의 원래 발언은 이렇다. "내가 수상으로서 전하를 섬기는 이상, 우리 대영제국이 무너지는 일은 결코 없을 것이다." 1942년 12월에 한 말로 알려져 있다.

마운트조이 백작의 고의적인 기만 행위는 탄핵감이 아닐 수 없습니다!"

벤트너가 으르렁거렸다. 그는 결국 수상의 직위를 남용한 마운트조이에 대해 탄핵안을 발의했다.

총 12명으로 구성되어 있는 그랜드 펜윅 의회에서, 탄핵안 표결 결과는 6대 6으로 동률이었다. 이때 최종 투표권을 지닌 털리 배스컴이 결국 반대표를 행사함으로써, 백작은 정치 인생의 최대 고비를 가까스로 넘겼다.

하지만 그로 인해 더 좋지 않은 결과가 나왔다. 벤트너는 결코 물러서지 않았다. 그는 마운트조이가 이끄는 현 정부를 불신임하므로, 곧바로 의회를 해산하고 총선거를 다시 실시해야 한다고 주장했다. 이 문제를 표결에 부친 결과 8대 4로 통과되어 마운트조이는 어쩔 수 없이 글로리아나 대공녀에게 사임을 밝히고 곧바로 총선거 준비에 들어가게 되었다.

선거일은 신속히 결정되었다. 농부들은 점점 무르익어가는 포도에 온통 신경을 쏟고 있었고, 양들이 한창 새끼를 낳을 때였기 때문이다.

이 와중에도 매일 저녁 열리는 선거 유세에서는 원색적인 비난이 더해갔다. 벤트너는 마운트조이와 그의 정당이 나라를 망칠 말도 안 되는 계획을 가지고 그랜드 펜윅의 노동자들을 우롱한 정신 나간 작자들이라고 강력하게 비난했다.

"그들은 달에 정신이 팔려 이 나라를 말아먹으려고 작정했습니다!"

벤트너는 한 유세에서 이렇게 열변을 토했다. 이후의 유세에서 그는 매번 마운트조이를 가리켜 "달에 미친 참견쟁이"라고 불렀다.

반면 마운트조이는 시종일관 점잖은 태도였다. 그는 선거 유세에 나서지도 않았다. 다만 매번 300개의 계단을 오르내리며 목욕물을 날라야 하는 성의 하인들을 불러놓고, 만약 이번 총선거에서 자신이 승리하면 미국에서 받은 자금으로 펜윅 성안에 수도 시설을 만들 텐데, 그러면 목욕물을 나르는 성가신 임무에서 영원히 해방될 것이라고 말했을 뿐이다. 백작의 말은 순식간에 공국 전체로 퍼졌고, 국민들은 어쩌면 자기 집에도 수도 시설을 놓을 수 있으리라는 기대를 품게 되었다.

농부들은 미국의 호의를 의심스러워하는 한편, 막대한 자금이 국가에 미칠 영향을 우려한 까닭에 하나같이 벤트너를 지지했다. 반면 빨래를 할 때마다 주전자에 물을 데워 나무 빨래통을 채워야 하는 주부들은 마운트조이 백작을 열렬히 지지했다. 덕분에 마운트조이의 정당은 선거에서 압승을 거두었다. 주부들의 빨래통이 그랜드 펜윅이라는 나라가 달에 갈 수 있도록 길을 열어준 셈이었다. 이것은 세계 역사상 유례가 없는, 참으로 기이하면서도 극적인 순간이었다.

이후 '달 선거'로 불리게 된 총선거로 다시 집권한 마운트조이의 정당은 자유의회에서도 9대 3으로 다수 의석을 차지했다. 벤트너는 투표권도 없는 그랜드 펜윅 여자들이 이번 선거 결과를 좌우했다는 사실에 할 말을 잃었다.

"그러게 내가 전에 충고하지 않았나, 이 친구야."

마운트조이는 한껏 거드름을 피우며 벤트너에게 말했다.

"역사상 여성들이 선거에서 제외된 적은 한 번도 없었다고 말이야. 공식적으로야 투표권이 없었지. 투표제도라는 것이 생긴 이래 표를 행사하는 건 남자들의 몫이었으니까. 하지만 정작 남자들에게 누굴 찍으라고 시키는 건 여자들이었다네. 그렇다고 너무 낙심하지는 말게. 앞으로 자네가 적극 협조한다면 나도 자네를 도울 테니까."

한 방 제대로 먹은 벤트너는 마운트조이의 말에 순순히 따를 수밖에 없었다.

"남은 문제는 이걸세."

마운트조이가 말했다.

"배스컴 이 친구가 이 자금 가운데 무려 4,500만 달러를 그 우주선인가 뭔가를 달에 보내는 말도 안 되는 짓에 쏟아부어야 한다고 우기지 뭔가. 그러면 우리 국민들에게 돌아갈 몫은 500만 달러밖에 안 되지. 하지만 자네하고 나하고 잘만 하면 자금 배분을 바꿀 수 있다네.

솔직히 자네가 공연히 총선거니 뭐니 하면서 법석을 떨지만 않았어도, 일은 훨씬 간단하게 끝났을 걸세. 일단 돈을 받기로 한 다음에 그 가운데 500만 달러만 우주선 개발에 쓰고, 나머지 4,500만 달러는 그랜드 펜윅의 노동자들을 위해 쓰자고 선거 유세를 했다면 훨씬 결과가 좋았을 게 아닌가. 그랬다면 자네는 틀림없이 이겼을 걸세. 그러니까 자네도 앞으로 공개적으로는 경쟁 정당에 사사건건 반대하더라도, 배후에서 긴밀하게 협조하는 법을 좀 배우게. 때로는 두 정당의 목표가 일치하기도 하니까. 이런 게 바로 정치 아니겠나."

"하지만 저는 그 돈이 전혀 필요 없습니다."

벤트너가 말했다.

"그것 하나만큼은 지금도 확실합니다."

"이봐, 이상주의자가 되지 말고 현실주의자가 돼야지."

마운트조이가 말했다.

"그럼 자네는 우리 유권자들이 거저 들어온 5천만 달러를 마다할 거라고 믿고 선거에 임했단 말인가? 차라리 그 5천만 달러를 유권자들을 위해 사용하겠다는 공약을 내걸었어야지! 하여간 이제는 협력해야 할 때라네. 우선 자네가 이 자금의 대부분은 국민을 위해 쓰고, 일부만 달에 가는 데 쓰자는 법안을 만들어서 제출하게. 그러면 우리 당이 적극 지지해서 만장일치로 통과시겠네."

"하지만 저는 그 돈이 전혀 필요 없다니까요."

벤트너가 말했다.

"지금 추진하시려는 도로 정비니 호텔 건설이니 하는 계획이 어떤 결과를 가져올지 뻔하니까요. 그로 인해 나라가 망할 겁니다. 전 그런 일에는 일절 관여하고 싶지 않습니다. 지금 이대로가 좋다고요."

"그래?"

마운트조이 백작이 한숨을 쉬며 말했다.

"정 그렇게 나온다면 내가 두 정당을 이끄는 수밖에 없군. 자네 정당의 지지층인 노동자들을 스스로 저버리겠다니 할 수 없지. 내가 직접 야당까지 이끄는 게 쉬운 일은 아니겠지만 하다 보면 그럭저럭 되겠지."

백작은 벤트너에게 이 문제를 다시 한 번 생각해보라고 조언한 뒤에 자리를 떠났다. 달리 상의할 사람이 없었던 벤트너는 집에 돌아가서 딸 신시아에게 고민을 털어놓았다.

"만약 마운트조이의 뜻대로 된다면 임금과 물가가 올라 인플레이션이 생길 거야. 지금 그랜드 펜윅 파운드는 스위스 프랑 못지않게 건전한 상태지. 이런 상황에서 임금이 오르고, 도로니 호텔이니 수도니 하는 것들을 만든답시고 외국 노동력이 들어오고, 관광객들까지 밀어닥치면, 그랜드 펜윅 파운드는 스위스의 상팀† 보다도 가치가 떨어질 게다. 다른 나라들도 그랬는데 우리라고 별 수 있겠니. 마운트조이란 작자는 악당이야! 그 작자의 술수에 놀아나다간 나라가 망할 거라고!"

"정말 그 돈 때문에 나라가 망할까요?"

신시아가 차분하게 말했다.

"그 돈을 받는 것은 어쩔 수 없지만, 그다음에야 우리가 내다 버린들 누가 뭐라고 하겠어요?"

"내다버린다고?"

벤트너가 되물었다.

"얘, 5천만 달러나 되는 돈을 어디 쓰레기통에라도 갖다 버리란 말이냐? 게다가 그걸 누가 몰래 가져다가 쓰기라도 하면,

내가 두려워하던 일이 모조리 현실로 벌어질 텐데?"

"그럼 사람들이 가져갈 수 없는 곳에 버리면 되잖아요?"

신시아는 여전히 다리미질을 하면서 대답했다.

"여기에서 40만 킬로미터쯤 떨어진 곳에요."

"그게 무슨 뜻이냐?"

벤트너가 심드렁하게 물었다.

"달에다가 갖다 버리면 된다는 거죠. 일단 그 돈을 우주선에 쏟아부은 다음에, 우주선이 완성되면 남은 돈을 모조리 그 안에 넣어가지고 달로 쏴버리는 거예요. 그러면 더 이상 돈 걱정을 할 필요가 없겠죠. 미국도 지난 몇 년 동안 그렇게 했대요."

신시아가 덧붙였다.

"그 나라는 우리보다 돈이 많으니까요. 그리고 우주선 개발에 착수하면 빈센트도 여기 남을 거예요. 굳이 미국에 가서 일자리를 구하지 않아도 여기서 기계공학 일을 할 수 있을 테니까요."

"넌 그 녀석이 여기 남는 게 세상에서 제일 중요하다는 거냐?"

벤트너가 물었다. 그러고 보니 둘 사이에 대해서 너무 모르고 있었다.

"네. 남았으면 좋겠어요. 빈센트가 여기 남을 수 있다면 우주선을 꼭 만들었으면 해요."

신시아가 대답했다.

벤트너는 깊은 생각에 잠

† 당시 프랑스와 스위스 등에서 1프랑은 100상팀에 해당했다.

졌다. 종종 느꼈지만 딸이 자기보다 훨씬 똑똑하다는 사실을 다시 한 번 깨달았다. 그는 문득 참패한 선거를 떠올리며 언짢은 기분이 되었다.

"얘, 혹시 네가 지난번 선거에서 마운트조이 백작이 승리하도록 훈수라도 두었던 게냐?"

신시아는 다림질하던 셔츠를 뒤집어서 옷깃을 조심스럽게 펼치고 다리미로 문질렀다. 벤트너는 딸의 얼굴이 살짝 불그스레해지는 것을 보았다.

"전 그냥…… 집집마다 온수가 펑펑 나오고 세탁기라도 들여놓을 수 있으면 얼마나 좋겠냐고 다른 여자들하고 이야기한 적은 있어요."

"그럼 네 아버지가 선거에서 지는 걸 도왔단 말이냐?"

벤트너가 따져 물었다.

"글쎄요. 전 아버지가 선거에서 지길 다행이라고 생각해요. 안 그랬으면 아버지는 그 돈을 받지 않기로 하셨을 테고, 그러면 빈센트도 미국으로 가버리겠죠. 거기서 다른 여자라도 만나면, 다시는 빈센트를 볼 수 없을지도 모르잖아요."

"혹시 마운트조이 백작이 너더러 그렇게 하라고 시키던?"

"백작님은 그러고 싶으셨을지도 모르죠. 하지만 이건 저 혼자만의 생각이었어요. 남자들은 일할 때 다른 생각을 못하지만 여자들은 종종 다림질 같은 걸 하면서 이것저것 생각하거든요. 그리고…… 여자들은 원래 사랑하는 남자를 붙잡기 위해서라면 무슨 짓이든 하는 법이에요."

"뭐라고? 그럼 빈센트 마운트조이랑 좋아하는 사이라도 된단 말이냐?"

벤트너가 놀라서 물었다.

"도대체 언제부터 그런 게냐, 응? 언제부터?"

"그게 언제더라?"

신시아가 차분하게 대답했다.

"제가 올해 스물두 살이니까…… 17년 전부터네요. 제가 다섯 살 때 빈센트가 막대기로 제 머리를 탁 치고 간 적이 있는데, 그때 한눈에 반했지 뭐예요. 그 이후로 쭉 좋아했어요."

그녀는 다림질을 마친 셔츠를 잘 개켜놓고, 또 다른 셔츠를 펼쳤다. 데이비드 벤트너는 딸의 모습을 그저 놀라움과 경악에 빠진 표정으로 바라볼 뿐이었다. 자신이 총선거에서 패배한 배경에 이처럼 기막힌 사연이 숨어 있을 줄이야!

"그래도 전 아버지 편이에요."

잠시 후에 신시아가 말했다.

"그러니 아버지도 그 돈을 우주선 개발에 쓸 수 있도록 도와주세요. 그래야 빈센트가 최대한 여기 오래 남을 거고, 우리 사이도 좀 발전할 테니까요. 제가 보기에 빈센트는 도로 건설이니 수도 시설 같은 데에는 별 관심이 없더라고요. 하지만 우주선에는 솔깃할 거예요."

그리하여 마운트조이 백작은 그랜드 펜윅을 위한 자금을 조금이라도 더 확보하는 데 벤트너의 도움을 받기는커녕, 오히려 털리 배스컴의 동의를 얻어 사용하기로 했던 500만 달러까지도 벤트너의 방해로 인해 모조리 우주선에 쏟아야 할 지경이 되었다.

그리고 얼마 지나지 않아 벤트너가 이렇게 강경하게 반대 입장을 고수한 이유가 분명히 드러났다.

## 코킨츠 박사, **피노튬 64를 발견하다**

1968년 5월. 3개국이 드디어 본격적인 우주경쟁에 뛰어들었다. 약 2천만 제곱킬로미터의 광대한 영토를 자랑하는 소비에트사회주의공화국연방, 약 900만 제곱킬로미터의 넓은 영토를 자랑하는 아메리카합중국, 그리고 약 40제곱킬로미터의 소박한 영토를 가진 그랜드 펜윅 공국이 그 주인공들이었다. 영토 크기로 따지자면 이 중에서 가장 부담을 느끼는 쪽은 단연 소련이었다. 소련은 최근 사생활이 제한된 체제로 인한 내부 긴장과 신발 가격 상승 문제를 해결하기 위해서라도 제일 먼저 달에 유인우주선을 보내야 할 입장이었다.

유머감각이 뛰어난 유엔의 영국 대표는 대표단 휴게실에서 하이볼을 한 잔 놓고서 이렇게 빈정거렸다.

"우리 공산주의자 동무들께서도 이제는 '그림의 떡'이 아닌

'하늘의 떡'이란 말이 무슨 뜻인지를 아시겠구먼. 뭐, 우리야 그 구호를 고릿적부터 써왔지만."

하지만 관련자 극소수를 제외하면 지금 소련이 달 착륙에 어느 정도까지 근접했는지 아무도 몰랐다. 소련은 이미 우주에서 대단한 위업을 이룬 상태였다. 유인우주선을 발사해 지구 궤도를 몇 바퀴나 돌았을 뿐 아니라, 달 궤도에 인공위성을 몇 개나 보내는 데에도 성공했다. 다음 단계는 달 주위를 도는 우주정거장을 건설하여, 그곳에서 달까지 우주선이 오가게 하는 것이었다. 하지만 이후 1년이 넘도록 소련의 우주계획에는 별다른 진전이 없었고, 시작은 화려했지만 어느새 교착 상태에 빠져든 것 같았다.

미국은 좀 나았다. 본격적인 우주경쟁에서는 비록 한발 늦었지만, 조심스럽게 발전을 거듭하고 있었다. 한때는 우주선 개발을 둘러싸고 내부 부처 간에 갈등과 암투도 없지 않았다. 그러나 해가 가고 달이 갈수록 미국 우주개발 계획은 탄력을 받았다. 200톤급의 우주선을 저추진 방식으로 쏘아올리던 초기의 고생이 이제 제값을 하고 있었다.

미국 과학자들은 소형 우주선을 개발하기 위해 모든 부품을 작게 만들어 우주선의 중량을 줄이는 방법을 고안했다. 반면 소련은 처음부터 500톤급의 우주선을 목표로 개발에 몰두했다. 결국 미국의 우주선 설계자들은 효율을 유지하면서 중량을 줄이는 방법에 있어 전문가가 되었다. 이렇게 미국에서 개발한 우주선은 소련의 것보다 뛰어나진 않았어도, 최소한 비슷한 추진력을 지니게 되었다.

가령 새턴 마크 Ⅱ 로켓은 추진력 1,500톤급으로, 꼭대기에는 세 명의 우주비행사가 탑승할 수 있는 우주비행정이 설치되어 있었다. 우주비행사들은 이 비행정을 타고 달 궤도를 돌며 달 표면을 촬영하고, 그사이에 달 위에 착륙해 있을 우주선과 합체해서 지구로 돌아올 수 있게 설계했다.

그랜드 펜윅에는 천재적인 과학자 코킨츠 박사와 5천만 달러의 자금, 그리고 약간의 정치적 혼란이 있었다. 노동당은 국가의 이익을 위해 5천만 달러를 모두 달 계획에 쓰라고 촉구한 반면, 마운트조이는 그런 이유라면 그중 500만 달러는 계획대로 수도 설비에 쓰겠다고 맞선 것이다.

그랜드 펜윅 사람들은 자신의 조국이 이런 대단한 일의 주역으로 선택되었다는 사실을 무척 뿌듯하게 생각했지만, 막상 달에 가기 위해 무슨 일부터 시작해야 하는지는 아무도 몰랐다. 농부들은 인간이 달 표면에 착륙하면 맨 먼저 무엇을 할지를 놓고 이런저런 잡담을 나누었다. 대부분은 국기부터 꽂아야 한다는 데 의견을 같이했지만, 그다음 순서는 감감하기만 했다.

이들은 달이 커다란 돌덩어리 같은 것이기 때문에 양을 치거나 포도나무를 심을 수 없다는 사실을 잘 알고 있었다. 그래서 달에 국기를 꽂고 난 다음에는 가능한 한 빨리 지구로 되돌아오는 것밖에는 달리 할 일이 없어 보였다. 그래서 아이들은 꿈에 부풀어 있는 반면, 나이 먹은 사람들은 죽어라고 고생해봤자 아무런 이득도 없는 일을 뭐 하러 하는지 모르겠다며, 일리 있는 소리를 한마디씩 하곤 했다.

여론이 이러니 마운트조이 백작의 얼굴에는 희색이 돌았다. 그는 조금만 더 인내심을 가지고 기다리면 그랜드 펜윅 국민 전체가 자신을 지지할 것이고, 그렇게 되면 자금의 대부분을 자신이 그토록 열망하는 개발 사업에 쓸 수 있으리라 믿었다.

그러나 이는 코킨츠 박사의 존재를 미처 염두에 두지 못한 생각이었다. 하긴 지난 몇 주 동안 코킨츠 박사는 쌀먹이새 사진을 찍으려다 망쳐버린 사진 건판을 붙들고 실험실에서 두문불출하고 있었다. 그사이에 쌀먹이새 한 쌍은 커다란 너도밤나무에 둥지를 틀었고, 암컷이 알을 품고 있다는 사실을 알게 된 코킨츠 박사는 무척이나 좋아했다.

어느 날 박사는 글로리아나와 털리 부부에게 긴히 할 이야기가 있다고 전해왔다.

"또 쌀먹이새 이야기를 하시려는 건 아닐까요?"

글로리아나가 털리에게 말했다.

"그 얘기라면 내일 말씀하셔도 될 텐데……. 오늘 오후엔 머리를 감으려고 했거든요. 그게 얼마나 번잡한 일인지 당신도 잘 알잖아요."

"글쎄, 이번에는 쌀먹이새 이야기가 아닌 것 같아."

털리가 말했다.

"코킨츠 박사님이 중요하다고 하는 건 대부분 새에 관한 이야기이긴 하지만, 의외로 아인슈타인의 통일장 이론이나 뭐 그런 이야기일 수도 있지. 중요한 일을 판단하는 데 특이한 관점을 지니신 분이니까. 하여간 일단 가보자고."

글로리아나는 한숨을 내쉬었다. 두 사람은 박사의 연구실로 직접 찾아갔다. 박사가 가급적 그렇게 해달라고 부탁했기 때문이다.

박사는 커다란 가죽 소파에 앉아 있다가 이들을 정중하게 맞이하면서, 천장에 대롱대롱 매달려 있는 사진 건판들 때문에 어수선해서 미안하다고 사과했다.

"건판을 300개나 써봤죠."

박사가 말했다.

"그 결과를 수학적으로 계산해보았더니, 모두 성공한 것으로 판명되었습니다."

글로리아나는 멍한 표정으로 털리를 바라보다가 물었다.

"도대체 뭐가 성공이라는 거예요?"

"우선 시범을 보여드린 다음에 자세히 설명하겠습니다. 당연히 그래야죠. 시범이 우선이고, 설명은 나중이지요."

박사는 기분이 무척 좋아 보였다. 그는 찬장으로 가서 와인 병 하나와 고기잡이 그물, 그리고 길고 튼튼한 밧줄 하나를 가져왔다.

"뭔가 좀 이상해 보이죠?"

그는 이 세 가지 물건을 향해 고개를 끄덕거리며 말했다.

"비록 생긴 건 이래도 제법 쓸 만한 과학 장비랍니다."

털리는 와인 병을 가까이서 들여다보았다. 그저 평범한 그랜드 펜윅 와인이었다. 다만 꼭지에 코르크 마개 대신 바에서 위스키를 따라줄 때 사용하는 것 같은 길쭉한 금속 파이프가 달려 있다는 점이 달랐다.

"사실 이것도 쌀먹이새 덕분에 알게 된 겁니다."

코킨츠 박사가 말했다.

"잠시만 기다리시면 확실히 알게 되실 겁니다."

어안이 벙벙한 두 사람 앞에서 박사는 와인 병을 그물로 친친 둘러싸더니 밧줄 한쪽 끝을 거기 매고, 다른 한쪽 끝은 실험대 다리에 붙잡아 맸다. 그런 뒤에 박사는 두 사람 앞에 서서 와인 병을 거꾸로 치켜들었다.

"정확히 1분 뒤에 시작될 겁니다. 이제부터 카운트다운을 하겠습니다."

그는 손목시계를 들여다보며 숫자를 세기 시작했다.

"50…… 45…… 35…… 10, 9, 8, 7, 6, 5, 4, 3, 2, 1!"

그가 1을 외친 순간, 와인 병은 박사의 손에 들린 채로 이리저리 흔들흔들 움직이더니 박사가 손을 놓자 서서히 천장을 향해 날아오르기 시작했다. 어느 정도까지 올라간 뒤에는 그물에 연결된 밧줄 때문에 더 이상 높이 오르지 못하고 공중에 붕 떠 있었다. 밧줄은 철근처럼 팽팽해진 채로 와인 병이 도망가지 못하게 붙잡고 있었다. 털리와 글로리아나는 밧줄 끝에 매달려 공중에 떠 있는 와인 병을 놀란 표정으로 바라보았다.

"이게 도대체 뭡니까?"

겨우 정신을 차린 털리가 물었다.

"피노튬† 64라네. 그랜드 펜윅 와인 프리미어 그랑크뤼에서 추출한 새로운 원소지.”

박사는 글로리아나 대공녀를 바라보며 말했다.

“여기서 64는 원소 번호를 말합니다.”

그리고 이렇게 덧붙였다.

“마침 제 나이하고도 똑같지 뭡니까.”

털리는 자리에서 일어나 밧줄이 얼마나 팽팽한지 보기 위해 손으로 잡아당겨 보았다. 예상과 달리 밧줄은 꿈쩍도 하지 않았다. 아무리 세게 잡아당겨도 그대로였다. 체중을 실어서 당겨도 움직이지 않아서 나중에는 아예 밧줄에 대롱대롱 매달리다시피 했다. 그래도 밧줄은 요지부동이었고, 와인 병은 천장 부근에서 1센티미터도 움직이지 않았다.

하지만 털리가 계속해서 체중을 실어 끌어당기자 밧줄이 아래쪽으로 당겨지면서, 순간 병을 둘러싸고 있던 그물이 훌렁 벗겨졌다. 비로소 자유로워진 병은 기세 좋게 위로 날아올라가더니, 활짝 열려 있던 커다란 창문으로 빠져나갔다. 병은 수증기 같은 흔적만 남기면서 눈 깜짝할 사이에 무서운 속도로 날아갔다. 잠시 후 멀리 보이는 산 위로 까마득한 점이 되더니, 이내 구름 속으로 완전히 사라져버렸다. 세 사람은 창문 앞에 서서 이 광경을 멍하니 지켜보았다.

“죄송합니다, 박사님.”

와인 병이 로켓처럼 날아간 하늘에 수증기 구름이 남아 있었다. 이마저 마치

† 본래 그랜드 펜윅 와인의 영어 명칭은 ‘피노 그랜드 펜윅Pinot Grand Fenwick’이다. 와인을 의미하는 ‘피노Pinot’에서 ‘피노튬Pinotum’이라는 원소명을 만든 것이다.

가느다란 흰 실처럼 흩어지는 모습을 보면서 털리가 말했다.

"아니, 신경 쓸 것 없네. 자네가 제대로 시범을 보여준 셈이니까. 그럼 이제 설명을 해보겠네. 방금 내가 와인 병을 하나 가져와서 그물로 싸고 밧줄에 묶은 다음에 공중에 띄웠더니, 장정 한 사람의 체중을 지탱할 정도로 그 힘이 대단하지 않았나? 어떻게 해서 그런 힘을 얻었는지 궁금할 걸세.

답은 바로 이 피노튬 64라는 원소에 있어. 내가 그랜드 펜윅 와인, 그중에서도 프리미어 그랑크뤼에서 발견한 새로운 방사성 원소지. 자, 지금부터는 좀 어려운 이야기가 될 걸세. 이 원소에 대해 설명할 테니까."

그는 다시 자리에 앉아 커다란 움폴 파이프에 담배를 채우면서, 과학자도 아닌 이 두 사람에게 어떻게 해야 피노튬 64에 대해 제대로 설명할 수 있을지 고민하는 듯한 표정을 지었다.

"가장 기본적인 것부터 설명해보지. 혹시 이해가 안 되는 게 있으면 언제든 내 말을 끊고 질문해주게. 질문은 언제나 중요한 법이니까. 이해하지도 못하면서 질문하지 않는 사람이야말로 어리석은 인간 아닌가?

시작은 그랜드 펜윅 와인 한 병이었다네. 언젠가 마운트조이 백작과 함께 와인을 마시는데, 와인 병에서 코르크 마개가 저절로 '퐁!' 하고 튀어나오더군. 나는 문득 보일의 가스 팽창 법칙을 떠올렸지. 탁자 근처에 있던 난롯불의 열기가 와인의 알코올 중 일부를 가스로 변환했고, 그 가스가 병 속의 공기와 섞이면서 점차 팽창해서 결국 코르크 마개를 밀어낸 거야.

그 즉시 나는 그랜드 펜윅 와인의 알코올 함량은 정확히 어느 정도인지, 와인에서 가스를 만들어내는 데 최적의 온도는 몇 도인지, 가스를 배출하고 난 와인의 찌꺼기는 어떻게 되는지에 대한 연구에 완전히 몰두하게 되었다네.

이 정도야 어린아이들이나 할 만한 것이었지만, 아무튼 실험에 착수했지. 마운트조이 백작이 가고 난 뒤에 실험 장치를 마련하고 밤새도록 매달렸어. 결국 와인에서 가스를 뽑아낸 뒤에 아주 적은 양의 흰색 결정체를 얻었지. 그 찌꺼기의 성분은 대부분 당糖이었고, 다양한 광물과 염분도 포함되어 있더군.

다음 날 아침에 내가 털리 자네와 함께 쌀먹이새 사진을 찍으러 가지 않았나? 그때 사진 건판을 외투 주머니에 넣었는데, 우연히도 그 주머니 안에는 밤새 와인에서 추출한 찌꺼기가 담긴 봉투도 들어 있었어."

"아, 그래서 그때 찌꺼기 얘길 하셨군요?"

털리가 말했다.

"그렇지. 그걸 연구실에 두고 나가면 플러머 부인이 나 없는 사이에 와서 치워버릴까 봐 외투 주머니에 넣어둔 거지. 그런데 그날 사진을 찍고 와서 건판들을 현상해보았더니 하나같이 빛에 노출이라도 된 듯 얼룩져 있지 않았겠나? 그래서 사진기를 살펴보았지만 빛이 샐 틈은 전혀 없었다네. 이상해서 건판들을 더 유심히 살펴보았지. 그러다 보니 이건 빛에 노출된 것이 아니라, 방사성 입자가 닿은 흔적 같다는 생각이 퍼뜩 들더군.

그렇다면 이 방사성 입자는 어디서 온 것일까? 나는 그때 내가 갖고 있었던 물건들을 모조리 꺼내서 실험해보았다네. 주머니 속에 들어 있던 연필이고, 종잇조각이고, 심지어 요요까지 말이야."

그는 문득 글로리아나를 의식한 듯 이렇게 덧붙였다.

"아, 요요는 어떤 꼬마가 저에게 고쳐달라고 맡긴 겁니다."

그리고 계속 말을 이었다.

"그런데 물건들에는 이상이 없었다네. 그러다가 결국 그랜드 펜윅 와인에서 추출해낸 흰색 찌꺼기에 방사성 입자가 함유되어 있다는 사실을 발견하게 된 거지."

"그렇다면 그랜드 펜윅 와인 전부가 방사성 물질을 함유하고 있다는 말씀입니까?"

털리가 물었다.

"아니, 전부 그런 건 아닐세. 하지만 프리미어 그랑크뤼는 그렇다고 볼 수 있지. 이 와인이 가장 품질이 좋은 것으로 꼽히는 까닭이 그것 때문인지도 모르고. 내가 피노튬 64라고 명명한 방사성 원소를 함유하고 있기 때문에 향이 더 좋은 게 아닐까 싶기도 해. 이 원소는 이제껏 다른 어떤 물질로부터도 분리된 적이 없다네.

내가 와인에서 피노튬 64를 흰색 분말 형태로 추출한 과정은 구구절절 설명하지 않겠네. 그거야 나 같은 과학자나 흥미 있을까, 자네 같은 일반인은 별 관심이 없을 테니까. 하여간 내가 말하고 싶은 것은 피노튬 64의 성질일세. 이건 거의 무한 동력으로 사용할 수 있는 놀라운 물질이라네."

코킨츠 박사 특유의 무미건조한 말투를 통해 나온 이 놀라운 선언 앞에서, 털리와 대공녀는 아무 말도 할 수 없었다. 그 와중에 박사는 커다란 움폴 파이프에 담긴 담배를 다시 한 번 꾹꾹 다진 뒤에, 성냥을 찾느라 잠시 헤매다가 불을 붙였다. 박사가 열변을 토하는 동안 담뱃불이 꺼져버린 탓이다.

"자네도 잘 알겠지만……."

코킨츠 박사가 말을 이었다.

"모든 물질은 원자로 구성되어 있고 원자는 태양계에 존재하는 행성과 비슷하게 움직이는 소립자들로 이루어져 있다네. 이 입자들을 서로 묶어주는 힘을 핵에너지라고 부르지. 원자폭탄이란 핵입자를 분열시킴으로써 핵에너지 가운데 일부를 방출하는 것이야. 그 결과 엄청난 폭발이 일어나지.

과학자들은 지난 수년간 이런 핵에너지를 잘 제어해서 쓸 수만 있다면 세계에 큰 도움이 될 에너지 혁명이 일어날 것이라고 봤다네. 그리고 모든 원자들이 이러한 에너지를 포함하고 있다는 사실은 밝혀졌지만, 실제로 에너지를 끌어내는 데 성공한 것은 우라늄과 중수소 두 가지뿐이었다네. 아, 그리고 쿼디움도 있지. 폭탄을 만들기 위해서 내가 직접 분리해낸 원소니까."

코킨츠 박사의 핵물리학 특강은 계속되었다. 다른 저명한 물리학자들이라면 흥미진진하게 들었겠지만, 글로리아나 대공녀와 털리 배스컴에게는 그야말로 고역이었다. 하여간 그 피노튬 64에는 다량의 핵입자가 함유되어 있는데, 이 물질은 자신의 전하를 음에서 양으로, 혹은 양에서 음으로 변화시킬 수 있다는 점에서 매우 특별하다는 것만큼은 그들도 분명히 이해했다.

가령 양전하를 띤 피노튬 64 입자가 같은 양전하를 띤 다른 원자핵과 만날 경우, 피노튬 입자는 (무척이나 친절하게도) 곧바로 자신의 전하를 음으로 전환시킨다. 따라서 양전하를 띤 다른 입자와 반발하기는커녕 오히려 그쪽으로 끌려가서 충돌하고, 결국 상대 입자를 분열시켜서 상당한 핵에너지가 발생한다.

제2차 세계대전 참전 경험이 있는 털리는 이 피노튬 입자가 자기 의지를 지닌 존재인 양 목표물을 향해 날아오던 '체이스-미-찰리' 폭탄†과 비슷하다고 생각했다. 그는 평소에도 자국의 와인에 대해서는 무한한 자부심을 가지고 있었지만, 이 이야기를 듣고 나니 감회가 새로웠다. 하지만 한편으로는 그 와인에 방사성 물질이 들어 있다니, 꺼림칙해서 앞으로는 전처럼 그랜드 펜윅 와인을 즐기지 못할 것 같았다. 하지만 이 생각은 입 밖에 내지 않았다.

"나는 이 특별한 입자를 '야누스 입자'라고 명명했다네."

코킨츠 박사가 말했다.

"로마 신화에서 동시에 두 방향으로 얼굴을 돌리고 있는, 따라서 스스로가 모순이 될 수밖에 없는 신의 이름에서 따왔지. 이런 모순이야말로 과학의 본질 아니겠나. 앞을 확실히 보기 위해서는 자꾸만 뒤를 돌아보아야 하니 말일세."

"말씀하신 내용 중에서 양을 음으로 변환시킨다는 이야기는 이해하겠습니다. 그런데 이 피노튬 64에 포함된 야누스 입자의 성질이 어째서 중요한지는 잘 모르겠는데요."

털리가 말했다.

"아, 그런가? 실은 그게 핵심이라네. 지금까지는 핵분열에 중성자를 사용해왔지. 중성자는 원자핵에 충돌하기는 하지만 양전하에 의해 분열되지는 않아. 그래서 어떤 때는 원자핵을 분열시켜서 에너지를 방출하지만, 때로는 원자핵과 결합해버려서 에너지를 전혀 방출하지 않지.

연쇄반응을 얻기 위해서는 그런 중성자가 끊임없이 방출되어서 핵분열을 일으켜야 한다네. 하지만 문제는 이걸 어떻게 제어하느냐 하는 점일세. 이론상으로는 지속적인 에너지 방출도 가능하다고 하지만, 오늘날까지는 대개 폭탄을 만드는 데에만 사용하고 있지.

중성자를 사용할 경우에는 원자 구조에서도 가장 하단에 위치한 입자에 충돌해야만 한다네. 그곳은 핵입자들이 비교적 느슨하게 묶여 있기 때문이지. 원자 구조에서 중간과 상단에 있는 핵은 비교적 단단하게 묶여 있어서 쪼개기가 쉽지 않아. 그런데 야누스 입자는 얼마든지 전하를 바꿀 수 있기 때문에 그 어떤 원자핵도 공격할 수 있다네. 그러니 이젠 우라늄이나 중수소, 아니면 쿼디움에 매달리지 않아도 되는 거지. 방금 자네한테 보여준 실험에서 사용한 동력원은 쇳가루였어. 핀 대가리만큼도 안 되는 쇳가루하고 극미량의 피노

† 제2차 세계대전 말기에 이탈리아의 전함이 사용한 폭탄. 로켓 추진 장치와 날개가 달려 있어 원하는 방향으로 발사할 수 있다. 영국군 사이에서는 '체이스 미 찰리Chase me Charlie', 즉 '쫓아오는 폭탄'이라는 이름으로 악명이 높았다.

튬 64를 섞었지. 그 결과는 아까 자네가 본 바와 같네."

"그러면 그 피노튬 64는 어떤 물질과 반응하더라도 핵에너지가 발생한다는 뜻인가요?"

털리가 물었다.

"이론적으로는 그렇지. 내가 실험해본 물질은 쇳가루와 분필가루, 그리고 탄소와 타이어 조각밖엔 없지만 말야."

"그렇다면 갑자기 연쇄반응을 일으켜서 폭발해버릴 수도 있지 않을까요?"

이번에는 글로리아나가 물었다.

"그렇진 않습니다. 피노튬 64에 함유된 야누스 입자는 매우 느리게 방출되니까요. 일단 이 입자가 하나 방출되면 다른 원자핵을 공격해서 에너지를 방출함과 동시에, 그 핵에 있던 입자들 가운데 일부를 자기가 대체해버립니다. 그로 인해 반응에도 간격이 생기죠. 이 과정이 끝난 다음에야 또 다른 야누스 입자가 방출됩니다. 우라늄과 달리 중성자 자체가 상대 물질로부터 에너지를 방출시킬 수 없기 때문에, 연쇄반응이 일어날 수도 없죠.

굳이 연쇄반응이 일어나게 하려면 야누스 입자를 우라늄처럼 불안정한 원자핵 물질에 충돌시키면 되긴 하지만, 그렇게 하려면 피노튬 64를 어마어마하게 많이 투입해야 합니다."

코킨스 박사는 이렇게 대답하면서 행복한 미소를 지었다.

"결국 세계를 멸망시키지 않고도 핵반응을 일으킬 방법을 찾아낸 셈이 아닙니까? 저로선 무척 기쁜 발견입니다."

털리 배스컴은 아주 똑똑한 편은 아니었지만 제법 실용적인 정신의 소유자였다. 마운트조이 백작 같으면 이러한 설명을 들은 직후에 명민하고도 완벽한 결론을 내렸을 것이다. 하지만 털리는 박사와의 긴 대화를 통해 힘겹게 마운트조이가 내렸음직한 결론에 도달할 수 있었다. 그는 자기 몸무게쯤은 충분히 감당할 만큼 추진력을 지니고 공중에 매달려 있던 병을 떠올렸다. 그다음 미국에서 받은 5천만 달러라는 막대한 자금의 원래 용도를 떠올렸다. 그러고는 너무나도 엄청나서 차마 꺼내기 힘든 말을 자기도 모르게 하고 말았다.

"코킨츠 박사님."

그는 조심스럽게 물었다.

"그렇다면 박사님께서 만들어내신 그 피노튬 64가 대단한 동력원이 될 수 있다는 말씀인가요?"

"그렇지, 바로 그거야."

코킨츠가 말했다.

"그 힘의 한계는 어느 정도일까요?"

털리가 물었다. 코킨츠는 어깨를 으쓱해 보였다.

"이론상으로야 무한대라고 할 수 있지."

"현실적으로는요? 피노튬 64를 사용하면 유인우주선을 달까지 보냈다가 지구로 귀환하게 할 만큼의 동력을 얻을 수 있을까요?"

"그야 물론이지."

코킨츠 박사가 말했다. 그는 주머니를 뒤져 여러 개의 연필

가운데 하나를 꺼냈다. 그러고는 역시 주머니에서 봉투 하나를 찾아내 그 위에 직접 계산을 해보았다.

"200톤짜리 우주선이라고 치면……."

그가 잠시 뒤에 말했다.

"쇳가루 450그램 정도하고 와인이 큰 통으로 하나 있으면 충분하겠군."

털리와 글로리아나는 벼락이라도 맞은 듯한 표정으로 박사를 빤히 바라보았다. 눈앞에 놓여 있는, 그야말로 불가능해 보이는 전망 앞에서, 그들은 한마디도 할 수가 없었다.

"말도 안 돼! **무슨 여리고 탑이냐?**"

그해 6월 말, 어센션 섬† 인근의 바다 한가운데 있던 미국 해군 소속 함정 퀘스트호는 졸지에 역사적인 순간의 목격자가 되었다. 퀘스트호는 본래 구축함으로 건조되었으나 지금은 전혀 다른 임무를 수행하고 있었다. 본래 장착되었던 모든 무기를 떼어낸 대신, 성능이 뛰어난 레이더와 원격측정장치, 그리고 기타 최신 장비를 탑재하고는 대기권으로 진입한 우주선 캡슐을 추적하는 임무를 맡은 것이다.

퀘스트호는 물 위에 떠다니는 커다란 두뇌이자 초대형 계산기라고 할 수 있었고, 이런 유형의 배는 세계 최초였다. 드넓은 대양의 한구석에 정박한 채 무한한 하늘 구석구석으로 보이지 않는 촉수를 뻗어대다가, 대기권 안으로 진입한 우주

† 대서양 남단, 즉 아프리카 서해안의 세인트헬레나 제도 가운데 한 섬으로 영국의 식민지이다.

선 캡슐을 찾아내는 것이 이 배의 임무였다.

우주에서 돌아오는 캡슐은 대개 원격측정장치가 고장나버리는 까닭에 위치를 알리는 신호를 보낼 수가 없었다. 하지만 퀘스트호의 감도 높은 장비는 수천 킬로미터나 떨어진 공중에 나타난 캡슐을 곧바로 찾아낼 수 있었다. 그래서 별명 지어주기를 좋아하는 미국인들의 습성에 따라 퀘스트호에는 '핫풋'†이란 별명이 붙었다.

핫풋은 특히 온도 변화에 민감해서 캡슐이 대기권에 진입하는 순간 마찰에 의해 급격히 올라간 외장재의 온도를 감지했다. 이러한 관측 정보를 바탕으로 핫풋의 전자두뇌는 캡슐의 위치와 진로를 측정했고, 그 결과를 가지고 원격측정장치가 고장난 채 여차하면 바다 한가운데서 사라져버리고 말았을 수많은 우주선 캡슐들을 구해냈다.

현재 퀘스트호의 임무는 매우 중요한 우주선 캡슐의 위치를 파악하는 것이었다. 액체 수소를 연료로 사용하는 새턴 로켓에 장착되어 케이프커내버럴††에서 비밀리에 발사된 이 우주선은 지구 궤도를 50회 순회하고 돌아오는 길이었다. 물론 '캡슐'이라는 통상적인 용어로 부르긴 했지만, 이 우주선을 묘사하기엔 어딘가 부족한 것도 사실이다. 왜냐하면 이것은 향후 2년 내에 미국이 달을 향해 중대한 한 발자국을 내디딜 때 이용할 우주정거장의 시험모델이었기 때문이다.

그런 만큼 이 특별한 캡슐을 가능한 한 신속하게 회수해야 했다. 원래 계획은 캡슐을 어센션 섬 인근의 바다로 떨어뜨리는 것이었다. 그래서 근처에 퀘스트호 말고도 다른 함대가 정박 중이었으며, 공중에는 캡슐을 찾아내기 위해 여러 대의 탐색기들이 비행 중이었다.

마침 퀘스트호에는 원자력위원회의 존 리지웨이 상원의원과, 이 계획을 총괄하고 있는 저명한 핵물리학자인 프리츠 마이델 박사가 타고 있었다. 마이델 박사(제2차 세계대전 당시 미국이 독일 나치로부터 노획한 전리품이나 마찬가지인)는 이 배에 실린 장비의 성능을 의원에게 설명하느라 여념이 없었다. 나아가 상원의원에게 생생한 시범을 보여주기 위해, 지상에서 수 킬로미터 위를 날고 있는 비행기에서 몇 가지 물건을 바다에 떨어뜨리라고 명령해두었다.

"의원님께서도 잘 아시겠지만……."

마이델 박사가 말했다.

"비행기에서 떨어뜨릴 물건에는 중력만 작용합니다. 그래서 그 물건의 온도 변화는 지극히 미미하지요. 하지만 이 배의 장비는 그런 미세한 차이까지 감지해서 위치를 정확히 알아낼 수 있습니다."

"왜 그런 온도 변화가 일어나는 겁니까?"

상원의원이 물었다.

"대기 중에 있는 여러 가지 입자들과 충돌하기 때문이지요."

마이델 박사가 설명했다.

† 원래는 잠든 사람의 발가락에 성냥을 끼우고 거기에 불을 붙여서 깜짝 놀래키는 장난을 뜻한다. 여기서는 우주선 캡슐의 열을 민감하게 감지하여 위치를 추적하는 퀘스트호의 뛰어난 기능을 빗대는 말로 사용되었다.

†† 미국 플로리다 주의 해안에 위치한 곶串의 이름이었으나, 1958년 이곳에 설립된 미국 항공우주국NASA의 로켓 발사장을 지칭하게 되었다.

"빠른 속도로 공기 중에서 움직이는 물체는 산소나 수소 같은 분자들과 충돌하고, 그로 인해 열이 발생합니다. 그래서 물체의 온도는 속도와 연관이 있죠."

상원의원이 이해하기 쉽도록 평이하게 설명하다 보니, 마이델 박사는 강의실에서 이야기하는 듯한 기분이 들어 이렇게 덧붙였다.

"말하자면 망치로 쇳덩어리를 치는 것과 비슷하다고 할 수 있습니다. 망치질을 하다 보면 쇳덩어리가 조금 뜨거워지지 않습니까."

"아, 그런가요?"

상원의원이 대꾸했다.

"난 한 번도 못 해봤는데……."

두 사람은 지금 핫풋의 조종실에 있었다. 그들 앞에는 커다란 TV만 한 모니터가 설치되어 있었다. 갖가지 다이얼과 스위치를 열심히 조작하던 통신병이 갑자기 말했다.

"박사님, 뭔가 잡혔습니다. 1만 8천 미터 상공, 160도 방향. 현 위치에서 남서쪽으로 4천 미터 떨어진 곳에 추락할 예정입니다."

그는 상원의원의 이해를 돕기 위해 비행기에서 떨어뜨린 물건들을 나타내는 밝은 불빛이 화면에서 깜빡이는 모습을 가리켰다.

"저게 떨어지면 좀 건져서 보여주실 수 있습니까?"

상원의원이 물었다.

"우리 애들한테 기념품으로 갖다줬으면 해서 말입니다."

"그건 어려울 것 같습니다, 의원님. 추락하는 즉시 물속으로 가라앉을 테니까요."

"무슨 물건이기에 바로 가라앉습니까?"

"아마 작은 모래주머니일 겁니다."

박사가 대답했다.

"박사님, 여기 또 다른 게 잡혔습니다."

통신병이 말했다. 워낙 눈치가 빠른 사람이라 상원의원이 기념품 운운 하는 소리를 듣고, 마침 다른 물체를 발견해서 보고하는 것이다.

"이번에는 바로 옆에 떨어질 것 같습니다. 뱃머리에서 30미터쯤 앞입니다. 지금 바로 나가시면 바다에 추락하는 광경을 보실 수 있을 겁니다."

상원의원은 마이델 박사와 함께 갑판으로 달려 나갔다. 두 사람이 하늘을 올려다보니 뭔가 작게 반짝이는 물체가 물속으로 뛰어드는 물총새처럼 날아오고 있었다. 그 물체는 찰싹 하는 날카로운 소리를 내며 바닷속으로 빠지면서, 푸른 바다 표면에 흰 포말을 만들었다. 그런데 몇 초 뒤, 그 물체가 떨어진 자리에서 뭔가가 수면에 떠올랐다.

"저건 가라앉지 않는 물건이군요."

상원의원이 말했다.

"여기서 가까우니까 건져오실 수 있겠죠? 우리 아이들이 무척 좋아할 것 같아서요."

마이델 박사도 고개를 끄덕이고 장교 한 사람에게 뭔가 지시했다. 지체 없이 보트 한 척이 그 지점으로 향하더니, 바다 위에 떠 있던 물건을 곧바로 건져왔다. 장교가 그 물건을 가져왔을 때, 마이델 박사는 마침 조종실에서 급한 호출을 받고 자리를 비운 상태라서 상원의원이 직접 건네받았다. 그는 그 물건의 정체를 확인하자마자 깜짝 놀랐다.

"어라? 이게 도대체 뭔가? 와인 병 아닌가?"

그는 병을 공중에 치켜들어 햇빛에 비춰본 다음, 방금 그 병을 가져온 장교를 향해 꾸짖듯이 엄한 말투로 물었다.

"작전 중인 비행기에서는 음주가 금지되어 있지 않나?"

"빈 병이었습니다, 의원님."

병을 가져온 장교가 대답했다.

"물론 지금이야 그렇겠지."

상원의원이 말했다.

"누군가가 이미 마셔버렸을 테니 말일세."

그는 병을 자세히 들여다보며 병에 붙은 상표를 읽어보았다.

"그랜드 펜윅 와인, 프리미어 그랑크뤼라. 처음 듣는 이름이군. 하여간 애들이 좋아하겠는걸."

그가 중얼거렸다. 주위 사람들이 미소를 짓는 사이, 상원의원은 이 특이한 기념품을 가지고 선실로 들어가버렸다.

그사이에 그랜드 펜윅에서는 달에 우주선을 보내는 계획이 착착 진행되고 있었다. 이 세상에서 가장 작은 나라가 미국과 소련이라는 초강대국을 뛰어넘을 지경이었다. 반면 거인들은 이상적인 로켓 연료를 개발하는 문제로 난관에 봉착했다.

그랜드 펜윅은 그저 쇳가루와 와인만을 가지고 산소가 없어도 되는, 우주여행의 정답이라고 할 만한 강력한 핵연료를 개발했다. 물론 그 유명한 그랜드 펜윅 와인 중에서도 명품으로 소문난 58년산을 재료로 사용해야 한다는 점에서는 논란의 여지가 있겠지만 말이다.

또한 그랜드 펜윅은 다른 두 나라처럼 달 탐사에서 특별히 과학적 자료를 수집할 의사가 없었기 때문에 홀가분하기도 했다. 우주에서의 방사능에 관한 연구라든지, 모래 알갱이만 한 운석의 발생 빈도에 관한 연구라든지, 우주선의 내부와 외부의 온도 차에 관한 비교 연구를 비롯해서, 미국과 소련이 우주여행에서 반드시 하게 마련인 온갖 일들을 그랜드 펜윅은 할 생각이 없었다.

쉽게 말해 그랜드 펜윅은 오로지 달에 착륙한 뒤 곧바로 다시 돌아오는 것만을 목표로 삼았다. 그래서 우주선의 구조도 간단했고, 이에 필요한 각종 장비를 마련하는 데 드는 비용도 크게 절감되었으며, 우주비행사의 자격도 크게 완화되었다.

물론 한 가지 정치적 문제가 있긴 했다. 마운트조이 백작은 여전히 미국으로부터 받은 자금을 우주선 대신 온수 설비에 사용하고 싶어 했다. 하지만 털리 배스컴이 임시회의를 소집하여 그랜드 펜윅이 새로이 개발한 로켓용 연료인 피노튬 64에 대해 설명하자, 마운트조이 측의 패색이 더욱 짙어지고 말았다.

그때까지만 해도 허무맹랑하게 여겨졌던 달나라 여행 이야기가 이제는 온 나라를 들썩이게 했다. 그랜드 펜윅 국민들은 하나같이 이 계획에 크게 열광하며 대단한 기대를 가졌다. 더 이상 아무도 이의를 제기하지 않았고, 도리어 어떻게든지 이 계획에 한몫씩 거들겠다며 자발적으로 나설 지경이었다.

그러나 마운트조이는 패색이 짙어지는 중에도 당당한 태도를 잃지 않았다. 그는 의회를 향해 이렇게 호소했다.

"우리의 훌륭한 와인을 가솔린이라도 되는 양 마구 써버려도 된단 말입니까? 지금 여러분이 하려는 일이 그것입니까? 그랜드 펜윅 와인은 지금껏 500년이 넘도록 최고의 와인으로 정평이 나 있습니다. 누가 뭐라 해도 이 와인이 세계 최고임은 말할 필요도 없습니다.

여러분도 잘 알고 계시겠지만, 저 위대한 에스파냐의 이사벨라 여왕조차도 콜럼버스의 첫 항해 때 우리 그랜드 펜윅 와인을 한 병 하사하면서, 낙담할 때마다 이 와인을 한잔 마시면 기운이 솟아날 거라고 하지 않았습니까?

실제로 콜럼버스는 항해 도중에 부하들이 반란을 일으키려 하자 우리 그랜드 펜윅 와인을 따고 선원들이 조금씩 맛보게 하여 반란을 잠재웠습니다. 위대한 실패로 돌아간 그 탐험이 아니었다면 우리 유럽이 신대륙을 접할 수 있었을까요?

역사상 우리 그랜드 펜윅 와인이 누려온 명성을 절대로 잊어서는 안 됩니다. 여러분, 우리가 이 숭고한 와인을 그저 질 좋은 석유쯤으로, 로켓을 발사하기 위해 마음껏 퍼다 쓰는 가솔린으로 여기는 것이 말이나 됩니까?"

그러나 백작의 호소는 전혀 먹히지 않았다. 그의 발언이 끝나자마자 평소처럼 벤트너가 나서서, 마운트조이 백작은 지금 노동자들의 이익에 반하는 주장을 펼치고 있다고 맹비난했다. 벤트너는 만약 와인을 우주선 연료로 사용할 수 있다면, 이는 공국의 주 생산품인 와인을 판매할 해외시장이 추가로 생긴다는 의미이며, 결국 노동자들에게도 이득이 되리라고 주장했다.

또한 와인이 연료가 된다고 해서 사람들이 더 이상 와인을 찾지 않을 리는 없다고도 했다. 앞으로 자동차 한 대당 40리터씩 그랜드 펜윅 와인을 넣어야 하는 날이 온다면(그는 정말 머지않아 그런 엔진을 단 자동차가 나오리라 생각했다) 오히려 와인을 차에 넣다가 기분 좋게 한 잔씩 할 수 있지 않느냐는 것이다. 그런 면에서 그랜드 펜윅 와인이야말로 그 어떤 가솔린보다 훨씬 훌륭한, 그러니까 차에게도 좋고 사람에게도 좋은 연료라는 것이 그의 논리였다. 벤트너는 열화와 같은 박수갈채를 받으며 발언을 마치고 착석했다.

자신이 또 한 번 패배했음을 실감한 마운트조이는 현실을 인정하고, 500만 달러만이라도 수도 시설을 위해 확보하려고 안간힘을 썼다. 그로부터 며칠 뒤, 그는 현명하게도 자신의 입장을 바꾸어 "국민의 의견을 최대한 수렴하기로" 했다는 변명과 함께, 어느 누구보다도 우주선 개발 계획의 열렬한 옹호자가 되었다.

"훌륭한 정치가는 언제나 민심을 따를 준비가 되어 있어야 하는 법이지."

그는 아들 빈센트에게 이렇게 말했다.

"민심을 거스르다가 지위를 잃을 수도 있다면 더더욱 그렇고. 흐름을 타지 못하고 신뢰를 잃어버린 지도자에겐 어느 누구도 동정을 베풀지 않아. 그런 사람은 역사에 이름을 남기지 못할뿐더러 기껏해야 남들이 건드리지 않은 시시콜콜한 주제 찾기에 혈안이 된 박사과정 학생의 논문에나 등장하겠지. 그런 논문들이란 판단력을 잃고 명성까지 놓쳐버린 운 없는 작자의 림보†나 마찬가지야."

하지만 빈센트는 그저 속으로 '끙!' 소리를 낼 뿐이었다. 정치가로서 꼭 알아야 할 교훈을 줄줄이 늘어놓는 아버지 앞에서, 그는 잠자코 듣기만 했다. 그는 요즘 코킨츠 박사 밑에서 우주선의 제작 실무를 맡고 있었다. 빈센트는 우주선의 주 설계자로서 달 탐사를 위한 2인용 우주선을 만들어내리라 마음먹고 있었다.

빈센트가 가장 먼저 해야 할 일은 발사장을 마련하는 것이었다. 애초에 그는 우주선을 야외의 편평한 콘크리트 바닥에서 발사할 생각이었고, 이 방법이 가장 좋다고 믿었다. 하지만 그랜드 펜윅의 날씨는 플로리다와는 전혀 딴판이었다. 며칠 동안 비가 오고 바람이 부는 야외에 우주선을 방치하면, 발사하기도 전에 금속 외장재에 심각한 손상이 갈 수도 있다. 그러고 보니 지붕이 있는 곳이 작업에 나을 듯했다.

어느 날 그는 아버지를 따라 성 곳곳을 돌아보다가(수도 시설 공사에 들어가기 위한 백작의 예비조사였고, 빈센트 역시 이 공사의 필요성을 인정하고 있었다) 성의 북동쪽에 위치한 커다란 탑을 살펴보게 되었다. '여리고 탑'으로 불리는 이 탑이 그의 눈길을 끈 이유는 탑의 아래쪽에 자리 잡은 여리고 실 때문이었다. 그 안에는 여리고 성벽이 무너지는 장면을 묘사한 커다란 스테인드글라스가 있었다.††

"이 안에 뭐가 있나요?"

빈센트가 아버지에게 물었다.

"유럽에서 가장 큰 나선형 계단의 잔재가 남아 있지. 하지만 1587년 이래 사용한 적이 없단다."

마운트조이가 대답했다.

"왜요?"

제법 높고 폭이 좁으면서도 튼튼해 보이는 탑의 윤곽을 유심히 살펴보며 빈센트가 물었다.

"바로 그해에 우리 공국을 방문한 에스파냐 대사와 영국 대사가 나란히 그 계단을 내려오다가, 앞서 가던 에스파냐 대사가 발을 헛디디고 아래로 굴러떨어져 사망한 일이 있었단다. 에스파냐는 뒤에 오던 영국 외교관이 자기네 외교관을 떠밀었다고 주장했지. 우리는 그 사건을 단순 사고로 보고 중재하려 노력했지만, 에스파냐는 이 사건 때문에 노발대발하다가 결국 무적함대를 보내 영국과 결판을

† 유아세례를 받기 전에 사망한 어린아이처럼, 사후에 천국, 지옥, 연옥 중 어디에도 가지 못하는 인간의 영혼이 거처하는 곳으로 여겨진다.

†† 구약성서의 여호수아서에 따르면 애굽(이집트)을 벗어나 가나안 땅으로 향하던 이스라엘 민족이 여리고 성을 함락하기 위해 6일 동안 매일 성 주위를 한 바퀴씩 돌고, 7일째 되던 날 일곱 바퀴를 돈 후 동시에 함성을 지르자 성벽이 무너졌다고 한다.

짓기로 했고, 그 결과 에스파냐의 패배로 끝나버렸지 뭐냐. 그러게 애초에 우리의 중재 요청을 받아들였으면 오죽 좋았을까."

"제가 듣기로 영국과 에스파냐의 전쟁은 영국이 신대륙에서 에스파냐의 이권을 강탈했기 때문에 벌어졌다던데요?"

빈센트가 여전히 탑에 시선을 두고 말했다.

"그거야 영국 사람들 말이고."

마운트조이 백작이 말했다.

"역사적 해석이란 그 역사책이 어느 나라에서 출간되느냐에 따라 크게 달라지니까."

두 사람은 탑 안으로 들어갔다. 빈센트는 내부의 돌벽을 꼼꼼히 살펴보았다. 그에게 이 탑은 발사대로 가장 이상적이었다. 탑 내부에 설치된 나선형 계단을 제거하더라도 구조 역학적으로 아무런 문제가 없을 것 같았다.

"우아, 이건 우리한테 정말 필요한 거예요!"

빈센트가 갑자기 흥분하며 말했다.

"필요하다니, 어디에?"

백작이 물었다.

"우주선을 발사하는 데 필요하죠. 탑 아래쪽, 그러니까 성의 지하실과 연결된 곳에서 우주선을 조립하고, 탑 위를 뚫어서 그리로 발사하는 거예요. 지붕이 있어서 작업장으로 쓰기엔 안성맞춤이에요."

"여리고 탑에서 말이냐?"

"그럼요. 안 될 것 없잖아요?"

백작은 이 제안을 잠시 숙고해보았다.

"그래, 안 될 것까지야 없지."

그는 이렇게 대답하며 미소를 지었다.

"가능하기만 하다면 그게 가장 적절하겠지."

이렇게 해서 우주선 조립 및 발사 장소가 결정되고, 본격적인 제작에 착수했다. 그랜드 펜윅은 우주선과 로켓 제작 사실을 결코 비밀에 부치지 않았다. 우주선을 제작하고 있다고 솔직히 털어놓아도 미국이나 소련, 그리고 다른 나라들이 곧이듣지 않았을 뿐이다. 그것은 결코 공국의 잘못이 아니었다.

실제로 제작 초기에 마운트조이 백작이 스위스 주재 미국 대사를 특별히 예방하고, 현재 공국에서 달 탐사용 우주선을 제작 중임을 정식으로 통보한 바 있다. 그 대사는 그랜드 펜윅 관련 외교 업무를 겸하긴 했지만, 상대국이 워낙 작고 외진 곳에 있다는 핑계로 아직까지 한 번도 방문한 적이 없었다. 미국이 무슨 의도로 그랜드 펜윅에 자금을 지원했는지 알고 있던 미국 대사는 그저 예의상 고개를 끄덕인 뒤에, 그 우주선을 어디서 발사할 예정이냐고 물었다.

"여리고 탑에서 발사할 겁니다."

마운트조이 백작은 진지하게 대답했다. 그러자 미국 대사는 빙그레 미소를 지으며 참으로 적절한 선택이라고 대꾸했다. 미국 대사는 이날 그랜드 펜윅의 수상과 나눈 대화를 정식으로 고국에 보고하진 않았지만, 스위스에 주재하는 다른 나라 외교관들과 만난 자리에서 이 이야기를 퍼뜨려 유명한 우스갯소리로 만들었다. 그들 중에 어느 누구도 이 이야기를 사실로 믿지 않았다.

그랜드 펜윅은 하필이면 '여리고 탑'을 발사대로 사용하기로 결정함으로써, 본의 아니게 자신들의 계획을 아무도 믿지 못할 이야기로 만들어버렸다.† 미국 대사가 퍼뜨린 이야기는 머지않아 널리 퍼져서, 나중에는 누가 어리석은 계획을 세울 때마다 "말도 안 돼! 무슨 여리고 탑이냐?" 하는 핀잔이 일상적으로 통용될 정도였다.

이제 그랜드 펜윅이 달 탐사용 우주선을 만든다는 사실을 믿는 사람은 아무도 없었다. 일이 이렇게 흘러가지만 않았더라도, 그랜드 펜윅의 위업이 그토록 철저하게 세계인의 무관심과 절대적인 무지 속에서 이루어지지는 않았을 것이다. 여기에는 국제정세도 한몫했다. 정확히 말하자면 미국이 달을 향한 일보 전진이라는 명목으로 내놓은 5천만 달러에 상응하는 뭔가를 내놓기 위해 고심하던 소련이 그에 버금가는 열렬한 선전을 한 탓이었다.

그랜드 펜윅이 그 5천만 달러를 가지고 미국에 주문한 물품 내역만 제대로 분석해보았더라면, 당시 그랜드 펜윅에서 무슨 일이 벌어지고 있는지 금세 파악했을 것이다. 하지만 이들의 주문장은 그랜드 펜윅의 구매를 대행해주는 미국 정부의 구매 담당국에 곧바로 넘어갔고, 아무런 방해도 없이 곧바로 집행되었다.

물론 이 주문장의 사본은 매번 국무부의 중유럽 담당 연락사무관인 프레데릭 팩스턴 웬도버에게도 전해져서 그의 책상 위에 오르기는 했다. 하지만 그는 워낙 바빠서 주문장 사본들을 일일이 살펴볼 짬이 없었다. 주문장에는 대부분 파이프니, 온수기니, 욕조니, 샤워기니 하는 배관 설비 항목들만 나열되어 있었고, 이러한 항목들은 자신의 예상이 정확히 맞아떨어졌음을 확인시킬 뿐이었다. 이는 국무부 장관에게도 그대로 보고되었다. 그랜드 펜윅이 실제로 원한 것은 단지 현대식 수도 시설이었다고 말이다.

하지만 어느 날 구매담당국에서 그에게 전화를 걸어 그랜드 펜윅이 새턴 로켓의 동체 가운데 못 쓰는 게 있으면 하나 보내달라고 요청했다는 사실을 알려주자, 웬도버도 깜짝 놀라고 말았다.

"그 친구들에게 뭐라고 할까요?"

구매담당국 직원이 말했다.

"쓰다 남은 로켓을 외국에 판 적은 없잖아요. 그나저나 그 친구들은 그걸 가져다 뭐에 쓰겠다는 거죠?"

"난들 알겠습니까? 제가 잠시 후에 다시 연락드리죠."

웬도버는 지금까지 보고된 그랜드 펜윅 측의 주문장 사본을 다시 훑어보았다. 대형 욕조 40개, 터키석으로 만든 유광 타일 상당량, 다양한 사이즈의 구리 파이프 수천 미터 분량, 그리고 '중고품 새턴 로

† 다들 '나팔과 함성에 힘없이 무너진' 구약성서의 여리고 성벽을 떠올리고는, 그랜드 펜윅의 우주선 발사 계획이 허황된 꿈이라고 여긴 것이다.

켓(엔진이나 내부장치 없이 동체만 필요함)' 이 주문 내역에 있었다. 처음에는 깜짝 놀랐지만, 잠시 생각해보고 나서는 슬며시 미소를 지었다.

"이런 여우 같은 양반!"

그는 마운트조이를 떠올리며 이렇게 중얼거렸다.

"이 양반은 소련이 우리가 제공한 자금의 진짜 목적을 의심하고 있다는 걸 눈치챈 거야. 그래서 이참에 새턴 로켓 껍데기를 하나 주문해서 우리를 좀 도와주겠다 이거군! 그래, 그러면 당연히 하나 줘야지. 로켓까지 줬다는 소문이 퍼지면 소련 녀석들도 할 말이 없을 거야. 그러면 지금처럼 우리가 준 돈이 시늉에 불과하고, 사실은 욕조에만 쓰였다고 떠들진 못하겠지. 마운트조이는 워낙 교활한 정치가니까 일단 로켓 껍데기를 주문해놓고 나중에 온수기로라도 개조해 쓸 생각이겠지. 마침 그만한 크기의 온수기가 하나 필요했는지도 모르고."

그가 NASA에 전화를 걸어 혹시 쓰다 남은 새턴 로켓이 있느냐고 묻자, 담당자들은 모두 어안이 벙벙했다. 하지만 확인해보니 마침 야금 검사에서 불합격한 로켓 동체가 몇 개 있었다. 야금이란 엄청난 속도로 움직일 때 발생하는 열을 방지하는 데 있어 중요한 요소다.

"사실 이놈의 물건 때문에 걱정이 이만저만 아니었습니다."

NASA 직원이 말했다.

"솔직히 좀 창피하잖아요. 이걸 폐기처분하면 여론이 가만있지 않을 겁니다. 여러 조각으로 해체해버리자니, 그것도 비용이 만만치 않고요. 보관할 장소도 마땅치가 않아요. 이걸 기념물로 쓰지 않겠느냐고 몇 군데 물어보았는데, 운송비도 그렇고 예산 문제도 있고 해서 아무도 원하지 않더군요. 그래서 그냥 쌓아두고 있자니 보관할 데가 없어서 골치였죠."

"그걸 돈으로 치면 얼마 정도 되겠습니까?"

웬도버가 물었다.

"가격이요? 글쎄요……. 개당 수백만 달러는 너끈히 들어갔죠. 물론 지금이야 아무 짝에도 쓸모없는 물건이지만……."

"그럼 운반비만 부담한다면 다른 데 양도할 의사가 있는 겁니까?"

"그럼요. 그런데 누가 가져가겠다는 겁니까?"

"그랜드 펜윅 공국이오."

"아, 그 여리고 탑 어쩌고 하는 친구들 말이군요!"

NASA 직원은 킬킬거리며 전화를 끊었다.

웬도버는 구매담당국에 전화를 걸어 중고 새턴 로켓을 어디서 구할 수 있는지 알려주고, 그랜드 펜윅의 주문을 받아주라고 말했다. 그런 뒤에 국무부 장관에게 이 내용을 보고했다. 장관은 마운트조이가 이런 방법으로 미국 정부를 돕고 있다는 사실에 무척 만족스러워했다.

"이렇게 된 이상 어느 누구도 유럽에 미국의 확고한 우방이 하나도 없다고는 말 못하겠군. 그렇지 않은가? 그랜드 펜윅 공국이 이렇게 우리를 든든히 지원하고 있으니 말일세."

장관은 이 사실을 대통령에게도 보고했다. 대통령은 그랜드 펜윅이 중고 로켓을 구입하겠다고 나서면서 보여준 성실성과 치밀함에 큰 감명을 받았다. 그리하여 로켓 구매에 대한 미국 정부의 공식 보도자료가 신문이며 방송에 곧바로 배포되었다. 하지만 이 기사를 보도한 신문 편집자들은 물론이고, 활자를 조판한 인쇄공들, 그리고 신문을 받아본 독자들까지도 이 기사를 읽으면서 키득거리기만 할 뿐이었다. 그랜드 펜윅처럼 작은 나라가 정말로 달 탐사용 우주선을 발사할 수 있다고는 아무도 진지하게 생각하지 않았던 까닭이다.

정말 아무도 그렇게 생각하지 않았다. 그랜드 펜윅만 빼고는 말이다.

그 와중에도 그랜드 펜윅에서는 빈센트 마운트조이의 총 지휘 아래 여리고 탑에서 우주선 제작이 한창 진행되고 있었다.

## 미심쩍은 조류 애호가, **스펜더의 방문**

달 탐사용 우주선을 제작하느라 바쁜 와중에도, 코킨츠 박사는 그랜드 펜윅 숲에 둥지를 튼 두 마리의 쌀먹이새에 관해 오듀본 협회는 물론이고 전 세계의 조류 애호가들과도 활발하게 서신을 교환했다. 일단 박사는 자신이 찍은 새—북아메리카 북동 연안에만 서식하는 것으로 알려졌으나, 놀랍게도 그랜드 펜윅 숲에 모습을 드러낸—사진을 오듀본 협회에 보냈다. 이 사진은 곧바로 협회 회지에 실려 일대 화제가 되었다.

그러자 어떻게 이 새들이 본래의 서식지에서 그토록 멀리 떨어진 그랜드 펜윅 공국까지 갔는지에 대한 의문이 우후죽순처럼 제기되었다. 조류 애호가들은 쌀먹이새가 겨울철 몇 달 동안 서인도제도를 거쳐 남아메리카로 이동한다는 사실을 잘 알고 있었다. 하지만 이 작은 새가 유럽까지 이동한다는 사실은 한 번도 확인된 바 없었다. 추측이 무성한 가운데 이런 가설이 나왔다. 남아메리카에서 겨울을 보내고 미국 뉴잉글랜드나 캐나다 남부로 향하던 한 무리의 쌀먹이새들이 플로리다 해안에서 갑작스레 허리케인에 휩쓸렸고, 거기에서 용케 살아남은 몇 마리가 유럽까지 이른 게 아니냐는 것이다. 지금 그랜드 펜윅에 있는 쌀먹이새 역시 그중 한 쌍일 가능성이 높다는 주장이었다.

그러자 유럽 전역의 조류 애호가들이 모두 자리를 박차고 일어나, 혹시 자기가 사는 지역에도 쌀먹이새가 날아들지 않았나 관찰하기에 바빴다. 하지만 아쉽게도 확증을 얻은 사람은 아무도 없었다. 시칠리아에서 한 마리, 프랑스 남부에서 또 한 마리가 목격되었다는 보고는 있었지만, 그 주장을 뒷받침할 만한 사진 증거는 없었다. 그러던 중에 이 모든 것이 사기이며, 코킨츠 박사가 그랜드 펜윅에서 찍었다고 주장한 사진도 실은 미국 코네티컷 주의 어느 숲에서 찍은 게 분명하다는 음모론이 제기되었다.

코킨츠 박사는 이 음모론에 큰 충격을 받았다. 그는 무척이나 단순하면서도 어린아이처럼 천진한 사고방식의 소유자였다. 그래서 남의 말을 잘 믿었을뿐더러, 남들도 자기를 잘 믿어줄 것이라 생각했다. 박사는 이러한 음모론을 제기하는 사람들에게 강력하게 항의하는 동시에, 누구든지 그랜드 펜윅으로 오기만 하면 그 쌀먹이새를 두 눈으로 똑똑히 볼 수 있을 것이라고 맞섰다.

그러던 어느 날, 스위스의 베른에 사는 모리스 스펜더라는 사람으로부터 코킨츠 박사 앞으로 편지가 왔다. 스펜더는 자신이 영국인이며 평생 새를 쫓아다닌 열혈 조류학자라고 밝히면서, 필요하다면 이를 증명할 문서를 고위층의 친구들에게 부탁해서 보내줄 수도 있다고 썼다. 그리고 자기가 그랜드 펜윅을 방문해서 쌀먹이새 한 쌍을 직접 관찰하고 사진을 찍어가도 되겠느냐고 물었다.

"증명서 나부랭이가 왜 필요한 건지 모르겠군요."

털리는 코킨츠 박사가 건네준 편지를 읽고 나서 말했다.

"원하면 그냥 와서 쌀먹이새를 보고 가면 되는데요."

코킨츠 박사는 어깨를 으쓱해 보였다.

"영국 사람들은 원래 그렇다네. 그들은 격식 차리는 걸 좋아하거든. 항상 누군가에게 속을지도 모른다는 두려움이 있어서 그런지, 매사에 인증이며 확인 절차를 거치려고 하지. 영국은 아마 전 세계에서 유일하게 옷 색깔과 안 어울리는 넥타이를 매는 게 큰 실례라고 생각하는 나라일걸. 그 사람들은 넥타이를 잘못 매면 다른 사람들에게 사기꾼 같은 인상을 줄 수 있다고 믿거든."

털리는 고개를 끄덕였다.

"그럼 이 사람에게 언제든 환영한다는 답장을 써 보내야겠군요. 그리고 여기 오면 한동안 성에 묵게 하죠. 아니, 차라리 두어 달 뒤에 오라고 하면 어떨까요? 그때쯤이면 더운물로 목욕도 할 수 있을 거고, 우주선 발사도 구경할 수 있을 테니까요."

코킨츠 박사는 털리의 제안에 동의하지 않았다.

"진정한 조류 애호가라면 우주선 따위에는 관심도 없을걸."

그는 스펜더의 편지에 함께 들어 있던 작은 신문 기사 스크랩을 꺼내 보여주었다. 그것은 스펜더가 몇 년 전에 런던의 「타임스」 편집자에게 보낸 편지였다.

담당 편집자께

오늘 오전 6시 15분에 우리 집 근처의 작은 숲에서 뻐꾸기 울음소리가 들리더군요. 이후 약 4분 동안 울음소리가 반복되다가 그쳤습니다. 이것이 올해 햄프셔 지방에서 관찰된 최초의 뻐꾸기 아닐까요?

햄프셔 주 올스톤에서

모리스 스펜더 드림

1966년 3월 3일

"여기 적힌 날짜를 보게."

코킨츠 박사가 말했다.

"이 날짜가 어때서요?"

털리가 물었다.

"바로 전날 미국이 금성 궤도에 인공위성을 발사할 준비를 하고 있다는 발표를 해서 전 세계가 발칵 뒤집히지 않았나.† 하지만 스펜더란 사람은 인공위성 따위에는 관심이 없었던 걸세. 그저 올봄 처음으로 뻐꾸기가 우는 소리를 들으러 아침 일찍부터 밖에 나가 있었던 거지. 진정한 조류 애호가란 바로 이런 사람이라네."

코킨츠 박사는 스펜더의 그런 행동이 매우 마음에 들었던 모양이다.

박사는 스펜더의 도착을 어찌나 기다렸던지, 그로부터 1주일 뒤에 스펜더가 버스를 타고 스위스에 면한 그랜드 펜윅 국경에 도착하자마자 직접 마중을 나갔다. 스펜더는 여러 대의 사진기를 준비해왔는데, 하나같이 값비싼 신제품이었다. 그 외에도 낚싯대와 쌍발식 엽총 한 자루, 그리고 여행가방 여러 개를 가져왔다. 하지만 몸엔 걸친 것은 거의 너덜너덜해지다시피 한 트위드 재킷에, 바지 역시 너무 커 보였다. 트위드 재킷은 녹슨 쇠처럼 붉은빛이었고, 재킷 속에는 밝은 노란색 스웨터를 입고 있었다.

"코킨츠 박사님이십니까?"

그가 힘차게 손을 뻗으며 말했다.

"만나뵙게 되어 정말 기쁩니다. 이날이 오기를 얼마나 기다렸는지 모릅니다. 쌀막이새를 빨리 보고 싶어 견딜 수가 없더군요."

"'쌀막이새'가 아니라 '쌀먹이새'입니다."

† 최초의 무인 금성 탐사선은 1961년 소련의 베네라(비너스) 1호였지만, 고장으로 중도에 행방불명됐다. 따라서 보통은 1962년에 금성에 근접 비행한 미국의 매리너 2호를 최초의 금성 탐사선으로 간주한다. 소련은 연이은 실패 끝에 1970년에 베네라 7호를 사상 최초로 금성 표면에 착륙시켰고, 1975년에는 베네라 9호를 금성 궤도에 인공위성으로 띄우는 데 성공했다.

코킨츠 박사가 정정해주었다.

"아, 그렇죠. 쌀먹이새. 제 혀가 아직 얼얼한 모양입니다. 그 놈의 버스를 타고 오는 게 여간 고역이 아니었거든요. 보아하니 차를 가져오시지 않은 것 같은데, 택시를 부를까요?"

스펜더가 말했다.

코킨츠 박사는 그랜드 펜윅에는 택시는 물론이고 자동차가 한 대도 없다고 설명했다. 그리고 여행가방은 일단 길 옆에 두고 가면 나중에 성에서 수레를 보내 실어오겠다고 했다. 하지만 스펜더는 여행가방을 그렇게 무방비 상태로 남겨두려 하지 않았다. 짐 속에는 값비싼 물건들이 수두룩해서 혹시 잃어버리기라도 하면 큰일이라는 것이다.

"아무도 건드리지 않을 겁니다."

코킨츠 박사가 그를 안심시켰다.

"여기서는 아무것도 잃어버릴 염려가 없습니다. 그랜드 펜윅에는 남의 물건을 훔치는 사람이 한 명도 없으니까요."

하지만 스펜더는 요지부동이었고, 결국 코킨츠 박사가 혼자 성으로 돌아가서 수레를 끌고 와야 했다. 그런데 박사가 돌아와 보니 스펜더의 모습은 온데간데없었다. 알고 보니 커다란 나무 꼭대기까지 올라가서는 사진기에 달린 망원 렌즈로 펜윅 성의 사진을 연방 찍어대고 있었다. 이유를 묻자 엉뚱하게도 거기가 사진 찍기에 좋은 자리였다고 둘러댔다.

"여기서 보는 성의 경관이 정말 멋지군요."

그가 나무에서 내려오며 말했다.

"저 길모퉁이를 돌아서면 훨씬 멋진 구도가 나올 텐데요."

코킨츠 박사가 말했다.

"그래도 왠지 나무 꼭대기에서 사진을 한번 찍어보고 싶었어요. 뭔가 색다른 기분이 들잖아요. 그렇지 않나요?"

스펜더가 말했다. 하지만 꼭대기까지 오르내리느라 들인 노력을 생각해보면 그리 설득력 있는 설명은 아니었다.

'이 사람은 전형적인 영국인이군. 과연 괴짜야.'

코킨츠 박사는 속으로 이렇게 생각했다.

그는 문득 학창 시절에 영국 출신의 같은 반 친구가 감기를 치료하겠다며 영하의 날씨에 밖에 나가 잤던 일을 떠올렸다. 그 친구의 이론에 따르면 감기 병원균은 영하의 온도에서는 생존할 수 없으니 추운 곳에서 자면 병원균이 다 죽으리라는 것이었다. 옳은 말이긴 했지만 그 친구는 급성 폐렴에 걸려 죽고 말았다.

스펜더는 그랜드 펜윅 성에 도착해 자신을 기다리는 환영단을 접견했다. 환영단이란 글로리아나 대공녀와 털리 부부, 마운트조이 백작과 그의 아들 빈센트, 그리고 그랜드 펜윅의 노동자들을 대표하여 참석한 야당 대표 데이비드 벤트너였다.

그들은 함께 아침식사를 했다. 메뉴는 코킨츠 박사의 조언에 따라 대공녀가 손수 준비한 음식들로, 베이컨과 달걀, 콩 요리, 차가운 토스트로 구성된 전형적인 영국식 아침식사였다. 글로리아나는 토스트를 따뜻하게 데워서 내고 싶었지만, 그녀보다 훨씬 여행을 많이 해본 남편이 영국인들은 항상 차가운 토스트로 아침식사를 한다고 조언해주었다. 그래서 대공녀는 토스트를 확실히 차갑게 만들기 위해 잠깐 밖에 내놓기까지 했다.

기대와 달리 식사 분위기는 어딘가 거북하고 어색했다. 스펜더는 대화를 즐기는 편이 아닌데다가, 베른에서 이곳까지 버스를 타고 오느라 유머감각이 모두 고갈되어버린 듯한 모습이었다. 마운트조이가 스펜더에게 낚싯대는 왜 가져왔는지 묻자, 그는 여기 머무르는 동안 낚시를 좀 할까 해서 가져왔다고 대답했다.

"어떤 물고기를 낚으실 생각입니까?"

마운트조이가 물었다.

"에, 그게…… 송어라도 좀 낚아보려고요."

"송어라고요?"

마운트조이가 놀라며 반문했다.

"아직은 송어낚시 철이 아닌데요?"

"에, 사실 저는 낚시를 즐기는 편은 아닙니다. 그게…… 전에도 한번 낚싯대를 가져가봤거든요. 뭐랄까, 새를 관찰하는 동안 낚시라도 하면 좋을 것 같아서 말입니다."

스펜더가 말했다.

코킨츠는 그것도 좋은 생각인 것 같다고 스펜더를 두둔하면서 화제를 돌렸다.

"저는 우리 숲에서 겨우 한 달 동안에 무려 125종이나 되는 새를 발견한 적이 있습니다. 이처럼 좁은 지역에 그렇게 다양한 종이 서식하고 있다는 건 무척 놀라운 일이죠. 하루에도 박새를 여덟 종이나 관찰했고, 작년에는 강 옆에서 물총새 한 쌍을 발견했습니다. 아시다시피 이곳처럼 비교적 고도가 높은 곳에서 물총새를 발견하는 건 매우 이례적이죠. 물총새는 일반적으로 강 하류에 서식하는 것으로 알려져 있으니까요."

그는 계속 새 이야기를 했다. 스펜더는 1966년 3월 3일 오전 6시 15분에 햄프셔에서 처음으로 뻐꾸기 소리를 들었을 때의 이야기를 해주면서, 코킨츠 박사에게 자신이 보낸 「타임스」의 기사 스크랩은 자기에게도 단 한 장뿐이니, 괜찮다면 돌려받고 싶다고 말했다. 코킨츠 박사는 흔쾌히 그러마고 했다. 스펜더는 뭔가 잠시 생각하는 듯하더니, 갑자기 안주머니에서 봉투를 하나 꺼냈다.

"제 신분 증명서입니다."

그는 봉투를 코킨츠 박사에게 건네주었다. 그 안에는 스펜더가 조류 애호가임이 틀림없다는 사실을 보장하는, 스위스 주재 각국 외교관들이 써준 여러 통의 편지가 들어 있었다.

식탁에 모인 사람들은 예의상 이 편지들을 하나씩 돌아가며 읽고 다시 스펜더에게 돌려주었다.

"사실 우리 공국에 오실 때는 이처럼 번거롭게 서류를 받아오실 필요가 없습니다. 본인이 조류 애호가라고 하시면 우리는 믿으니까요."

코킨츠 박사가 말했다.

"하지만 제게는 제 말을 증명할 편지를 받아내는 것도 중요합니다."

스펜더가 대답했다.

"그래도 여기서는 우리가 드리는 말씀을 믿으셔도 됩니다. 이 나라에서는 누구도 신분증이니 증명서니 하는 걸 갖고 다니지 않아요."

글로리아나가 말했다.

"그거야 좀 다른 문제죠."

스펜더가 말했다.

"예, 정말 다른 문제일 겁니다. 여기 계신 분들께는 증명서가 필요 없을지 몰라도 저한테는 꼭 필요하니까요."

그는 모두를 향해 미소를 지어 보인 뒤 봉투를 다시 주머니에 넣었다.

"괜찮으시다면 여기 계시는 동안에 우리 우주선을 구경시켜 드리죠."

빈센트 마운트조이가 말했다.

"우주선이라고요?"

스펜더가 깜짝 놀라며 말했다.

"예. 머지않아 달 탐사용 우주선을 발사할 예정입니다. 앞으로 몇 주 뒤면 완성될 겁니다. 여기 계신 코킨츠 박사님과 제가 준비하고 있죠."

빈센트가 대답했다.

스펜더의 얼굴에 뭔가 조심스러운 빛이 스쳐 지나갔다.

"아, 구경하죠. 구경하겠습니다."

그는 마치 중대한 국가 기밀을 알게 되어 무척이나 당황했다는 듯, 같은 말을 두 번이나 반복했다.

우주선 제작에 열심이었던 빈센트는 스펜더의 얼굴에 떠오른 조심스러운 표정이 의아했다. 하지만 그는 계속해서 우주선에 관한 이야기를 열성적으로 꺼냈다.

"마침 미국에서 우리가 운송비만 부담하는 조건으로 새턴 로켓 동체를 하나 보내주었거든요. 그걸 받자마자 일단 여러 조각으로 분해해서 지하실에 보관했다가 지금은 여리고 탑으로 옮겼습니다. 이제 로켓 동체를 조립하는 가장 흥미진진한 단계로 접어들었지죠. 그걸 재미있어 하시지 않을까 해서 말씀드린 겁니다."

"저, 저야 쌀먹이새를 보러 왔을 뿐인데요, 뭘. 사실 저는 우주선인지 뭔지에는 별로 관심이 없습니다."

"아, 너무 사양하지는 마세요. 그랜드 펜윅을 떠나시기 전에 저희 우주선을 꼭 한번 보셔야 합니다."

빈센트가 말했다.

"그럼 식사 후에 바로 구경하시는 게 어떨까요? 쌀먹이새는 오후에도 충분히 보실 수 있으니까요. 쌀먹이새를 관찰하기에는 낮보다는 저녁이 좋을 겁니다. 그렇죠, 박사님?"

"새벽이나 해 질 녘. 새나 벌레에게는 그때가 딱이지"

코킨츠 박사가 말했다.

"아, 알겠습니다. 정 그러시다면야……. 집에 가면 사람들한테 자랑 삼아 이야기할 거리가 생기겠군요. 그렇죠?"

스펜더가 대답했다. 하지만 그는 우주선 구경 따위는 영 내키지 않는 눈치였다. 아침식사 후에 빈센트는 그를 끌고 나선형 계단을 따라 지하실로 내려갔다. 이때 스펜더가 들고 간 사진기는 하필이면 그가 지닌 것 중에서도 가장 형편없는 싸구려 라이트가 부착된 것이었다.

문득 빈센트는 자기가 만든 우주선을 스펜더가 얕잡아보고, 비싼 사진기 대신 이런 싸구려 사진기를 가져온 것이 아닌가 싶어 신경이 쓰였다. 하지만 곧이어 우주선의 세부를 자세히 설명하면서 자기가 발휘한 솜씨를 자랑하는 데 정신이 팔려 그런 생각은 까맣게 잊어버렸다.

우주선 내부는 세 부분으로 나뉘어 있었다. 꼭대기는 두 명의 우주비행사를 위한 조종실 겸 침실로 침대와 탁자와 의자, 그리고 우주선 밖을 관찰하기 위한 잠망경 등이 설치되어 있었다. 바닥은 철제로 되어 있었는데, 군데군데 둥근 구멍이 뚫려 있었다.

"일종의 충격흡수 장치죠."

빈센트가 말했다.

"발사 순간의 가속도를 감당하기 위한 겁니다. 그때는 대단한 압력이 발생하니까요. 아울러 공기의 진동을 줄여줌으로써 조종사들이 서로의 말을 잘 알아들을 수 있게 한 겁니다."

스펜더는 연신 고개를 끄덕이면서도 사실은 빈센트의 설명을 열심히 듣지도 않았고, 우주선 따위에는 영 관심이 없는 눈치였다. 빈센트가 우주비행사들의 거처에 산소를 공급할 공기 펌프나, 몇 시간에 한 번씩 공기를 빨아들인 다음 화학처리를 해서 이산화탄소를 제거하는 공기정화 장치를 보여주어도 마찬가지였다.

"이 장치는 제2차 세계대전 때부터 잠수함에 설치된 폐쇄회로식 잠수 장비에서 아이디어를 얻은 겁니다. 아시다시피 핵잠수함은 오랜 시간 바닷속에 있다 보니, 그 안에서 지내는 승무원들은 신선한 공기를 공급받을 수가 없습니다. 그래서 제가 여기 설치한 것 같은 장치를 사용하죠."

빈센트가 설명했다.

스펜더는 우주비행사들의 거처 내부를 사진으로 찍었다. 하지만 빈센트가 보기에는 썩 내키지 않으면서 예의상 마지못해 찍는 것만 같았다. 어쨌든 다음으로는 조종실 겸 침실 아래에 위치한 우주선의 가운데 부분을 보여주었다. 우주여행에 필요한 각종 물품들을 보관하는 창고였다. 스펜더는 이번에도 별 관심을 보이지 않고 지하실이 너무 덥다며 투덜거렸다. 우주선의 맨 아래쪽은 엔진이었다.

"우리가 사용할 연료는 이제껏 없었던, 전혀 새로운 종류입니다."

빈센트는 이것은 분명히 스펜더의 관심을 끌 것이라 확신하면서 말했다.

"바로 핵연료죠. 세계 최초로 개발된 핵 우주선입니다."

이 말에 스펜더는 문득 호기심을 느낀 모양이었다.

"그럼 원자력으로 움직인단 말입니까?"

그가 물었다. 이번에는 정말 놀란 눈치였다.

"그렇습니다."

빈센트가 말했다.

"이것은 코킨츠 박사님의 위대한 발견이라고 할 수 있죠. 박사님은 야누스 입자라는 매우 흥미로운 입자로 구성된 피노튬 64란 물질을 분리해내셨습니다. 야누스 입자의 특징은 자신의 전하를 양에서 음으로, 음에서 양으로 마음대로 바꿀 수 있다는 것인데, 그 덕분에 이 모든 일이 가능했던 겁니다."

빈센트가 야누스 입자에 대해 자세히 설명하자 스펜더도 열심히 귀를 기울였다.

"그러면 그 피노튬 64라는 물질은 어떻게 만든 겁니까?"

스펜더가 물었다.

"그건…… 와인으로 만들었습니다. 그랜드 펜윅 와인 프리미어 그랑크뤼로 말이죠."

빈센트가 대답했다.

그 순간 스펜더는 빈센트를 향해 우스워 죽겠다는 듯한 표정을 지어 보였다. 그는 빈센트가 좀 덜떨어진 친구이고, 지금은 아예 자기를 놀리려 작정했다고 생각했다.

"그러니까 와인으로 만든다, 이거죠?"

스펜더가 말했다.

"그렇군요. 와인이라……."

"아래에 달린 분사장치도 하나 찍으시지 않겠습니까? 솔직히 말씀드리면 이걸 만들 때는 저도 좀 고생을 했습니다. 우주선을 원하는 방향으로 움직이게 하려면 분사장치를 자유자재로 조정할 수 있어야 하는데, 도무지 어떻게 해야 할지 모르겠더군요. 그때 마침 제 부친께서 아주 멋진 샤워기 꼭지를 미국에 주문하셨지요. 아시겠지만 제 부친께선 지금 성에 현대식 수도 설비를 하고 계시거든요. 바로 이거다 싶었어요. 샤워기 꼭지는 물뿌리개처럼 물을 세차게 뿜죠. 어떤 건 물을 위에서 아래로 내뿜는 대신 아래에서 위로 뿜기도 하고요. 그건 샤워는 좋아해도 머리는 안 좋은 사람들을 위한 물건인지도 모르겠어요. 하여튼 우리가 이 우주선에 사용한 분사구도 그런 겁니다."

"그럼 우주선에 샤워기 꼭지를 달았단 말입니까?"

스펜더가 믿을 수 없다는 듯 물었다.

"그렇습니다. 그 결과 아주 훌륭하게 작동합니다. 물론 부친께서는 처음에 화를 내셨죠. 욕실에 설치할 샤워기 꼭지를 모두 써버렸으니까요. 그래도 나중에는 이 우주선을 만드는 게 무엇보다 우선임을 이해하시고, 샤워기 꼭지를 추가로 미국에 주문하기로 했습니다."

빈센트는 대답을 마친 다음 우주선 아래쪽을 가리켰다. 바닥에 설치된 육중한 강철 브래킷에는 크롬 도금이 되어 반짝이는 샤워기 꼭지가 빽빽하게 달려 있었다. 샤워기 꼭지들은 금속 파이프로 우주선 내부와 연결되어 있었고, 빈센트는 그 파이프가 원자로로 이어진다고 설명했다.

"이것도 한 장 찍으시죠?"

빈센트가 물었다.

"아니오. 됐습니다."

스펜더는 퉁명스레 대꾸했다.

이로써 우주선 구경은 모두 끝났다. 빈센트는 출입구로 스펜더를 안내했다. 이들이 지나온 지하실의 한쪽 벽에는 수도 설비를 위해 들여온 구리 파이프들이 잔뜩 쌓여 있었다. 마침 일꾼들이 성벽의 돌을 빼내고 그 안에 파이프를 설치하고 있었다. 커다란 온수기도 눈에 띄었다.

"이건 다 뭡니까?"

스펜더가 구리 파이프 더미 옆에 서서 물었다.

"아, 별것 아닙니다."

빈센트가 대답했다. 속으로는 스펜더의 반응이 뭔가 석연찮다고 생각했다.

"말씀드린 것처럼 우리 성에 수도를 설치하고 있거든요."

"그런가요? 그러면 사진을 한 장 찍어도 되겠죠?"

"이건 그냥 수도 공사일 뿐인데……."

손님이 자기가 만든 우주선에는 심드렁했다가 엉뚱한 데 관심을 보이자 발끈한 빈센트가 말했다.

"이런 걸 사진에 담아서 무엇에 쓰시려는지 모르겠군요."

"뭐, 어쨌거나 신기해 보이니까요."

스펜더는 이렇게 말하고 얼른 사진기를 꺼내 잔뜩 쌓여 있는 구리 파이프를 찍었다.

"한 장 더 찍어도 되죠?"

"아…… 서둘러주세요. 코킨츠 박사님이 기다리고 계실 테니까요."

빈센트는 짜증을 내며 말했다. 하지만 스펜더는 가까이에 놓여 있던 온수기를 굳이 한 번 더 찍고는, 마지못한 듯 빈센트를 따라 지하실에서 나왔다. 코킨츠 박사는 그날 저녁에 곧바로 숲에 가서 쌀먹이새 사진을 찍자고 했지만, 스펜더는 오늘은 여행 때문에 너무 피곤하니 숲에는 내일 저녁에나 가는 게 좋겠다고 말했다.

스펜더는 마운트조이 백작의 거처에서 가까운 자기 방으로 쉬러 들어갔다. 글로리아나는 원한다면 저녁식사를 방으로 날라다 드릴 테니 혼자서 식사해도 된다고 전했다. 스펜더는 기꺼이 그러겠다고 하면서, 이후 방에서 한 발자국도 나오지 않았다.

"조류 관찰이란 결코 쉬운 일이 아니지요."

코킨츠 박사는 저녁식사 자리에서 이렇게 말했다. 그는 자기와 같은 조류 애호가인 스펜더를 적극 변호하고 싶었다.

"아마 지금껏 새를 관찰하기 위해 수도 없이 새벽에 일어나야 했을 테니, 오늘은 푹 쉬는 것도 좋을 겁니다."

"그 사람은 어떻던가요?"

글로리아나가 빈센트에게 물었다.

"어딘가 좀 이상하던데요."

빈센트가 대답했다.

"우주선 사진은 달랑 한 장만 찍고, 수도 공사 사진은 두 장이나 찍더라고요. 14세기에 지어진 성의 돌벽에 구리 파이프를 집어넣는 일꾼들 사진이 우주선보다 흥미롭다니. 도대체 무슨 꿍꿍이일까요?"

그가 백작에게 물었다.

"이런, 이런, 이 녀석아."

마운트조이 백작이 말했다.

"그게 바로 영국인의 가장 흥미로운 특성 가운데 하나란다. 물론 우리도 어느 정도 그런 성격을 갖고 있지만 말이다. 우리 그랜드 펜윅의 조상도 영국인임을 잊은 건 아니겠지?

영국 귀족들은 대부분 우리처럼 성에 살았기 때문에, 무척이나 오랫동안 추위에 떨며 지냈단다. 전통의 굴레에 속박된 나머지 그 어떤 것도 현대화해서는 안 된다며 아무런 편의시설도 갖추지 못한 거지. 그런 영국인들이 보기에는 14세기에 지어진 성의 돌벽 안에 현대식 파이프가 들어가는 장면이 달 탐사용 우주선보다 훨씬 신기하고 흥미로울 수밖에.

아마 귀국하면 자기 말을 믿지 못하는 주위 사람들에게 두고두고 그 사진을 보여주면서 자랑할 게다. 내가 늘 말하지 않더냐? 장기적인 관점에서 보자면 이 성에 수도 시설을 제대로 갖추는 것이 달에 우주선을 보내는 것보다 우리 그랜드 펜윅에 훨씬 큰 도움이 될 거라고 말이다. 물론 달나라에 가는 것도 대단한 업적이긴 하지. 하지만 원할 때마다 더운물을 펑펑 쓸 수 있다는 것은 국민 생활의 질적 향상에 대한 영구적 기여라고 할 수 있지 않겠느냐? 그것이 정부가 지녀야 할 올바른 목표일 테고 말이다."

"보보 아저씨, 재선 유세라도 하시듯이 말씀하시네요."

글로리아나가 농담처럼 꼬집었다.

"그나저나 우주선은 언제쯤 발사할 예정인가?"

털리가 빈센트에게 물었다.

"앞으로 4주 뒤입니다. 하지만 그때는 제작이 끝나는 것뿐이죠. 제작이 끝나도 코킨츠 박사님께서 궤도 계산을 하시는 데 시간이 더 걸릴 수 있어요."

빈센트가 말했다.

"가장 좋은 날짜는 7월 20일이네."

코킨츠 박사가 말했다.

"그때가 마침 근지점近地點이니까."

그는 이 말을 하고 나서 미안하다는 표정으로 글로리아나를 쳐다보았다. 코킨츠 박사는 남들이 이해하지 못하는 말을 되도록 쓰지 않으려 애썼지만, 종종 불쑥 튀어나오는 것은 어쩔 수 없었다.

"전하, 제 말씀은 달이 지구와 가장 가까워진다는 뜻입니다. 그때는 달이 지구에서 가장 멀리 있을 때보다 약 4만 킬로미터나 가까워지죠."

"박사님은 무척이나 간단하게 말씀하시는데, 저는 이 모든 일이 아직도 믿어지지 않아요."

글로리아나가 말했다.

"따지고 보면 그렇게 대단한 일도 아닙니다. 지구와 달이 가장 가까울 때 둘 사이의 거리는 대략 35만 킬로미터 정도입니다. 그 정도는 인간이 평생 이리저리 오가다 보면 충분히 움직이는 거리입니다. 물론 단숨에 그만큼 여행하는 경우는 없겠지만요. 사실 거리는 문제가 되지 않습니다. 이 계획을 극적으로 만드는 것은 지구를 떠나 우주를 여행해 달까지 간다는 사실이니까요. 엄격하게 말하자면 달도 지구의 일부라고 할 수 있습니다. 물론 우리는 아직 가본 적이 없지만 말입니다. 달은 지구의 꼬마 여동생 격이죠. 지금 이 둘 사이의 짧은 거리를 여행한다는 사실에 그렇게 놀라실 필요는 없습니다. 인간은 이보다 훨씬 경이로운 업적을 이미 많이 이루었으니까요."

"예를 들면?"

글로리아나가 물었다.

"가령……."

코킨츠 박사가 말했다.

"글쓰기를 예로 들 수 있겠죠. 한 사람의 머릿속에 형체도 없이 존재하는 어떤 생각을, 우리가 글자라고 부르는 일련의 상징을 이용해 다른 사람의 머릿속으로 전달하는 능력 말입니다. 이것은 달에 우주선을 보내는 것보다도 더욱 경이로운 일입니다. 하지만 지금은 이런 능력이 워낙 보편화된 탓에 아무도 대단하게 생각하지 않죠. 마찬가지로 달 여행이 보편화되면 우리는 어째서 이렇게 간단한 일을 사상 최초로 해냈다며 그토록 난리법석을 떨었는지 의아해할 겁니다."

"그러면 달에 갔다가 무사히 돌아올 수 있다고 확신하시는 거죠?"

글로리아나가 말했다.

"그래야죠. 전하의 생일 잔치가 열리기 전까진 돌아와야 하니까요. 혹시 달에서 희귀한 암석이라도 발견하면 생일 선물로 하나 갖다드리겠습니다."

"선물은 필요 없으니 제발 무사히만 돌아오세요. 그게 저한테는 가장 큰 선물이에요."

글로리아나가 간곡히 당부했다.

"그때쯤이면 쌀먹이새 둥지에 새끼들이 부화해 있겠구먼."

코킨츠 박사가 털리에게 말했다.

"그렇겠죠. 아마 그럴 겁니다."

털리가 대답했다. 그러나 곧 그 자리에 모인 사람들 사이에서 대화가 멈췄다. 모두들 침묵한 채 다가올 7월 20일이라는 날짜를 곰곰이 생각하고 있었다. 달력 위에 새겨진 그 날짜는 이들 모두에게 운명의 날이나 다름없었다.

## 달밤에 산책한 두 사람, **아니 세 사람**

그날 저녁에 빈센트 마운트조이는 신시아 벤트너를 찾아갔다. 두 사람은 그랜드 펜윅 숲으로 이어지는 길을 따라 함께 산책했다. 지난 몇 주간 우주선을 제작하느라 바빴던 빈센트는 매일 밤늦게까지 일을 하는 바람에 신시아를 거의 만나지 못했다. 뒤늦게야 신시아를 만나고픈 마음이 간절해져서 찾아오긴 했지만, 걷는 내내 빈센트는 굳게 입을 다물고 있었다. 신시아는 혹시 자기가 뭔가 잘못했나 싶어 어쩔 줄 몰랐다.

"내가 뭐 잘못한 거라도 있어?"

그녀가 물었다.

"아니, 그런 건 아니야. 그냥 별로 말할 기분이 아니라서 그래. 지금 너하고 같이 있으면서도 마음은 우주선과 달나라 여행에 쏠려 있어서 그런가 봐. 아까 저녁식사 때 대공녀 전하께서 그러시더군. 당신은 이 모든 계획이 현실이 된다는 게 도무지 믿기지 않는다고. 솔직히 나도 이 일을 직접 진행하고 있지만, 이게 꿈인지 생시인지 모르겠어. 가끔은 아침에 눈을 뜨자마자 모든 게 꿈이라는 걸 알게 되는 건 아닌가 싶기도 해."

"내겐 결코 단순한 꿈이 아닌걸."

신시아가 말했다.

"차라리 '악몽'이지. 나는 내일 아침에 눈을 뜨면 이 일들이 그저 상상에 불과하고, 우주선 따위는 있지도 않았으면 좋겠어. 물론 우주선이 없다면 너는 당장 그랜드 펜윅을 떠날 거고, 어쩌면 미국으로 가버려서 다시는 볼 수 없겠지."

"그런 말은 하지 마."

"무슨 말?"

"날 영영 못 보게 될 거라는 말. 정말로 그렇게 될 리는 없지만……. 뭐랄까, 너를 다시 못 볼지도 모른다고 생각하면 덜컥 겁이 나. 차라리 죽는 거야 겁날 것도 없지. 하지만 죽으면 너를 볼 수 없다고 생각하니……. 그러면 또 덜컥 겁이 나고."

"어쩐 일이야? 네가 그런 소리를 다 하고?"

"나는 지금껏 어떤 일에도 전념하지 못했어. 그 이유는 나도 잘 모르겠어. 다만 그랜드 펜윅이 싫었어. 산 채로 매장되는 기분이었으니까. 여기서는 머리를 쓸 일도 없고 경력을 쌓을 필요도 없어. 여기 말고 다른 곳으로 가면 더 훌륭한 일을 할 수 있을 거라는 생각도 해봤지. 하지만…… 너 없이 나 혼자서는 감히 그럴 엄두가 나지 않았어. 뭐랄까, 그냥 산 채로 매장되는 것에 만족했다고나 할까? 아니, 만족했다기보다는 단념했다고 해야겠지. 그런데 이제는 깨달았어. 내 미래를 완전히 포기하고 너하고 여기 머무를 수만은 없다는 걸 알았어."

"네가 가는 곳이라면 어디든지 따라갈 거야."

신시아가 조용히 말했다. 빈센트는 고개를 저었다.

"그건 힘들 거야. 너처럼 착한 애는 이곳을 벗어나면 평생 상처만 받을 거야. 너는…… 이곳의 흙 같아. 강인하면서도 인내심 많고, 네 속에서 평화롭게 온갖 좋은 것들을 만들어내니까."

"내가 정말 그런 사람이라면 어떤 상황에서도 변치 않고 살아가겠지."

"아니. 지금 도시에서는 흙을 모두 파헤치고 그 위에 시멘트를 부어 빌딩을 세우고 있어. 그런 곳에서는 흙이 견뎌내질 못해. 결국 흙이 죽고 말지."

"내가 지난번 선거에서 미국 돈을 우주선에 쓰는 쪽을 지지한 건 너를 여기 붙잡아두고 싶어서였어. 그런데 이게 뭐야? 지금 네가 정신을 팔고 있는 우주선 따위가 없었다면, 너는 벌써 멀리 떠나버렸을 거야. 그런데 넌 여전히 떠날 생각만 하잖아? 뉴욕이나 런던보다 더 먼 곳으로, 살아 있는 것은 전혀 살 수 없는 곳으로 말이야. 빈센트, 나는 네가 영영 돌아오지 않을까봐 겁이 나."

신시아가 말했다. 빈센트는 신시아를 꼬옥 끌어안았다.

"난 반드시 돌아올 거야. 반드시. 너 때문에라도 돌아올 거고, 그것만으로 내가 돌아올 이유는 충분해. 게다가……."

그는 신이 난 듯 덧붙였다.

"지금 내가 만드는 우주선은 정말 완벽해. 절대 고장이 나지 않을 거야. 모든 기계공학자들이 꿈꾸는 수준이야. 어느 한 부분의 오차도 없이 조화롭게 기능하지. 게다가 핵에너지에서 얻은 추진력으로 움직이고. 지구에서 달까지 가는 것보다 달에서 지구로 돌아오는 게 더 쉬울 거야. 달의 중력은 기껏해야 지구의 6분의 1밖에 안 되니까. 그건 달에서 떠날 때는 지구를 떠날 때 필요한 에너지의 6분의 1만 있어도 충분하다는 뜻이지."

빈센트는 열성적으로 우주선에 대해 이야기하고, 달에 착륙할 때 우주선을 어떻게 선회해야 하는지, 그리고 착륙용 다리를 어떻게 뻗어야 하는지 따위를 설명했다.

"아마 사뿐히 착륙하게 될 거야."

그가 말했다.

"탁자 위에 파리가 한 마리 내려앉는 것과 비슷하다고나 할까? 이번 여행에서 가장 힘든 부분은 오히려 발사일 거야. 지구의 중력권에서 벗어나려면 엄청난 속도로 가속해야 하거든. 하지만 지구에서 멀어지면 멀어질수록 힘을 덜 써도 돼."

"달까지 가는 데 얼마나 걸려?"

신시아가 물었다.

"9일하고도 4시간쯤."†

"그렇게 오래? 그보다는 훨씬 더 빨리 도착할 줄 알았는데……."

† 최초로 달 착륙에 성공한 아폴로 11호는 1969년 7월 16일 오후 13시 32분에 지구를 떠나, 그로부터 약 4일 7시간 만인 7월 20일 20시 17분에 달에 착륙했다. 이들은 달 표면에 2시간 30분가량 머문 뒤에 달에서 출발하여, 약 3일 16시간 뒤인 7월 24일 16시 50분에 지구로 돌아왔다.

"우리는 시속 1,600킬로미터의 속력으로 날아갈 거야. 코킨츠 박사님이 그러자고 하시기에 나도 선뜻 동의했지. 서두를 필요도 없는데다가, 속력을 더 내면 문제가 생길 수 있으니까."

"무슨 문제?"

"음…… 열 문제 같은 것? 우주선의 외부에 열이 가해져서 온도가 올라가다 보면 동체가 타버릴 수도 있거든. 그리고 우주공간에는 현미경으로도 보일까 말까 하는 작은 운석들이 있어. 시속 1,600킬로미터 정도로 날면 운석이 있어도 별 문제가 없지만 그보다 빠른 속도로 움직이면 운석과 부딪치는 순간에 운석이 우주선을 관통할 수도 있고, 자칫하면 안에 있는 사람이 죽을 수도 있어. 그건 이미 실험을 통해 증명됐어. 아주 작은 입자를 엄청나게 빠른 속도로 가속해서 원숭이에게 쏘아 보낸 거지. 그러자 아무런 외상 흔적이 없는데도 원숭이는 죽고 말았어. 우주방사능이나 우주입자가 끊임없이 인간의 몸을 관통해도 그런 것들은 워낙 느리게 움직이기 때문에 직접적인 해가 없지. 하지만 우리가 빠르게 움직이면 치명적일 수 있어. 왜, 옛날 만화에 구식 레이저 총이 나오잖아? 그 총의 원리가 바로 그런 거거든."

"그렇게 위험한 상황이 생겨도 아무런 문제가 없다는 거야? 확실해?"

"당연하지. 아무 문제도 없을 거야. 우리는 시속 1,600킬로미터로 느릿느릿 안전하게 날아갈 테니까. 솔직히 그 정도면 요즘 나오는 웬만한 전투기보다도 느리다고. 일단 달에 도착하면 사진이나 몇 장 찍고, 암석 몇 개 주운 다음에 곧바로 돌아올 거야. 사람들이 겁을 먹는 이유는 이게 아직까지 누구도 시도해보지 않은 일이기 때문이야. 하지만 솔직히 우리는 당장 우주선 안에서 뭘 하면서 시간을 보낼지가 더 고민이야. 코킨츠 박사님은 체스판을 가져가서 나한테 체스를 가르쳐주겠다고 하시더라고. 물론 수많은 별들을 관측하는 것도 나쁘진 않겠지. 하지만 그런 일들을 다 하고 나서도 시간이 많이 남을 것 같아 걱정이야."

빈센트는 밤 11시가 되어서야 성으로 돌아왔다. 성에 사는 다른 사람들은 일찌감치 잠자리에 든 다음이었다. 저녁 시간을 신시아와 함께 보내고 돌아오자 빈센트는 한결 기분이 개운해졌다. 자신이 누군가에게 속해 있다는, 그리고 누군가에게 사랑받고 있다는 생각에 힘과 확신이 솟구치는 듯했다. 평소에 다른 사람은 물론이고 자기 자신조차도 싫어했던 그가 180도 바뀐 것이다.

성안으로 들어가려면 우선 도개교를 지나서 거대한 외벽 안쪽에 있는 마당을 가로질러야 했다. 달이 하늘 높이 솟아올라 매끈하게 닳은 정원의 포석 위에 빈센트의 그림자를 길게 드리웠다.

비록 그림자뿐이긴 했지만 달이 자신을 크게 만들었다는 생각에 그는 깜짝 놀랐다. 빈센트는 뒤로 돌아서서 어두운 하늘 위에 조용히, 그리고 자연스레 떠 있는 달을 바라보았다. 달이 어찌나 밝은지 주위의 별이 하나도 보이지 않았다. 별빛조차 달빛의 서슬에 눌린 것이다.

달의 표면에서도 어둡게 보이는 부분은 '바다'라고 하였고, 그중에서도 점점이 하얗게 보이는 부분은 산이라고 빈센트는 알고 있었다. 산의 일부는 지구의 에베레스트 산만큼이나 높다고 코킨츠 박사가 이야기한 적이 있다.† 이제 머지않아 저 달의 비탈지고 황량한 산자락에 서서 지구를 바라볼 것이다. 그는 이 생각에 부르르 몸을 떨고는, 달을 등지고 신나게 성 쪽으로 걸어갔다.

성의 출입문은 열려 있었다. 왼쪽에 있는 나선형 계단을 따라 올라가면 그의 방이 나왔다. 펜윅 성에는 모서리마다 하나씩 모두 네 개의 탑이 있었고, 탑 내부에 나선형 계단이 설치되어 있었다. 그중 하나인 여리고 탑의 계단은 우주선 발사를 위해 철거한 상태였지만, 나머지 세 군데 탑의 계단은 지금도 사용하고 있었다.

나선형 계단 가운데 성의 지하실로 곧장 연결되는 것은 단 하나뿐이었는데, 빈센트가 자기 방으로 가려면 그 계단을 이용해야 했다. 그가 계단을 오르기 위해 탑 안으로 들어서면서 갖고 있던 플래시를 켠 순간, 갑자기 지하실 쪽에서 커다란 비명 소리가 들리더니 곧이어 요란하게 우당탕거리는 소리가 나고, 또다시 비명이 들려왔다. 그리고 주위는 다시 잠잠해졌다. 빈센트는 계단 아래를 향해 불빛을 비추었다. 계단 밑에는 스펜더가 머리를 손으로 감싼 채 앉아 있었고 주위에는 여러 대의 사진기가 완전히 박살 난 채 흩어져 있었다.

"다치지 않으셨어요?"

빈센트는 이렇게 외치면서 계단을 달려 내려가 그를 일으켜 세웠다.

"괜찮습니다."

스펜더가 말했다.

"괜찮아요. 발을 헛디디는 바람에 넘어졌지 뭡니까."

그는 사방에 흩어진 사진기 파편을 보더니 이렇게 말했다.

"이런, 이런. 모조리 박살 나버렸네! 이 일을 어쩌나!"

빈센트는 갑자기 이 사람이 딱해졌다. 그는 스펜더를 도와 사진기 파편을 줍고 나서 이렇게 물었다.

"그나저나 이 시간에 왜 여기에 계십니까?"

"아…… 어디선가 올빼미 울음소리가 들려서요."

"지하실에서요? 지금은 한밤중이라 올빼미가 사냥하러 갔을 텐데……. 스펜더 씨, 솔직히 말씀해주세요. 여기서 뭘 하시는 건가요?"

"아! 또 일을 망쳤군!"

스펜더가 말했다.

"제발 부탁입니다! 이렇게 항복할 테니 저를 해치지 않겠다고 약속해주세요!"

갑자기 스펜더가 넙죽 엎드리면서 자기 다리를 붙잡고 늘어지자 빈센트는 화들

† 달에 있는 산 중에서도 가장 높은 호이헨스 산은 높이가 약 4,700미터로, 이는 8,848미터인 에베레스트 산의 절반밖에 되지 않지만, 달과 지구의 부피 차이(지구가 달보다 약 50배 크다)를 생각해보면 실은 그에 못지않다고 볼 수 있다.

짝 놀랐다. 스펜더는 황급히 엎드리는 와중에 아직 바닥에 남아 있던 사진기 파편에 무릎을 찧고는 또다시 비명을 질러댔다.

"아이쿠!"

그로 인해 그가 연출하려던 극적인 장면은 그만 희극이 되고 말았다.

"아니, 왜 갑자기 무릎을 꿇고 그러시는 거예요? 얼른 일어나세요."

"그럼 저를 해치지 않겠다고 약속해주세요!"

스펜더는 한 손으로 다친 무릎을 연방 비비면서, 다른 한 손으로는 여전히 빈센트의 다리를 붙잡고 있었다.

"제발요. 문명국가는 포로에게도 그렇게 하잖아요."

"알았어요, 알았어."

빈센트는 당장 민망한 상황을 벗어나고 싶었다.

"무슨 일인지는 몰라도 해치지 않겠다고 약속할게요. 그러니 얼른 일어나시고 도대체 어떻게 된 일인지 말씀해보세요."

그제야 스펜더는 안도의 한숨을 훅 내쉬고는 자리에서 일어나 무릎에 묻은 먼지를 털었다. 그리고 계단의 맨 아랫단에 앉더니 빈센트에게도 옆에 와서 앉으라고 손짓했다.

"솔직히 말씀드리면 저는 조류 애호가가 아닙니다. 사실은 스파이죠. 요즘에는 스파이란 말 대신에 정보요원이라고 부르지만……."

그는 박살 난 사진기들을 가리키며 어깨를 으쓱했다.

"그나저나 이 고장 난 물건들을 어떻게 고칠지 걱정이네요.

지금은 정말 땡전 한 푼 없거든요."

그가 힘없이 말했다.

"스파이라니, 무슨 말씀이세요?"

빈센트는 그가 스파이라는 말에 놀라 물었다.

"누가 그런 일을 시켰죠? 여기서 뭘 찾으려고 한 거예요?"

"그야 소련 사람들이죠."

스펜더가 말했다.

"제 어머니는 소련 출신이고 아버지는 영국 출신입니다. 그래서 우리는 한동안 소련에 살다가 폴란드로 갔고, 나중에는 인도로 갔죠. 아버지는 식민지 관료였기 때문에 종종 탐험을 하거나 호랑이 사냥을 가셨어요. 좋은 시절이었죠. 호랑이 숫자가 그렇게 확 줄어들지만 않았더라도 저 역시 아버지처럼 호의호식하며 살았을 거예요. 그런데 인도가 독립하고 나자 더 이상 그 일을 할 수 없게 돼서 저도 먹고살기 위해 다른 직업을 찾아야 했죠.

이것저것 안 해본 일이 없어요. 한때는 본머스 해변에 작은 담배 가게를 열기도 했는데……. 지금 내 모습을 보면 그게 상상이나 갑니까?"

"그러게, 그렇게는 안 보이는데……."

빈센트가 말했다. 진심으로 그렇게 생각해서가 아니라 그게 상대방이 바라는 대답인 듯했기 때문이다.

"대단한 사업은 아니었지만, 그리 나쁘지도 않은 장사였죠. 다만 좀 지루하긴 하더군요. 저는 뭔가 흥미진진한 일을 하고 싫었거든요. 지금 여기서 다 설명할 수는 없지만, 어찌어찌 하다 보니 결국 소련 스파이로 활동하게 되었죠. 지금 이 일이 제가 처음으로 맡은 큰 임무고요."

"그럼 전에는 어떤 임무를 맡으셨나요?"

빈센트가 물었다.

"뭐, 그렇게 대단한 건 아니었어요. 처음에는 다른 스파이들에게 담배 마는 종이를 공급하는 일을 맡았죠. 아시다시피 스파이들은 그냥 종이가 아니라 꼭 담배 마는 종이에 비밀 지령을 쓰거든요. 그리고 몇 년 전에는 폴라리스 미사일을 탑재하고 스코틀랜드에 도착한 미국 잠수함 관련 임무를 맡았죠."

"그 잠수함에 잠입해서 뭔가 찾아내는 일이었나요?"

"아뇨. 그 잠수함이 정말 거기 있는지만 알아내면 되는 거였어요. 그야말로 단순 확인 작업이었죠."

"잠깐만요. 잠수함이 거기 왔다는 건 신문에도 나지 않았나요? 심지어 그곳 대학생들도 그 사실을 알고 항구로 몰려가서 항의 시위까지 했던 걸로 아는데……."

"그건 그렇죠. 하지만 소련은 다른 나라 신문에 난 이야기는 전혀 믿지 않아요. 원체 의심이 많아서요. 심지어 자기네 정부가 제대로 일을 하고 있는지 의심해서 몰래 확인할 정도니까요. 제가 여기까지 온 것도 그 때문이에요."

"서두르지 마시고 천천히, 그리고 자세히 설명해보세요. 도무지 무슨 소리인지 알 수가 없네요."

"그러니까 그 사람들은 자신들이 내보내는 선전조차도 사실인지 아닌지 재차 확인을 해야 직성이 풀리는 사람들이에요. 하긴 실수라도 하면 심각한 문제가 생길 수도 있으니까요."

"무슨 소리인지 점점 더 모르겠군요. 하여간 계속 말씀해보세요."

"알고 보면 간단해요. 소련 선전부는 미국이 그랜드 펜윅에 제공한 5천만 달러가 우주선 개발이 아니라 수도 설비에 사용될 거라는 이야기를 퍼뜨렸죠. 지금 제가 맡은 임무는 그게 사실인지 아닌지를 확인하는 거고요. 그런데 여기 와서 보니 그 이야기는 사실이군요. 물론 당신은 내 임무를 눈치채고 나를 제지하기 위해 갖은 방법을 썼지만……."

"내가 당신을 제지하려 했다고요? 난 모든 걸 솔직히 보여드렸을 뿐인데요?"

빈센트가 깜짝 놀라 말했다.

"에이, 왜 그래요? 괜히 아닌 척할 필요 없어요. 나도 당신한테 솔직히 다 털어놓았으니까 이번엔 당신 차례예요. 당신이 저 탑 안에 만들어놓은 파이프 달린 기계를 달 탐사용 우주선이라고 속였잖아요? 하지만 보나마나 특수 제작된 대형 온수기일 테죠."

"그건 온수기가 아니에요."

빈센트가 말했다.

"제가 말씀드린 대로 그건 달 탐사용 우주선이고, 조만간 발사할 예정이라니까요."

"이런, 이런, 또 시작이시군."

스펜더가 서글픈 듯 말했다.

"이젠 더 이상 날 속일 필요가 없다니까요."

"이것 보세요!"

빈센트가 꽥 소리 질렀다.

"지금 저는 사실을 이야기하고 있는 겁니다. 내 말을 믿건 안 믿건 그건 당신의 자유지만 말이에요. 우리가 만들고 있는 우주선은 한 달 안에 달까지 갈 거예요. 오늘 아침에 제가 말씀드린 것처럼 코킨츠 박사님과 저, 이렇게 두 사람이 직접 타고 말입니다."

"아아, 인간이란 이렇게 서로를 믿지 못하고 끝까지 속일 수밖에 없는 존재라니! 세상을 그렇게 살다니 당신도 참 피곤하겠군요."

스펜더가 탄식했다.

"아니, 어떻게 감히 그런 말을 할 수 있습니까? 당신이야말로 스파이 주제에, 조류 애호가라면서 우릴 속이지 않았습니까?"

"그거야 남을 속이는 게 내 직업이니까 그렇죠. 우리 업계에서는 그게 '실력'이에요. 하지만 당신은 지금처럼 굳이 속일 필요가 없는 상황에서도 이러니까 문제라는 겁니다. 그게 바로 우리 둘의 다른 점 아닌가요?"

"여보세요! 이래서야 제가 아무리 사실대로 말한들 당신을 납득시키긴 어렵겠군요. 그러니 마지막으로 한마디만 하죠. 우리는 아무것도 숨기는 게 없어요. 모두 공개했다고요. 제가 보여드린 것은 정말 달에 가기 위해 만든 우주선입니다. 그리고 나머지 물건들은 수도 설비를 위한 자재들이고요. 여기서 중요한 건 '수도 설비'가 아닙니다. '우주선'이죠. 하지만 당신은 여전히 우리가 뭔가를 숨기고 있다고 생각하시니 방법은 하나뿐이군요. 여기 보이는 걸 전부 사진에 담아 가셔도 좋습니다. 아무도 말리지 않을 테니까요."

"정말 그래도 될까요?"

스펜더가 곧바로 만면에 희색을 띠며 물었다.

"뭐라고 감사를 드려야 할지……. 정말 너그러우시군요. 그럼 아까 투항하겠다고 했던 건 취소해도 되겠죠? 사진을 찍어도 된다고 허락하셨으니, 그걸 제 의뢰인에게 제출하려고요."

"마음대로 하세요. 오늘은 늦었으니 주무시기나 하세요."

빈센트가 말했다.

다음 날 아침, 빈센트는 백작과 코킨츠 박사에게 스펜더가 실은 스파이라고 알렸다. 미국이 그랜드 펜윅에 제공한 자금이 펜윅 성의 수도 설비에 사용되고 있으며, 우주선 제작 운운하는 것은 소련을 국제적으로 망신 주기 위한 구실임을 입증할 증거를 찾는 게 그의 임무였다는 사실도 말이다.

"그런데 제 말은 도무지 믿으려 하지 않더군요."

빈센트가 말했다.

"세상에 그럴 수가 있나! 그 양반이 쌀먹이새에는 전혀 관심이 없었다니!"

코킨츠 박사는 무엇보다도 그 사실이 애석한 모양이었다.

“우리 숲에 쌀먹이새가 살고 있다는 사실을 누군가가 확실히 증명해줄, 다시없는 좋은 기회였는데 말이야.”

잠시 후에 박사의 얼굴이 밝아졌다.

“그래도 우리가 부탁하면 그 사람이 숲에 가서 사진을 찍은 다음에, 어쨌거나 쌀먹이새가 여기 있다는 걸 증언해줄 수 있지 않을까?”

“글쎄요. 제가 어젯밤 겪은 바에 따르면, 그 사람은 쌀먹이새에 대한 증인으로서는 최악의 인물 같습니다. 두 눈으로 쌀먹이새를 멀쩡히 보고서도 독수리라고 우길 사람이에요. 그는 아주 단순한 사실도 이해를 못 하더라고요.”

빈센트가 말했다.

“스파이 활동에서 생겨난 부작용이겠지. 스파이들은 뭐든지 숨겨진 걸 찾아내려는 속성이 있거든. 하지만 아무것도 숨겨진 게 없는 상황에서는 찾아낼 것도 없으니 헷갈릴 수밖에.”

마운트조이 백작이 말했다.

스펜더는 털리에게 빌린 사진기를 들고 다니며 펜윅 성의 수도 공사 장면을 연신 찍어댔다. 그러다 저녁이 되자 버스를 타고 스위스로 돌아갔다. 그는 한 주 내내 보고서를 작성했다. 보고서 내용은 일찍이 소련 측 선전부가 주장한 것과 정확히 일치했다.

그의 보고서에 따르면, 그랜드 펜윅은 미국으로부터 받은 자금의 실제 용도를 숨기기 위해 갖가지 교묘한 수단을 동원하고 있었다. 그랜드 펜윅 성의 탑 어딘가에서 제작 중이라고 주장하는 우주선은 사실 대형 온수기로, 미국의 허위 주장을 뒷받침하기 위해 내세운 거짓 물증에 불과했다. 그리고 미국이 제공한 자금이 본래 어떤 의도를 갖고 있었으며, 또한 어떻게 사용되고 있는지를 적나라하게 보여주는 증거 사진이 여러 장 첨부되어 있었다. 이 사진에는 성의 수도 설비와 대형 온수기, 그리고 욕조의 모습이 고스란히 담겨 있었다.

소련의 선전부는 이 보고서를 받은 후에 사례비로 스펜더에게 2천 파운드를 지불했다. 스펜더는 그 돈을 받자마자 사냥총과 비행기표를 구입해 곧장 인도로 여행을 떠났고 이후 행방이 묘연해졌다.

곧이어 「이즈베스티야」†의 외신란에는 "미국의 기만이 여지없이 폭로되다!"라는 헤드라인 아래 스펜더가 찍은 파이프와 욕조 사진이 실린 특종기사가 보도되었다.

공교롭게도 그 기사가 보도된 날은, 그랜드 펜윅에서 인류 최초로 달 탐사용 우주선을 발사한 바로 그날이었다.

† 「이즈베스티야」는 1905년에 소련에서 창간된 노동자 소비에트의 주간지였으며, 혁명 이후 「프라우다」에 버금가는 공산당 정부의 기관지로 명성을 떨쳤다.

## 그랜드 펜윅,
## 아무도 모르게 달 탐사용 우주선 발사!

그랜드 펜윅은 우주선 발사에 무사히 성공했다. 하지만 전 세계가 이들의 계획을 허무맹랑한 소리로 간주한 탓에 이 역사적 장면을 목격한 사람들은 그랜드 펜윅 국민뿐이었다. 마운트조이 백작은 우주선 발사 당일의 행사에 참석해주십사 하는 초대장을 세계 각국의 정상들에게 발송하기도 했다. 그러나 단 한 통의 답장도 없었다. 백작은 이런 무례한 행동이 어디 있느냐며 분통을 터뜨렸다.

"옛날 왕족들 같았으면 다리 하나 개통한다고 해도 기꺼이 참석했을 텐데……. 대통령이란 작자들이 세계 최초로 달에 우주선을 보낸다는데도 참석하지 않으니, 원! 요즘 세상은 이게 문제라니까! 공익을 위한 의무 따위는 내팽개치고 정치적인 사리사욕이나 추구하고 앉아 있으니 세상이 이렇게 어지러운 것도 당연하지. 쯧쯧."

발사 직전, 글로리아나 12세 대공녀와 그의 남편 털리 배스컴을 필두로 그랜드 펜윅 국민들은 모두 펜윅 성의 여리고 탑 바깥에 있는 마당에 모였다. 코킨츠 박사와 빈센트 마운트조이는 출발 준비를 하고 있었다.

먼저 글로리아나 대공녀가 짧지만 감동적인 연설을 했다. 그녀는 이 나라의 두 우주비행사가 저 하늘 너머를 향해 날아가 인류 최초로 달에 착륙하려는 지금이 그랜드 펜윅 역사상 가장 자랑스러운 순간이라고 말했다.

그러면서 먼 옛날 피렌체 또한 그랜드 펜윅 정도밖에 안 되는 작은 규모의 도시국가였지만, 그곳에 살던 갈릴레이는 직접 망원경을 제작하여 근대 천문학의 주춧돌을 놓았음을 상기시켰다. 또한 당시 유럽에서 가장 가난한 나라 중 하나†의 시민이었던 코페르니쿠스가 태양계가 지구를 중심으로 회전한다는 이전의 주장을 뒤집는, 획기적인 발상을 한 것을 되새겼다.

"과학사의 위대한 업적은 나라의 규모와 아무 상관이 없었습니다. 이제 인류를 저 우주로 이끌어가야 할 책임이 우리 어깨 위에 지워졌습니다. 저는 오늘 첫발을 내딛는 이 탐사가 성공적으로 끝나리라 믿어 의심치 않습니다.

하지만 이 두 명의 우주비행사가 지구로 돌아오는 날, 우리는 지나치게 자만해서는 안 될 것입니다. 이 모든 일은 하느님의 손길에 의해 이루어진 것이지 결코 인간의 힘만으

† 폴란드를 말한다

로 이루어진 것은 아니기 때문입니다.

그러니 여기 남은 우리는 이 계획에 하느님의 축복이 가득하길 기원하며, 우리 앞에 놓여 있는 기다림의 시간 동안 차분한 마음을 유지해야 할 것입니다. 세상 만물은 하느님의 손 안에 있으며, 참새 한 마리가 떨어지는 것도 모두 하느님의 뜻이기 때문입니다."

글로리아나는 이 말을 하면서 신시아 벤트너에게 눈길을 던졌다. 빈센트 마운트조이 곁에 서 있는 신시아의 안색은 몹시 창백해 보였다. 신시아가 입술을 바들바들 떨면서 고개를 푹 숙이자, 글로리아나는 얼른 그녀에게서 시선을 거두었다.

"두 분을 위해 기도하겠습니다."

글로리아나는 빈센트와 코킨츠 박사 쪽으로 눈길을 돌리며 말했다.

"비록 수는 적지만, 우리 국민의 기도가 반드시 응답을 받으리라 믿습니다. 두 분께 우리의 모든 믿음과, 우리의 모든 용기와, 우리의 모든 사랑을 드리고자 합니다. 저 멀리 떨어진 달 위에 서 있을 때에도 두 분은 결코 혼자가 아닙니다. 우리 온 국민이 두 분을 성원하고, 또 두 분과 함께할 것입니다."

그랜드 펜윅의 주교가 나와 두 우주비행사와 우주선을 위해 축복 기도를 올렸다. 빈센트가 신시아의 곁을 떠나는 순간, 사람들은 차마 그 광경을 볼 수 없어 애써 눈길을 돌렸다. 사람들이 앞으로 몰려나와 두 우주비행사와 악수를 나누었다. 그러나 곧이어 몰려들었던 사람들이 일제히 뒤로 물러나고 두 사람만 남게 되었다.

코킨츠 박사는 환한 햇빛 속에서 두꺼운 안경 너머 두 눈을 껌벅거린 뒤, 글로리아나 대공녀를 향해 인사를 건넸다.

"감사합니다, 전하. 곧 돌아오도록 하겠습니다. 하느님께서 축복하시길."

모두의 침묵 속에 두 사람은 여리고 탑의 지하로 향했다. 빈센트는 지하실에 들어서자마자 새로 설치한, 커다란 금고 문처럼 생긴 쇠문을 닫았다. 문을 걸어 잠그기 전에 코킨츠 박사가 다시 문을 열더니 털리에게 말했다.

"새들한테 모이 주는 것 잊지 말게나."

문이 도로 닫히고 자물쇠 잠기는 소리가 들리자, 사람들은 앞으로 몇 분 안에 코킨츠와 빈센트가 발사 준비를 마치고 우주선에 올라탈 것이라 생각했다. 그래서 다들 여리고 탑에서 일제히 뒤로 물러났다. 우주선이 발사된다고 해도 별다른 위험은 없을 것이라고 이미 발표가 나 있었다. 피노튬을 이용한 핵연료를 사용하기 때문에 고온의 불꽃이 방출되지 않을 것이고, 따라서 성의 돌벽이 훼손되거나 화재가 일어날 위험도 없다고 말이다. 하지만 이런 주장을 곧이 믿는 사람은 하나도 없었기에, 성 마당에 모인 사람들은 하나같이 성의 외벽 쪽으로 멀찍이 물러섰다. 그리고 다들 입을 다문 채 여리고 탑을 응시했다. 꼭대기를 훤히 터놓은 여리고 탑은 커다란 공장 굴뚝을 연상시켰다.

발사를 알리는 신호 따위는 없었다. 요란한 소리도 없었고,

커다란 연기구름도 생기지 않았다. 사람들이 탑 꼭대기를 쳐다보고 있자니, 마치 커다란 괴물이 머리를 삐죽 내밀고 신선한 아침 공기를 킁킁 들이마시는 듯, 우주선의 머리 부분이 천천히 솟아올랐다.

"우아아!"

사람들의 입에서 탄성이 쏟아졌다. 그리고 여전히 주위가 조용한 가운데 갑자기 탑 안에서 우주선이 튀어나갔다. 어찌나 빠른지 사람들이 채 눈길로 그 움직임을 따라가기도 전에 우주선은 이미 수백 미터 상공에 떠 있었다.

우주선이 날아간 궤적을 따라 멋진 수증기 구름이 줄지어 피어났다. 얼마 뒤에 하늘에서 요란한 소리가 나자 어떤 사람은 우주선이 폭발한 건 아닌가 걱정하기도 했다.

"마하 1로 접어들었군. 방금 음속을 돌파한 게야."

마운트조이 백작이 말했다.

잠시 후에 우주선이 방향을 바꿔 지상으로 다시 내려올 것처럼 보였다.

"문제가 생겼나 봐!"

누군가가 외쳤다.

"땅으로 떨어지고 있어!"

물론 사실은 그렇지 않았다.

우주선은 여전히 고도를 높이고 있었다. 이 모습을 지켜본 사람들 중에서 가장 먼저 정신을 차린 털리가 코킨츠 박사의 연구실로 달려가 무전기를 켜고 우주비행사들과의 교신을 기다렸다. 코킨츠 박사에게 받은 사전지시에 따라, 지상에서 먼저 연락을 취하는 대신 우주선에서 연락이 올 때까지 기다린 것이다. 발사 후 20여 분이 지나서야 연락이 왔다. 무전기를 통해 들려오는 코킨츠 박사의 목소리는 옆방에서 말하는 것처럼 또렷했다.

"모든 게 정상일세."

그가 말했다.

"우주선 발사가 성공적이었다고 세계에 공식적으로 알리게나."

코킨츠 박사의 교신은 이것으로 끝이었다.

하지만 이 무전기 한 대를 제외하면 그랜드 펜윅에는 전파를 이용하는 빠른 통신수단이 전혀 없었다.

그랜드 펜윅에는 전신국도 없었고, 전화도 없었으며, 당연히 방송국도 없었다. 따라서 미리 만들어놓은 보도자료를 버스 편으로 베른에 위치한 AP, UP, 로이터 등의 통신사 지국에 보냄으로써, 그랜드 펜윅의 우주선이 지금 달을 향해 날아가고 있다는 사실을 전 세계에 알리는 것이 전부였다.

보도자료를 베른으로 보내기로 결정한 까닭은, 공국의 북쪽 국경을 오가는 프랑스인 버스기사보다는 다른 쪽 국경을 오가는 스위스인 버스기사가 비교적 시간을 잘 지키는 편이기 때문이다. 그런데 하필이면 그날 아침에 베른행 버스의 타이어에 바람이 빠지는 통에, 스위스인 버스기사가 털털거리며 공국에 도착한 것은 예상 시간보다도 무려 한 시간이 지나서였다. 버스가 늦는 것 때문에 노심초사하던 마운트조이 백작은 스위스인 기사가 도착하자마자 잔소리를 퍼부어댔다.

"아니, 왜 하필이면 우리가 달나라로 우주선을 발사한 날에 타이어 바람이 빠졌단 말이오?"

백작이 다짜고짜 따지고 들었다.

"그러게 말입니다. 미리 알려주셨더라면 일찌감치 전부 새 타이어로 갈아 끼웠을 텐데요!"

버스기사가 자기도 짜증스럽다는 듯 맞받아쳤다. 그는 마운트조이 백작을 흘끗 본 다음, 옆으로 난 그랜드 펜윅으로 향하는 좁은 길을 바라보았다. 그로선 아직 한 번도 가본 적이 없고, 가고 싶지도 않은 길이었다.

"그나저나 저기 사는 사람들도 당신처럼 다들 머리가 어떻게 되었나요? 아니면 당신만 그런 겁니까?"

마운트조이 백작이 버스기사의 비아냥에 적절한 대답을 찾기도 전에, 그는 요란하게 문을 닫고 시동을 걸어 버스를 출발시켰다.

그랜드 펜윅의 국경에서 베른까지는 불과 80킬로미터 남짓한 거리였지만, 타이어에 바람이 빠진데다 노이샤텔†에서 차가 심하게 막히는 바람에(마침 그곳 장날이었다), 그랜드 펜윅이 달 탐사용 우주선 발사에 성공했다는 소식이 베른 주재 통신사 지국에 도착한 것은 그로부터 무려 네 시간 뒤였다. 소식이 도착한 후에 곧바로 보도되지도 못했다. 뉴스 통신사는 이처럼 봉투에 담긴 채 버스에 실려 전달된 뉴스거리는 뉴스가 아닌 것으로 치부하는 경향이 있었기 때문이다. 그리하여 베른 주재 AP, UP, 로이터 지국에서는 버스회사 사환이 가지고 온 편지봉투를 곧바로 열어보지 않고, 자기네 쪽으로 직접 온 우편물만 일일이 개봉해 읽어보면서 그중 쓸 만한 것은 건져내고, 나머지는 '일반우편보도' 담당 사환에게 떠넘겼다. '일반우편보도'란 긴급을 요하는 뉴스가 아니기 때문에 텔레타이프 대신 일반우편으로 회원사에게 보내는 것을 말한다.

이들 3대 통신사 중에서도 가장 고참 격인 로이터는 전혀 뉴스가 없을 듯한 곳에서도 대단한 특종을 잡아내는 데 도가 튼 것으로 언론계에 정평이 나 있었다. 그리고 일단 한 가지 사건에 매달리기 시작하면, 다른 어떤 통신사나 언론사보다도 재빨리 움직이는 것으로도 유명했다.

이러한 특성은 분명히 로이터 소속 직원들의 남다른 단결심 덕분이었다. 이들은 항상 스스로를 영국 정부의 외교사절쯤으로 생각하여 조국의 체면이 깎이는 것을 무척 싫어했다. 그리고 취재에 실패할 경우 통신사의 체면뿐 아니라 국가의 체면까지 깎이는 것으로 인식했다.

심지어 베른 주재 로이터 지국의 사환조차도 이러한 인식이 박혀 있어서, 자기 앞에 수북이 쌓인 편지를 하나하나 뜯어보며 미국 대통령 암살 기도라든지, 더비††의 우승후보 경주마의 사료에 스트리크닌†††을 섞으려는 시도 같은

† 스위스 서부, 프랑스와의 접경 지대에 위치한 도시.

†† 영국 런던에서 5월 말, 혹은 6월 초에 열리는 대규모 경마 대회.

††† 유독성 흥분제로 근육경련을 일으키는 약품이다.

특종기사를 찾아내고자 눈에 불을 켰다.

그랜드 펜윅에서 온 편지를 가장 먼저 뜯어본 사람도 바로 이 로이터 지국의 사환이었다. 점심식사를 마치고 돌아온 직후, 매일 오후 3시에 로이터의 직원들이 갖는 다과회를 준비하기 위해 일어서기 직전이었다.

그는 자기 앞에 놓인 편지 더미 중에서 그랜드 펜윅에서 온 편지봉투를 제일 먼저 끄집어냈다. 봉투가 워낙 큼지막했기 때문이다. 봉투 위에 새겨진 멋진 문장을 보고는 이것이 대사관에서 열리는 파티 초대장이겠거니 했다. 그리고 어쩌면 지국장이 바쁘다며 자기보고 대신 참석하라고 할지도 모른다고 생각했다. 이 로이터 사환은 미국 대통령 암살이나, 더비의 우승후보 경주마를 둘러싼 음모를 파헤치는 것 말고도 갖가지 몽상에 빠져들기를 좋아했다.

그랜드 펜윅에서 온 편지를 읽자마자, 그는 깜짝 놀라지 않을 수 없었다. 방금 편지 꾸러미에서 무심코 뽑아낸 이 편지의 내용은 지금까지 몽상 속에서 품어왔던 온갖 특종기사를 뛰어넘는 이야기였고, 이 편지를 입수한 지금은 자신의 이름을 세계의 어느 위대한 언론인보다도 널리 알릴 수 있는 절호의 기회였기 때문이다.

봉투에 들어 있는 편지 가운데 앞장(보도자료는 모두 두 장이었다) 에는 다음과 같은 제목이 적혀 있었다.

달 탐사용 유인우주선 발사

그 아래에는 다음과 같은 성명이 적혀 있었다(이 보도자료는 우주선 발사 이전에 작성한 것으로, 발사 시각은 비워두었다가 나중에 적어넣었다).

그랜드 펜윅 공국은 금일부로 달 탐사용 유인우주선 발사에 성공했음을 공식 발표하는 바이다. 두 명의 우주비행사가 탑승한 이 유인우주선은 그랜드 펜윅 성안의 여리고 탑에서 발사되었다.

우주선에 탑승한 우주비행사 명단은 다음과 같다. 세계적으로 유명한 물리학자인 시오도어 코킨츠 박사, 그랜드 펜윅 공국의 수상인 마운트조이 백작의 아들 빈센트 마운트조이. 발사 시각은 금일 오전 9시 15분이다. 이 우주선은 공국에서 생산하는 유명한 그랜드 펜윅 와인에서 추출한 원소를 동력으로 하며, 발사 후 약 9일 4시간 뒤에 달 표면에 착륙할 예정이다.

이 우주선은 비교적 저속인 시속 1,600킬로미터로 비행하도록 설계되었다. 이는 고속으로 우주공간을 비행할 때 발생할 수 있는 여러 가지 문제를 해결하기 위해서이며…….

이 대목까지 읽고 난 사환은 몸을 부르르 떨면서 이 편지를 베른 주재 로이터 지국장에게 가져갔다.

"지국장님!"

그는 잔뜩 흥분하여 말했다.

"정말 중요한 뉴스가 들어왔습니다."

"뭔데 그래?"

바쁘게 타자기를 두들기던 지국장은 사환을 거들떠보지도 않고 건성으로 대답했다.

"그랜드 펜윅에서 달 탐사용 우주선을 발사했답니다."

"그래? 보나마나 그 여리고 탑인지 뭔지에서 발사했다는 거겠지?"

지국장이 말했다.

"자네는 그동안 어딜 다녀왔기에 그 오래된 농담을 이제야 듣고선 호들갑인가?"

"아니, 그게…… 여리고 탑에서 발사한 건 맞지만……."

지국장의 야단에 사환이 얼굴을 붉히며 대답했다.

"여기에는 발사 시각이 오늘 오전 9시 15분이고, 탑승자는 코킨츠 박사와……."

'코킨츠 박사'라는 이름을 듣는 순간, 지국장은 홱 고개를 돌려 사환을 보더니 이렇게 말했다.

"어디, 좀 줘봐."

그리고 보도자료를 사환의 손에서 빼앗다시피 낚아챘다. 그는 편지를 다 읽고 나서 책상 위에 내려놓은 뒤, 뭔가 미심쩍다는 듯 손으로 턱을 문질렀다.

"AP의 어떤 녀석이 장난을 친 걸지도 몰라. 편지가 들어 있던 봉투 좀 가져와보게."

사환이 봉투를 가져오자 지국장은 자세히 살펴보고는, 그랜드 펜윅의 문장이 새겨져 있는 것을 발견했다.

"봉투는 확실히 거기 것이 맞군. 하지만 봉투야 마음만 먹으면 누구라도 얻을 수 있으니까."

"마운트조이 백작의 서명이 있던데요."

사환이 말했다.

"그건 나도 봤어."

지국장이 퉁명스럽게 대꾸했다. 그러면서도 편지에 적힌 서명을 다시 한 번 확인해보았다.

"서명은 진짜 같은데요."

사환이 용기를 내어 말했다.

"아니야, 가짜일 거야."

지국장이 말했다.

"AP의 조 레디치! 그래, 그 녀석이 장난친 게 분명해! 신경 쓰지 말고 자네 일이나 하게."

사환은 참담한 기분이 되어 자리로 돌아갔다. 매일같이 편지를 뜯어보면서 꿈꾸던 대단한 특종이 드디어 나타났나 싶었는데, 결국 장난으로 몰린 것이다. 그는 그랜드 펜윅에서 온 마운트조이 백작의 편지를 다시 한 번 읽어보았다. 그러고는 사무실에서 나와 자전거를 타고 버스회사로 달려갔다. 그곳에서 여러 사람에게 물어본 끝에, 그날 아침에 그랜드 펜윅에서 편지를 받아온 버스기사를 가까스로 만날 수 있었다.

“오늘 아침에 그랜드 펜윅에서 베른으로 보내는 물건을 가져오신 분인가요?”

“그랬지. 편지였어. 세 통인데, 나한테 그걸 건네준 친구는 완전히 맛이 갔더라고. 뭐, 자기네가 달에 우주선을 쏘아 올렸다나 뭐라나…….”

버스기사가 말했다.

“그래요? 알려주셔서 정말 고맙습니다!”

사환이 얼른 대답했다. 그러고 나서 잠시 후에 다시 물어보았다.

“그런데…… 그걸 건네준 사람이 어떻게 생겼던가요?”

“키가 컸지. 은발의 노인네고 외눈안경을 끼고 있던데.”

버스기사가 말했다.

“편지가 세 통이었다면 나머지는 어디로 보내는 거였죠?”

“로이터, AP, UP. 이렇게 세 군데였지.”

“예? AP로도 갔어요?”

사환이 깜짝 놀라 물었다.

“그렇다니까.”

더 이상 머뭇거릴 시간이 없었다. 그는 자전거에 올라타 전속력으로 달려 사무실로 돌아와, 숨이 턱밑에 찬 채로 지국장에게 갔다.

“지국장님! 달 탐사 우주선 이야기를 제가 확인해봤어요!”

그가 말했다.

“정말인가봐요! 버스회사에 가서 물어봤거든요. 버스기사 말이, 그 편지가 그랜드 펜윅에서 온 게 맞대요. 키가 크고 은발에다가 외눈안경을 낀 노인이 건네줬대요. 우리 말고도 UP 하고 AP에도 똑같은 편지를 보냈고요!"

지국장은 경쟁 통신사에도 같은 편지가 전달되었다는 사실을 듣고서야 서둘러 움직였다. 그는 그랜드 펜윅에서 온 편지를 집어들고 시계를 한 번 본 뒤에 런던의 본사와 연락할 수 있는 텔레타이프 기계 앞으로 약간 주저하면서 다가갔다. 그는 텔레타이프 앞에 놓인 작은 의자에 앉아 한참 동안 자판을 빤히 쳐다보았다. 마운트조이의 편지를 원고 걸이에 올려놓은 뒤에도 여전히 망설이다가 마침내 본사에 전송을 요청하는 버튼을 눌렀다. 곧이어 런던에서 보낸 G. A.(송신 바람)라는 두 글자가 찍혀 나왔다. 베른 지국장은 어깨를 한번 으쓱한 후 다음과 같은 내용을 입력해서 송신했다.

그랜드 펜윅 달 탐사용 원자력 우주선 발사 소식. 현재 공국 확인 불가. 미친 소리 같지만 발사 사실 여부 조드럴뱅크† 측 확인 요망. 시속 1,600킬로미터. 오전 9시 15분 발사. 와그너.

몇 분 뒤에 베른 지국의 텔레타이프가 덜컥거리며 다음과 같은 런던 측의 메

† 조드럴뱅크 천문대. 영국의 맨체스터 대학에 있는 천문대로 1945년에 설립되었다. 1957년에는 당시 세계에서 가장 큰, 지름 76미터짜리 전파망원경을 설치해서 유명해졌는데, 이는 세계 최초의 인공위성인 소련의 스푸트니크 1호를 추적하기 위해서였다는 일화가 있다.

시지를 찍어냈다.

여리고 탑 농담. 하하. 확인 후 다시 연락. 레드그로브.

"이런, 젠장!"

지국장이 말했다.

"30분 안에 내가 이 뉴스를 보냈다는 소문이 플리트 가街† 에 있는 술집에 온통 퍼지겠구먼. 이제 목이 달아나는 건 시간문제겠어!"

그는 사환을 노려보았다. 사환은 좌불안석하다가 시계를 보고 얼른 다과를 준비하기 위해 밖으로 나가버렸다. 지금 같은 상황에서는 도망가는 게 최선이었다.

10분 뒤, 다시 한 번 텔레타이프가 작동하기 시작했다, 이번에는 속보임을 알리는 여섯 번의 날카로운 벨소리가 울렸다. 사무실에 있던 모든 사람이 이 소리를 듣고 놀라 기계 앞으로 모여들어 무슨 내용인지 귀를 기울였다.

조드럴뱅크, 그리니치†† 등 남프랑스 인근 우주선 발사 사실로 확인. 그랜드 펜윅 관련 자료 모두 송고 요망. 확인 절차상 보도 유보 중. 긴급. 레드그로브.

"이거 받아!"

지국장은 한 직원에게 그랜드 펜윅에서 온 편지를 건네주면서 말했다.

"전보로 보내게. 한 글자도 빼지 말고 모두! 단 내가 다시 확인하기 전까지지는 '유보'라고 해놔. 지금 당장 그랜드 펜윅에 가봐야겠어!"

그는 사무실을 박차고 나가 차에 올라타고 곧바로 그랜드 펜윅으로 향했다.

한 건물에 세 들어 있는 베른 주재 AP 지국 사환이 맡은 임무 가운데에는, 경쟁사인 로이터 사환의 일거수일투족을 감시하는 것도 포함되어 있었다. 로이터 사환이 서둘러 밖으로 뛰어나가는 모습을 보면, 얼른 쫓아가서 무슨 일인지 알아보는 식이었다. 하지만 이날만큼은 AP 사환도 일생일대의 특종을 놓쳐버리고 말았다. 로이터 사환이 열심히 뛰어다닐 때, 그는 AP 지국의 신참 기자와 체커 게임에 몰두하고 있었던 것이다.

로이터 지국장은 무서운 속도로 차를 몰아 한 시간 만에 그랜드 펜윅에 도착해서, 서둘러 마운트조이 백작이며 털리 배스컴과 인터뷰를 마쳤다. 그는 우주선 발사 장면을 아무도 사진으로 남기지 않았다는 사실을 알고 크게 실망했다. 하지만 다행히 털리가 우주선 제작 과정을 찍어둔 사진을 하나 얻고는 전화 하나 없

† 플리트 가Fleet Street. 영국 런던 중심부의 거리로, 신문사와 잡지사, 출판사 등이 밀집해 있어 '영국 언론계'의 대명사로 통한다.

†† 영국 런던 근교의 천문대로 1675년에 설립되어 오랜 역사를 자랑하며, 이후 여러 차례 자리를 옮겨 현재는 케임브리지에 본부가 있다. 이른바 '그리니치 자오선'으로 일컬어지는 경도의 원점으로도 유명하다.

는 공국의 현실을 개탄하며 쏜살같이 차를 몰았다. 그는 스위스로 건너오자마자 노이샤텔에서 직접 런던 본사로 국제전화를 걸었다.

"레드그로브!"

그는 런던 본사의 보도국장에게 말했다.

"그랜드 펜윅 우주선 기사를 당장 내보내게! 말도 안 되고 불가능하고 어처구니없는 소리처럼 들리겠지만, 전부 사실이야! 사진도 하나 구했으니 사무실로 돌아가는 즉시 전송해주겠네. 이건 우리가 독점 발굴한 특종이야! AP와 UP는 아직도 모르나 봐!"

"그러면 일단 그랜드 펜윅으로 돌아가게. 계속 거기 머물면서 취재해."

레드그로브가 말했다.

"거기 통신수단은 뭐가 있나?"

"아무것도 없어. 전화도 없고 전신국도 없어. 그래서 지금도 노이샤텔까지 와서 전화를 거는 거라네. 베른 지국에 전화해서 우리 직원 두 사람 정도 데려다가 왔다 갔다 하게 하는 수밖에 없겠어. 나한테 전할 말이 있으면 앞으로는 노이샤텔 우체국으로 연락해주게나."

"아까 전보로 보낸 것 말고 덧붙일 건 없나?"

레드그로브가 말했다.

"있지."

베른 지국장이 대답했다.

“교환원을 좀 대주게.”

다른 영국 언론사들과 마찬가지로 로이터 역시 장거리 전화로 누군가가 불러주는 뉴스를 그 자리에서 받아 적는 유능한 속기사들을 교환원으로 고용하고 있었다. 교환원이 나오자 로이터 베른 지국장은 자신이 그랜드 펜윅에서 들은 이야기를 불러주기 시작했다. 우주선 발사 직후에 코킨츠 박사와 나눈 짧은 무선 연락을 비롯해서 글로리아나 12세 대공녀의 기념 연설과 우주선 발사에 대한 사람들의 반응, 우주선에 탑승하기 직전에 코킨츠 박사가 남긴 의미심장한 마지막 말—새들한테 꼬박꼬박 모이 주는 것 잊지 말라는—까지 말이다.

그로부터 몇 분 지나지 않아, 다르질링에서 디트로이트까지, 멜버른에서 맨체스터까지, 세계 각국에 위치한 신문사며 방송사에 설치된 로이터의 텔레타이프들은 일제히 여섯 번의 요란한 벨소리를 울려대며 긴급속보를 찍어내기 시작했다. 텔레타이프가 바쁘게 작동하며 찍어낸 소식은 하나같이 다음과 같은 문구로 시작되었다.

긴급속보

저명 물리학자 시오도어 코킨츠 박사를 포함한 우주비행사 2인 탑승 핵추진 우주선. 그리니치 표준시 금일 오전 9시 15분 그랜드 펜윅 공국 발사. 발사 목적 달 착륙.

신속한 처리를 위해 되도록 짧은 문장으로 구성된 속보는 이렇게 몇 줄에 걸쳐 있었다.

세계의 모든 지국에서는 한 단어 한 단어가 찍혀 나올 때마다 서둘러 용지를 뜯어가면서 일제히 긴급보도에 들어갔다.

라디오와 TV에서는 다른 프로그램이 방송되는 도중에 속보를 내보냈다. 신문사에서는 급히 활판을 교체했고, 세계 주요 도시에서는 이 사건을 보도한 호외가 날개 돋친 듯 팔렸다. 이제 전 세계가 숨을 죽인 채 프랑스와 스위스의 국경 부근인 알프스 북부의 산자락에 위치한, 믿을 수 없는 업적을 성취한 작은 공국에 이목을 집중했다.

이 소식이 세계로 퍼져 나갈 무렵, 미국 동부는 저녁 8시였고 다음 날 신문은 이미 인쇄가 끝난 후였다. 하지만 이 사실을 뒤늦게 알게 된 각 신문사에서는 퇴근한 직원들을 급히 호출해 활판을 교체하고 호외를 발행하느라 한바탕 전쟁을 치렀다.

백악관의 공보수석은 워싱턴의 프레스 클럽† 안에 있는 술집에서 한잔 걸치다가, 마침 거기서 몇 걸음 떨어지지 않은 로이터 지국의 텔레타이프가 찍어내는 따끈따끈한 소식을 접할 수 있었다. 긴급속보임을 알리는 여섯 번의 벨소리가 울리자 술집 안에 있던 사람들은 약속이라도 한 듯 모두 기계 앞에 몰려들었다. 누군가가 기계에 찍혀 나오는 내용을 한 자 한 자 큰 소리로 읽어주었다. 그 즉시 거기 모여 있던 언론사 특파원이며 지역 신문 기자들은 이 사건에 대한 워싱턴의 반응을 보도해야 할 경우에 대비해 각자 사무실로 서둘러 돌아갔고, 술집은 썰물 빠지듯 텅텅 비고 말았다.

백악관 공보수석의 이름은 오하라였다. 그는 본래 보스턴의 한 신문사에서 기자생활을 하다가 보스턴 정계에 뛰어들었고, 현 대통령의 선거 유세 당시 홍보를 담당한 인연으로 운 좋게 그 자리까지 올라갔다. 그는 대학 시절 육상선수로 여러 대회에서 우승한 바 있지만, 이날 저녁 프레스 클럽에서 백악관까지 주파한 기록이야말로 이전의 기록을 모두 깨뜨릴 정도로 발군이었다. 그는 책상 앞에 앉자마자 아랍 국가 대사와 만찬석상에 앉아 있는 대통령에게 전화를 걸었다.

"각하. 방금 들어온 로이터 소식에 의하면 그랜드 펜윅 공국이 달 탐사용 우주선 발사에 성공했답니다. 곧바로 언론에서 이 사실을 대서특필할 겁니다."

"자네, 지금 뭐라고 했나?"

대통령이 되물었다.

오하라는 방금 자신이 한 말을 그대로 반복한 다음, 이 사건에 대해 백악관이 어떻게 논평해야 될지 물었다.

"논평?"

충격에 싸인 대통령이 반문했다.

"논평은 무슨! 자네 생각은 어떤가? 나라면 말도 안 되는 헛소리라고 하겠네!"

"저도 마찬가지 생각입니다, 각하. 하지만 구체적인 내용을 종합해보건대 이는

† 내셔널 프레스 클럽National Press Club. 1908년 미국 워싱턴 D.C.에 설립된 세계 각국의 신문, 방송, 통신사 기자들의 친선단체. 미국 대통령을 비롯, 워싱턴을 방문하는 전 세계의 주요 정치 · 경제 · 문화계 인사들의 연설 및 회견 장소로도 유명하다.

틀림없는 사실입니다. 그러니 뭐든지 간에 논평을 준비해야 할 듯합니다. 제 생각에는 이 놀라운 성공을 진심으로 축하한다고 일단 긍정적으로 말한 다음에, 우리가 이 계획을 위해 아무 조건 없이 물심양면으로 그랜드 펜윅을 지원했음을, 그러니까 자금은 물론이고 구형 새턴 로켓까지 제공했다는 사실을 강조해야 할 것 같습니다."

"자네 지금 제정신인가?"

대통령이 말했다.

"지금 자네가 한 말이 무슨 뜻인지나 아나? 그럼 우리가 중고 로켓 하나하고, 5천만 달러밖에 안 되는 푼돈을 개발 자금이랍시고 줬는데, 그랜드 펜윅이 겨우 그걸로 우리를 제치고 달에 먼저 도착했다, 지금 그 소리 아니냔 말이야!"

"아직 달에 도착한 것은 아닙니다. 기껏해야 1만 6천 킬로미터쯤 갔을 겁니다. 저속 우주선이라니까요."

"1만 6천 킬로미터? 그거면 우리가 원숭이를 태워 보낸 실험용 우주선보다도 더 멀리 나간 셈 아닌가?"

대통령이 단정적으로 말했다.

"노코멘트라고 하게. 아직 공식 보고를 받지 못해서 기다리는 중이라고만 하라고. 그리고 앞으로 한 시간 뒤에 긴급 각료회의를 소집하게! 각료회의 어쩌고는 언론에 흘리지 말고!"

오하라가 즉시 대통령 비서실장에게 전화를 걸어 긴급 각료회의를 소집하라는 대통령의 명령을 전하자마자, 신문사며 방송국에서 전화가 빗발쳤다. 그는 대통령이 현재 공식 보고를 통해 사실이 확인되기를 기다리고 있으며, 그때까지는 백악관에서 아무 논평도 없을 것이라고 대답했다. 하지만 언론은 순순히 물러서지 않았다.

신문기자들은 서둘러 그랜드 펜윅에 관한 자료를 뒤진 끝에, 미국이 얼마 전 공국 측에 우주선 개발비 5천만 달러와 함께 구형 새턴 로켓을 한 대 제공했다는 사실을 알아냈다.

이게 도대체 무슨 소리인가? 기자들은 이에 대해 집중적으로 질문했다. 얼마 안 되는 자금과 미국이 쓰다 버린 로켓을 가지고 어떻게 달 탐사용 우주선을 만들었단 말인가? 오하라는 그런 질문은 국무부 장관이나, NASA 쪽으로 직접 하는 게 나을 거라고 대꾸했다. 하지만 언론의 기세가 워낙 등등했다. 오하라는 할 수 없이 「뉴욕 타임스」, 「캔자스시티 스타」, 「크리스천 사이언스 모니터」 등 여러 매체의 편집국장에게 직접 전화를 걸어, 이 사건과 미국을 연관시키는 기사를 하루 이틀 정도 자제해줄 것을 당부하기도 했다. 편집국장들은 그의 요청을 순순히 받아들였다. 하지만 오하라는 곧바로 나온 「뉴욕 데일리 뉴스」 호외판의 헤드라인을 보고서는 움찔할 수밖에 없었다.

릴리풋,† 미국이 내다버린 로켓을 타고 달로 향하다.

「뉴욕 데일리 미러」의

† 조너선 스위프트의 『걸리버 여행기』에 나오는 소인국.

헤드라인 역시 만만치 않았다.

미국, 로켓을 제공하는 '멍청한' 실수를 저지르다.

"이 친구들, 이렇게 나오다니! 어디 두고 보자고!"

오하라는 신문을 노려보며 말했다. 그는 문득 예전에 일하던 보스턴의 신문사 편집국에 아직 남은 자리가 있을까 하는 생각을 했다. 자신의 암울한 미래를 생각하니 오싹한 느낌이었다.

## 소련과 미국, **발등에 불이 떨어지다**

충격에 빠진 미국의 고위 각료들이 백악관에 모여 긴급회의를 시작할 무렵에는 그랜드 펜윅이 우주선 발사에 성공한 게 사실이라는 공식 보고가 들어와 있었다. 스위스의 한 라디오 방송에서 이와 같은 보도가 나오자마자, 스위스 주재 미국 대사가 베른 주재 공사를 통해 그랜드 펜윅으로 사람을 보내 사실 여부를 확인했다.

미국 대통령은 침통한 표정으로 방금 국무부 장관이 받은 공식 보고 내용을 각료들에게 알렸다.

"더 이상 침묵하거나 외면할 수 없군. 그랜드 펜윅이 우주선 발사에 성공함으로써 우리가 물을 먹었다는 사실 말일세."

대통령이 말했다.

"지난 10여 년간 우리는 달에 유인우주선을 보내기 위해 그토록 노력하지 않았나? 이용 가능한 모든 자원을 동원하고 자금을 무제한으로 써가면서 말이야. 그런데 인구가 5천 명뿐이고, 쓰다 버린 로켓에 5천만 달러라는 푼돈밖에 없는 나라한테 보기 좋게 뒤통수를 맞은 꼴 아니냐 이거야. 그것도 전부 우리가 준 것 아닌가? 자네들도 뉴욕 타블로이드판 신문에 뭐라고 나왔는지 똑똑히 봤겠지?"

각료들은 침통한 표정으로 일제히 고개를 끄덕였다.

"아마 지금 국민의 반응도 그와 같을 걸세."

대통령이 말했다.

"나아가서 세계가 그렇게 생각하지 않겠나. 완전히 위신에 먹칠을 했어. 어찌 되었건 우리가 감내할 수밖에 없는 현실이지만 말일세. 그런데 내가 도무지 이해할 수 없는 것은, 어째서 지금껏 어느 누구도 그랜드 펜윅에서 벌어지고 있는 일을 내게 보고하지 않았느냐는 거야.

도대체 왜 항상 이런 일이 터질 때마다 나를 깜짝깜짝 놀래키는 건가? 왜 항상 이렇게 갑자기 우리 얼굴에 먹칠을 하고 정부와 국민을 놀라게 만드는 건가? 지금 여기 모인 사람들 중에 아무도 그랜드 펜윅에서 일어나는 일을 눈치채지 못했단 말인가? 외교, 국방, 그리고 우주개발 계획을 맡은 당사자들조차도?"

회의석상의 각료들은 어두운 표정으로 서로의 얼굴만 쳐다볼 뿐, 아무 말도 하지 못했다.

"도무지 이해할 수가 없군."

대통령이 말했다.

"죽을 때까지도 절대 이해할 수 없을 것 같아. 그랜드 펜윅처럼 작은 나라가 그렇게 엄청난 준비를 하고 있는데, 어떻게 전 세계가 경악한 그 순간까지 철저히 비밀이 유지될 수 있었는지 말일세. 우리처럼 큰 나라가 그런 엄청난 계획에 대해서 아무 정보도 얻지 못했다니, 이게 말이나 되는 소리인가? 난 도무지 이해할 수가 없군."

국무부 장관이 갑자기 헛기침을 했다. 이번 사건의 일차적인 책임이 자신에게 있다고 생각한 그는, 뉴잉글랜드 출신답게 기꺼이 모든 비난을 감수하고자 했다.

"사실 그 친구들은 아무것도 비밀로 하지 않았습니다. 그들은 솔직하고도 공개적으로, 여러 차례 달 탐사용 우주선을 발사할 예정이라고 언급한 바 있습니다. 하지만 아무도 믿질 않았죠. 모든 잘못은 제게 있습니다. 처음부터 그랜드 펜윅의 마운트조이 백작은 자금 지원을 요청하는 편지를 보내면서, 현재 벌어지는 우주경쟁에 자신들도 뛰어들어 달 탐사용 우주선을 개발하겠다고 했으니까요. 그리고 글로리아나 12세 대공녀에게 줄 모피코트를 사야 한다는 내용도 덧붙였습니다."

국무부 장관이 말했다.

"모피코트라니, 그런 내용도 있었나?"

대통령이 물었다. 그는 마운트조이의 편지에 그런 구절이 있었다는 사실은 까맣게 모르고 있었다.

"그렇습니다."

국무부 장관이 대답했다.

"애초의 요청은 우주선 개발 자금으로 500만 달러, 그리고 모피코트 구입 비용으로 5만 달러를 제공해달라는 것이었습니다. 물론 이 요청을 진지하게 받아들여야 할지 한참 고민했습니다. 그래서 이 문제에 정통한 보좌관들과 상의한 후에, 이 요청은 어디까지나 구실에 불과하다는 결론에 이르렀습니다. 그랜드 펜윅의 진짜 목적은 성에 욕조를 설치하는 것이라고 말입니다. 만약 모르는 척 그들의 요구에 응하면, 우주개발 경쟁에 제3의 중립국을 끌어들이는 효과를 거둘 거라고 판단했습니다. 하지만 500만 달러는 우주선 개발에는 터무니없이 적은 금액이라 제가 금액을 5천만 달러로 올린 겁니다."

대통령은 양손으로 얼굴을 감싼 채 탄식했다.

"자네가 그 친구들이 요청한 돈을 무려 열 배로 늘려줬단 말인가?"

"그렇습니다. 이제껏 외국에 500만 달러를 지원한 경우는 전무했기 때문입니다. 너무 적은 금액이니까요."

국무부 장관이 말했다.

"그나저나 그 모피코트니 뭐니 하는 건 무슨 얘긴가?"

잠시 후에 대통령이 물었다.

"그 부분은 솔직히 저도 모르겠습니다. 어찌 되었거나 그랜드 펜윅의 본래 의도를 미연에 파악하지 못한 책임은 제게 있습니다. 가급적 빠른 시일 내에 모든 책임을 지고 자리에서 물러나도록 하겠습니다."

국무부 장관이 대답했다. 대통령은 지친 듯 고개를 저었다.

"아니, 굳이 그럴 필요까진 없네. 지금 나는 누구 한 사람을 희생양으로 만들자는 게 아닐세. 솔직히 누군가가 책임을 져야 한다면 그건 바로 내가 아닌가. 다만 나로선 도대체 어째서 우리가, 세계 최고 수준의 정보력을 자랑하는 우리가 그랜드 펜윅에서 우주선을 만들고 있었다는 사실을 전혀 모를 수 있었는지 이해할 수 없다는 것일세."

"사실은 그 친구들이 각하를 모시고 발사식에 참석해달라며 제 앞으로 초청장을 보낸 바 있습니다."

이번에는 국방부 장관이 말했다.

"하지만 저는 그것이 어디까지나 선전용 행사일 것이라고 생각했습니다. 우주선을 발사한다고 여기저기 소문만 잔뜩 퍼뜨리고 나서, 막판에 취소하거나 불발로 처리할 게 분명하다고 말입니다. 그래서 아예 답장도 하지 않았습니다."

"자네는 도대체 무슨 근거로 그렇게 판단한 건가?"

대통령이 물었다.

"아니, 각하! 그럼 그걸 어떻게 믿을 수 있었겠습니까?"

국방부 장관이 반문했다.

"그 친구들이 정말로 달 탐사용 우주선을 발사할 줄이야 꿈이라도 꿨겠습니까? 그런 주장을 사실로 받아들일 만한 아무런 확증이 없었는데도요?

물론 우리가 5천만 달러를 제공한 것은 사실입니다. 하지만 그 정도는 달까지 갔다 올 유인우주선을 만들기엔 턱없이 부족한 금액입니다. 물론 코킨츠 박사라는 변수가 있긴 했죠. 그 분야에서는 워낙 뛰어난 사람이니까요. 그러나 그 한 사람이 아무리 잘났기로서니, 우리처럼 일류 물리학자와 화학자와 수학자와 기술자들이 수두룩하게 달려들어도 10년 내내 풀지 못한 숙제를 단번에 풀어내리라고 누가 상상이나 했겠습니까? 아무도 못했을 겁니다. 게다가 그 친구들이 정말로 우주선을 개발하고 있다고 의심할 만한 근거도 없었습니다. 그들은 인공위성을 지구 궤도에 쏘아 올리는, 가장 기본적인 실험에도 성공한 적이 없지 않습니까?"

"그건 사실입니다. 그 친구들은 와인 병 하나 제대로 쏘아 올린 적이 없었으니까요."

국무부 장관이 맞장구쳤다.

"와인 병!"

마침 각료회의에 특별히 참석해 있던 프리츠 마이델 박사가 깜짝 놀라서 소리쳤다.

"그게 그 와인 병이었다니! 세상에!"

"아니, 와인 병이 뭐 어쨌단 말인가?"

대통령이 박사에게 물었다.

"몇 달 전에 어센션 섬 근처에서 핫풋을 타고 임무 수행 중에 있었던 일입니다."

마이델 박사가 말했다.

"바다 한가운데에 정박해 있는데 하늘에서 난데없이 와인 병이 하나 떨어지기에 건져 올렸죠. 저는 그게 정찰 비행 중이던 전투기에서 누군가가 마시고 내던진 것인 줄만 알았습니다."

"그런데 알고 보니 그게 아니란 말인가?"

"이제 와서 생각해보니 아닌 것 같습니다. 그 와인 병에 붙은 상표가 바로 '그랜드 펜윅 와인'이었습니다. 처음에는 어떤 조종사가 그렇게 희귀한 와인을 들고 비행기에 올랐을까 싶어 이상했죠. 그러다가 할 일이 너무 많아서 그 일을 까맣게 잊고 있었습니다."

"지금껏 잘도 잊고 있다가 이제야 비로소 생각이 났다 이거로군! 그래, 그 와인 병은 어떻게 했나?"

대통령이 퉁명스럽게 말했다.

"그건 정말로 평범한 와인 병에 불과했습니다."

마이델 박사가 말했다.

"하지만 지금 생각해보면 그 물건이 바로 인공위성이었나 봅니다. 그랜드 펜윅이 지구 궤도에 시험 삼아 쏘아 올린 물건이었다는 말입니다. 그렇지 않고서는 그게 갑자기 바다 한가운데 나타났을 리가 없죠."

"그럼 그 친구들이 와인 병을 지구 궤도에 쏘아 올렸단 말인가?"

대통령이 깜짝 놀라 말했다.

"그렇습니다."

마이델 박사가 말했다.

"하긴 와인 병이면 실험재료로 그리 나쁘지 않죠. 재질이 단단하고 가격도 저렴하니까요."

"아니, 그래서 그 와인 병을 어떻게 했냐고?"

충격으로 한참 동안 말이 없던 대통령이 가까스로 물었다.

"리지웨이 상원의원께서 아이들에게 기념품으로 주겠다며 가져가셨습니다."

대통령은 '끙!' 하고 신음 소리를 냈다.

"정말 할 말이 없군! 그랜드 펜윅은 와인 병을 지구 궤도에 쏘아 올렸는데, 우리는 기껏 그 병을 건져다가 아이들 기념품으로 써먹질 않나, 그랜드 펜윅에서는 달 탐사용 우주선을 만들겠다고 솔직히 말했는데 우리는 그게 욕조를 설치하기 위한 구실이라며 코웃음 치지를 않나, 우주선을 발사하니 구경하러 오라고 초청장을 보냈는데 답장도 안 하질 않나……. 그러다가 그랜드 펜윅에서 정말 우주선을 발사하고 나니까, 우리는 고스란히 뒤통수를 맞은 꼴 아닌가? 아무런 대비도 없이!"

"그런데…… 그건 소련도 마찬가지일 겁니다."

국무부 장관이 머뭇거리며 말했다.

"물론 이 일로 인해 우리도 큰 충격을 받긴 했습니다. 하지만 소련이라고 다를까요? 제 말을 듣고 나서 매국노라고 비난하실지 모르겠습니다만, 솔직히 저로선 그랜드 펜윅이 성공한 게 차라리 다행이라고 봅니다. 만에 하나 미국, 아니면 소련이 먼저 성공했다면……."

그는 어깨를 으쓱할 뿐, 더 이상 마음속에 있던 말을 털어놓지 못했다.

"문제는 소련입니다. 그들은 그랜드 펜윅이 달에 도착했다는 사실을 결코 국민들에게 알리지 않을 테니까요."

국방부 장관이 말했다.

"그건 맞는 말입니다. 실제로 소련 언론은 우리가 지금까지 이룩한 대단한 업적들도 거의 보도하지 않았습니다. 그랜드 펜윅의 이번 성과 역시 자신들의 위신을 떨어뜨릴 테니 전혀 보도하지 않을 가능성이 큽니다."

마이델 박사가 말했다.

"방법이 전혀 없는 건 아닙니다. 그랜드 펜윅의 우주선은 아직 달에 도달하지 못했습니다. 앞으로 9일은 더 가야 간신히 도착하겠죠. 그러니 그사이에 우리도 서둘러 우주선을 발사해서 그 친구들을 앞지르면 됩니다."

국방부 장관이 말했다. 그러자 대통령은 마이델 박사를 향해 물었다.

"자네는 어떻게 생각하나? 우리가 먼저 도착할 가능성이 있나?"

"지금으로선 뭐라고 확답할 수가 없습니다."

마이델 박사가 말했다.

"아직은 확실한 정보가 부족합니다. 제가 아는 것이라곤 라디오에 보도된 내용과 여기 와서 읽은 신문기사가 전부니까요. 우주탐사에서 가장 근본적인 문제는 연료입니다. 우리가 지금 사용하는 연료는 모두 연소식입니다. 산소와 화학물질을 태워서 추진력을 얻죠. 하지만 우주에는 산소가 없기 때문에 우주선에 충분한 산소를 탑재하는 수밖에 없습니다.

그랜드 펜윅이 정말로 핵연료를 개발해 사용했다면, 그들은 우리나 소련에 비해 무려 20년이나 앞선 기술을 보유한 셈입니다. 그들이 정말로 핵연료를 사용한다면, 제가 여기서 기차를 타고 뉴욕까지 갔다오는 동안에 충분히 달에 갔다가 지구로 돌아올 수 있을 겁니다."

"자네가 지금까지 보고 들은 내용을 종합해보건대 그런 연료가 실제로 있을 거란 말인가?"

대통령이 물었다.

"그렇습니다."

"그리고 지금 그랜드 펜윅이 바로 그 연료를 쓰고 있고?"

"말도 안 돼! 기껏 와인 한 병하고 쇳가루 한 통으로 만든 연료라니!"

국방부 장관은 기분이 나빠진 듯 투덜거렸다.

"대통령 각하."

마이델 박사는 국방부 장관의 말을 못 들은 척하며 말했다.

"죄송하지만 그랜드 펜윅에서 발사한 우주선이 아직도 달을 향해 날아가고 있는지 전화로 확인해주실 수 있겠습니까?"

대통령은 뭔가 미심쩍은 듯 박사를 바라보다가 전화로 오하라를 호출했다.

"그랜드 펜윅에서 발사한 우주선은 계속 날아가는 중인가?"

대통령은 이렇게 물은 뒤 잠시 상대방의 말을 듣고 나서, 다시 한 번 '끙!' 하는 신음 소리와 함께 수화기를 내려놓았다.

"아직 날아가는 중이라는군. 가장 최근 들어온 소식은 오스트레일리아의 우머라†에서 관측된 내용인데, 우주선은 꾸준한 속도로 지구에서 멀어지고 있다고 하네. 시속 1,600킬로미터로 말일세."

대통령이 말했다.

"그렇다면 그랜드 펜윅 우주선은 핵연료를 쓰는 것이 분명합니다. 그 속도가 수수께끼를 푸는 실마리입니다. 우주선이 지구의 중력권을 벗어나기 위해서는 엄청난 속도로 가속해야 합니다. 우리가 개발한 로켓이 한 번에 막대한 에너지를 분출해서 포탄처럼 빠른 속도로 출발하는 것도 그런 이유입니다. 산소 연료를 사용한다면 시속 1,600킬로미터로 나는 것은 불가능합니다. 그 정도로 느리게 움직이다간 지구의 중력권을 벗어나기도 전에 산소가 고갈될 테니까요.

이는 곧 그랜드 펜윅 우주선이 아직 충분한 동력을 지니고 있다는 뜻이고, 우리가 준 새턴 로켓의 고질적 문제였던 마찰열을 발생시키지 않으면서도 지구의 중력권에서 벗어날 수 있는 속도로 꾸준히 날아가고 있다고 봐야 합니다. 그러다 보면 결국 달에 도착할 수 있을 겁니다. 다만 거기서 지구까지 다시 돌아올 수 있을지는 저도 확신할 수 없습니다. 그들이 미처 생각지 못했을 갖가지 문제가 남아 있기 때문입니다."

마이델 박사가 말했다.

"예를 들면?"

대통령이 물었다.

"예를 들면…… 우선 달

† 우머라Woomera. 오스트레일리아 남부에 위치한 로켓 및 미사일 발사기지. '우머라'는 본래 오스트레일리아 원주민이 창을 멀리 던질 때 사용하는 기구 이름이다.

의 표면이 어떤 물질로 되어 있는지를 들 수 있겠지요. 그게 무엇인지는 아직 아무도 모릅니다. 누군가의 주장처럼 달의 표면은 1킬로미터나 되는 미세한 먼지층으로 뒤덮여 있을지도 모릅니다.† 그렇지 않고 표면이 단단하다고 치면, 과연 어느 정도로 단단할까요? 혹시 우주선이 단단한 화성암에 털썩 내려앉다가 고장이라도 나거나, 너무 부드러운 먼지층 위에 착륙하다가 전복되기라도 한다면, 다시 이륙하는 게 불가능하지 않을까요?

기온 문제도 무시할 수 없습니다. 태양이 떠오르면 달 표면은 용광로만큼이나 뜨거워집니다. 하지만 그 반대편, 그러니까 밤이 된 곳의 기온은 지구의 어디보다도, 심지어 극지방보다도 추워집니다.†† 우주선이 달의 낮 기온이나 밤 기온에 고스란히 노출되면 금속 장비가 녹아내리거나 산산조각 날 수 있습니다.

그것 말고도 문제는 얼마든지 더 있습니다. 대통령께서도 익히 알고 계시겠지만, 우리의 달 탐사 계획이 그토록 느리게, 또 조심스럽게 진행되었던 데에는 다 까닭이 있지 않았습니까? 예전이나 지금이나 우리의 계획은 일단 달 궤도를 도는 우주정거장을 몇 개 건설한 다음, 필요한 장비와 인력을 보내 달 착륙에 필요한 조건을 차근차근 만들어가자는 것이었습니다. 우리 우주비행사들이 달에 착륙하기에 앞서 안전을 보장할 수 있는 장비와 기구를 철저하게 갖추자는 것이었지요.

그랜드 펜윅이야 어떻게 하든 간에 우리로선 이 방법 말고 다른 길을 택할 수 없었으며, 또한 다른 길을 택해서도 안 된다고 굳게 확신하는 바입니다. 잘 아시다시피 지금까지 소련의 계획도 우리와 크게 다른 건 아니었잖습니까."
마이델 박사는 묘한 미소를 지었다.
"과학은 경제와는 아무런 상관이 없습니다."
그가 계속 말을 이었다.
"자본주의자건 공산주의자건, 과학 문제를 해결하기 위해서는 결국 같은 길을 걸어야 하는 법입니다."
박사의 마지막 말은 대통령의 심기를 건드렸다. 너무 잘난 척하는 것처럼 들렸기 때문이다.
"하지만 그랜드 펜윅은 다른 길을 찾지 않았나?"
그가 퉁명스레 내뱉었다.
"그 친구들은 이것저것 따지지 않고 일단 달에 착륙하고 보자는 계획에만 집중하지 않았냐 이 말일세. 그것도 우리가 준 돈과 로켓만 가지고!"
이 대목에서 국방부 장관은 '그것 말고 와인도 있었죠.'라고 재치 있게 한마디 거들려다가 분위기가 싸늘해지는 바람에 입을 다물 수밖에 없었다.
이 사건에 대한 국민들의 반응을 상상해보는 순간, 대통령은 머리끝까지 화가 치밀어서 앞에 앉아 있는 각료들을 무서운 눈으로 흘겨보았다. 국민들은 정부가 그동안 수십억 예산을 쏟아부어가면서 차근차근 조심스럽게 진행해온 우주계획을 결코 만족스럽게

† 지금으로부터 반세기 전에는 달의 표면이 두꺼운 우주진(먼지)으로 뒤덮여 있다는 추측이 설득력을 얻고 있었다. 그러나 달 착륙 직후에 측정해본 결과, 달 표면의 우주진 두께는 2센티미터에 불과했다.

†† 달의 평균 표면 온도는 낮이 섭씨 100도, 밤이 대략 영하 150도에 달한다.

생각하지 않을 것이다. 경쟁자인 소련도 아직 달에 도착하지 못했다는 사실에 만족하며 가슴을 쓸어내릴 리도 없다. 오히려 국민들은 이런 의문을 제기할 것이다.

'그랜드 펜윅 같은 작은 나라도 겨우 5천만 달러만 갖고 달에 가는데 미국은 그보다 100배가 넘는 예산을 가지고도 왜 달에 가지 못하는가?'

어쩌면 이런 질문도 연달아 나올 것이다.

'미국은 대체 언제쯤 유인우주선을 달에 보낼 수 있나?'

대통령은 마이델 박사에게 이 마지막 질문을 던져보았다.

"그러면 우리는 언제쯤 달에 착륙할 수 있겠나?"

"앞으로 1년 내에는 가능할 겁니다."

박사가 곧바로 대답했다.

"앞으로 1주일 내로는?"

대통령이 물었다.

"예? 1주일 내에요?"

"그래. 우리도 달 착륙 준비는 거의 다 해놓은 것이나 마찬가지 아닌가? 그랜드 펜윅의 로켓보다 더 빠른 로켓도 있고 말일세. 그러니 지금 발사하면 우리가 그 친구들보다 먼저 달에 도착하지 않겠느냐 이거지. 아닌가? 아니면 지금껏 우리는 계획을 세우고 장비와 자료만 마련해놓았을 뿐, 실제로 쏘아 올릴 우주선이 없단 말인가?"

"우주선이야 물론 있습니다."

마이델 박사가 말했다.

"2년 전부터 준비해두었죠. 하지만 지금까지 조심스럽게 해온 준비를 일거에 내팽개치고, 오로지 그랜드 펜윅 공국보다 먼저 달에 도착하기 위해 발사한다는 것은 비과학적인 행동이라고밖에 볼 수 없습니다. 낭비이기도 하고요."

"비과학적이긴 하지만 효과는 있겠지."

대통령이 맞받아쳤다.

"물론 자네 같은 과학자들의 노고를 완전히 무시하려는 건 아닐세. 과학자들에겐 과학적 사고가 무엇보다도 중요하겠지. 과학자들의 연구가 인류에게도 중요하다는 사실을 몰라서도 아닐세. 하지만 나로선 과학자들만 편들 수 없는 입장일세. 지금까지 우리가 우주개발을 한다며 들인 세금을 생각해보게. 이제 와서 우리가 추월당했다는 걸 알게 되면, 국민들이 뭐라고 하겠나? 그랜드 펜윅은 와인 팔아서 번 돈으로도 달에 가는데, 미국은 엄청난 세금을 퍼부어도 성공하지 못하는 이유가 뭐냐고 따지지 않겠나?

인류 최초로 달에 착륙한다는 것은 커다란 영예가 될 걸세. 어느 누구도 그 가치를 감히 따질 수 없을 만큼 말이야. 우리 미국 국민이야말로 그런 영예를 누릴 자격이 있고, 그것이 또한 세계의 염원이 아닌가? 그래서 자네에게 묻는 거라네. 우리도 곧바로 우주선을 발사해서 그랜드 펜윅을 제치고 먼저 달에 도달하면 어떻겠나? 이 문제에 대해 각자 의견을 말해주기 바라네."

"제 의견은 이미 말씀드린 대로입니다. 어린애 같은 경쟁심 때문에 지금껏 해온 방대한 연구를 모조리 내던져버린다는 것은 바보 같은 짓입니다!"

마이델 박사가 말했다.

대통령은 다시 한 번 '끙!' 하는 신음 소리를 내며, 이번에는 국무부 장관을 보았다.

"자네는 어떤가?"

"저도 이미 늦었다고 생각합니다. 우리처럼 큰 나라가 그랜드 펜윅처럼 작은 나라와 달을 놓고 경주를 벌인다는 것은 수치스러운 일이 아닙니까? 설사 우리가 먼저 달에 도착한다 하더라도, 어른이 어린애를 밀쳐내고 상을 낚아챈 격이라고 비난받을 겁니다. 그렇게 되면 국제여론도 악화되겠지요. 제 생각은 그렇습니다.

대통령 각하, 우리는 지금까지 추구해온 대의를 결코 잊어서는 안 될 것입니다. 우리는 우주경쟁의 국제화를 진심으로 거듭 주장해오지 않았습니까? 그런데 지금 와서 그랜드 펜윅과 경쟁하면, 지금껏 우리가 유엔이나 전 세계 앞에서 했던 말이 모두 거짓이 되고 맙니다."

다른 각료들도 국무부 장관의 말에 고개를 끄덕였다.

"우리 체면이 깎인 것은 사실입니다만 이것 역시 기꺼이 감수해야만 합니다."

국무부 장관이 계속 말을 이었다.

"무엇보다도 이번 그랜드 펜윅의 위업이 결과적으로는 미국이 제공한 자금 덕분에 가능했다는 점을 분명히 해야 합니다.

물론 생각하면 할수록 분통이 터지는 것은 사실입니다. 국민의 분노도 대단하겠지요. 하지만 덕분에 앞으로는 다른 나라에 원조를 제공할 때마다 구태여 대대적인 선전을 할 필요가 없어졌습니다. 다른 나라들도 우리가 제공하는 원조에 어떤 꼬리표도 달려 있지 않다고 생각할 테니까요. 장기적인 관점에서 보면 그랜드 펜윅이 달에 먼저 도착한 덕분에 우리 쪽이 이익을 볼 수 있다는 겁니다. 대통령 각하께서도 아시겠지만, 국제문제에서는 장기적인 이익이 중요하지 않습니까. 눈앞의 이익을 얻는 데는 힘만 많이 들 뿐, 금세 잊혀지게 마련이니까요."

대통령은 다시 '끙!' 하는 신음 소리를 내며 국무부 장관의 말에 마지못해 동의한 뒤, 이번에는 국방부 장관 쪽을 향해 물었다.

"자네는 어떻게 생각하나?"

"저는 이 문제를 소련의 반응과 연관지어 생각해보았습니다. 달 착륙이란 단순히 과학적·외교적 이익에만 국한되지 않습니다. 군사적인 이익과도 직결되지요. 달은 군사적으로 사용할 수 있는 거대한 우주기지나 마찬가지입니다. 제가 보기에는 우리가 달 착륙에 있어 과학적인 측면만을 오랫동안, 그리고 지나치게 강조한 나머지 군사적인 측면은 간과한 듯합니다. 확신하건대 소련은 지금이라도 당장 달 착륙을 하기 위해 수단과 방법을 가리지 않을 겁니다. 저는 우리도 소련과 똑같이 해야 한다고 봅니다.

마이델 박사께선 소련도 우리처럼 조심스럽게 과학적 접근을 해왔다고 말씀하셨습니다. 하지만 이젠 달라질 겁니다. 그들도 가능한 한 빨리 달에 착륙함으로써 달에 대한 주권을 선언하려 할 겁니다. 그랜드 펜윅에서 항의해도 눈 하나 깜짝하지 않겠지요. 오히려 그랜드 펜윅의 성공을 빌미로 우리를 헐뜯고 모욕할 겁니다. 그러니 우리도 유인우주선을 달로 보내서 최대한 빨리 착륙시켜야 한다고 생각합니다. 내일 당장이라도 말입니다."

"말씀드렸다시피 그러자면 우주비행사들은 큰 위험을 감수해야 합니다. 양심상 저는 절대 그것을 강요할 수 없습니다."

마이델 박사가 말했다.

"이런 젠장!"

국방부 장관은 지난 몇 년간 우주개발 계획을 추진하는 과정에서 과학자들의 의견대로 조심스럽게만 접근해온 것에 대해 내심 불만을 갖고 있었다.

"아니, 어째서 이 나라의 젊은이들에게 조국을 위하여 커다란 위험과 기꺼이 맞서달라고 요청할 수 없다는 말입니까? 지금까지 우주비행사로 선발되어 훈련받은 젊은이들이라면 국가의 부름에 기꺼이 응할 겁니다. 그렇잖아도 계획이 너무 지연되다 보니 이제는 우주복도 몸에 안 맞아서 겨드랑이 아래가 꽉 끼고, 우주선 좌석도 불편하다고 투덜거리고 있습니다. 지금 당장이라도 부르면 도리어 명예롭게 여겨 감사해하고 기뻐할 겁니다."

"그렇다면 언제쯤 우주선을 출발시킬 수 있겠나?"

대통령이 말했다.

"'출발'이 아니라 '발사'가 맞는 말입니다."

전문가다운 투로 마이델 박사가 대답했다.

"일단 상황을 확인해야 합니다. 지금 당장 뭐라고 말씀드릴 수는 없습니다. 물론 지금까지 지나치게 신중하게 접근한 면도 없지는 않습니다만, 우리가 개발 중인 새턴 마크 Ⅱ 로켓은 결코 단순한 물건이 아닙니다. 크기는 작지만 내부의 통신장치며, 전자장치며, 그 외의 각종 설비로 따지자면 뉴욕 시만큼이나 복잡하다고 할 수 있습니다. 게다가 날씨도……."

"흥!"

국방부 장관이 코웃음 쳤다.

"콜럼버스 같은 위대한 탐험가가 날씨 탓 하는 것 봤소?"

"그놈의 콜럼버스 이야기가 오늘은 왜 안 나오나 했소!"

국무부 장관이 맞받아쳤다.

"그냥 대략적으로라도 말해보시오, 박사."

대통령은 가차 없이 마이델 박사를 몰아세웠다.

"글쎄요……. 한 1주일 뒤? 아니…… 한 열흘 정도?"

마이델 박사가 대답했다.

"하지만 각하, 이건 분명히 말씀드려야 할 것 같습니다."

국무부 장관이 끼어들었다.

"지금 그랜드 펜윅과의 우주경쟁에 뛰어들면 우리는 그동안 애써 부인했던 부당한 혐의를 인정하는 꼴밖에 되지 않을 겁니다. 미국이 자국의 이익을 위한 야욕으로 우주개발에 전념하고 있다는 혐의 말입니다."

"나는 지금 우리 앞에 놓인 한 가지 확실한 점에만 집중해야 한다고 생각하네."

대통령이 엄숙하게 말했다.

"지금까지의 상황으로 미루어볼 때, 우주개발에 관해 소련과 신뢰할 만한 협정을 맺는 것은 불가능해졌네. 남은 방법은 누가 먼저 차지하느냐는 것일세. 우리가 먼저 차지하느냐, 그들이 먼저 차지하게 놔두느냐 하는 상황이라면, 나는 우리가 이겨야 한다고 보는 것이고."

국방부 장관은 자리를 고쳐 앉은 뒤 담배를 한 대 꺼내 유심히 들여다보고는 필터 부분을 회의 탁자 위에 톡톡 두드려 담배를 다졌다. 그는 크고 육중한 체구에 직설적인 화법을 구사하는 까닭에 종종 무례하고 거친 사람으로 보이곤 했다. 하지만 아까처럼 격한 말을 잔뜩 쏟아놓고 나면 이내 머릿속으로는 은근한 생각을 하곤 했다. 지금도 역시 그런 생각을 하나 털어놓았다.

"방법은 있습니다. 그러니까…… 우리가 그랜드 펜윅을 돕기 위해 우주선을 발사하는 거라고 하는 겁니다."

그가 다져진 담배 끝부분에 시선을 고정한 채 말했다.

"그랜드 펜윅을 돕는다고?"

대통령이 반문했다.

"그렇습니다. 우리가 우주선을 발사하는 목적은 달에 먼저 도착하거나, 그랜드 펜윅 친구들과 경쟁하기 위해서가 아니라고 하는 겁니다. 단지 달 탐사가 무척 위험한 일이기 때문에 우주선을 보내서 그랜드 펜윅 친구들에게 문제가 없는지 확인해 보겠다고 하는 겁니다. 혹시 필요한 경우엔 우리가 도와줄 수도 있으니까요.

물론 우리가 먼저 달에 도착하더라도 왜 거기다 성조기를 꽂느냐고 나무랄 사람은 없겠지요. 우주선을 발사하고 두 시간 반쯤 후면 우리가 먼저 달에 도착할 가능성이 큽니다. 하지만 우리의 본래 목적은 그게 아니었다고 하면 되지 않습니까? 우리는 오로지 그랜드 펜윅 친구들에게 문제가 생겼을 때 도와주려는 것뿐이니까요."

그는 담배를 피우다 말고 재떨이 위에 똑바로 세워서 비벼 끈 다음, 방금 자기가 한 말의 뜻을 이해하느냐고 묻듯이 주위 사람들을 득의만면하게 바라보았다.

"그래, 바로 그거야! 지금까지 나온 제안 가운데 가장 쓸 만하군."

대통령이 말했다.

"하지만 그전에 한 가지 확실히 해둘 것이 있지 않나? 우리가 그랜드 펜윅보다 먼저 달에 가느냐, 아니면 나중에 가느냐 하는 것 말일세."

"그야 당연히 먼저죠."

국방부 장관이 씨익 웃었다.

"명목상으로는 그랜드 펜윅의 우주비행사들을 돕기 위해 우주선을 발사했다고 발표하는 겁니다. 하지만 날쌔니 우주선 속도니 하는 여러 가지 요인으로 인해 본의 아니게 먼저 달에 도착했다고 하는 거죠. 사실 지금껏 우리가 목표로 삼은 것은 우주개발에 대한 국제적 협력과 상호원조 아닙니까."

"저도 찬성입니다. 그렇게 되면 명분도 확실하고 위신도 설 뿐더러, 사실 우리가 달에 갈 능력이 있었지만 지금껏 양보해 왔다는 걸 보여줄 수 있을 테니까요."

국무부 장관이 말했다.

"이걸 공식적으로 발표해야 할까?"

대통령이 물었다.

"당연합니다, 각하."

국방부 장관이 말했다.

"내일 당장 기자회견을 열어서 그랜드 펜윅의 성공을 진심으로 축하한다고 하시면서, 그들의 성공이 미국의 자금 및 기술지원으로 가능했음을 언급하십시오. 또 이번 일이야말로 우주의 공유를 열망하는 우리의 신념을 확증하는 것이라고 강조하시는 겁니다. 그런 뒤에 지금 달로 향하는 그랜드 펜윅의 우주선에 문제가 생길 경우를 대비해, 어디까지나 지원 차원에서 우리도 달에 유인우주선을 보내겠다고 하시는 겁니다."

"그렇게 하면 국민들의 분노도 제법 누그러지겠군요."

국무부 장관이 얼른 끼어들었다.

"좋아, 그렇게 하세!"

대통령은 이렇게 말하고 나서 마이델 박사를 돌아보았다.

"지금 당장 우주선과 우주비행사를 준비시키게."

그리고 이렇게 덧붙였다.

"이제 공은 자네에게 넘어갔네. 이번에는 실수하지 말게!"

그랜드 펜윅의 우주선이 발사되었다는 소식은 로이터의 텔레타이프를 통해 곧바로 「프라우다」에도 전해졌고, 이어 타스 라디오 방송에서도 이 사실을 알게 되었다.

하지만 시끌벅적한 미국과 달리 소련은 잠잠하기만 했다. 우선 소련 국민들은 무슨 일이 벌어지고 있는지 전혀 모르고 있었으며, 그날 아침까지만 해도 「프라우다」에서 그랜드 펜윅의 우주개발은 미국 제국주의자들이 획책한 거대한 책동에 불과하며, 개발 자금이 고스란히 수도 시설에 사용되었다고 보도했기 때문이다.

그러나 이 자금이 실제로는 수도 시설이 아니라 우주선 개발에 쓰였음을 확인한 순간, 소련 정부가 받은 충격은 미국 정부 못지않았다.

미국 백악관에서 긴급 각료회의가 열리던 바로 그 시각에, 소련에서도 긴급회의가 열렸다. 여기서 논의된 내용 역시 미국과 거의 비슷했다. 국방위원장은 지금 당장 우주선을 발사해서 그랜드 펜윅 우주선을 앞질러야 한다고 펄펄 뛰었다. 외교위원장은 이번 사건으로 인해 역시나 약소국인 알바니아—가뜩이나 소련의 영향권에서 벗어나려고 해서 골칫거리인 나라—에 뭔가 빌미를 줄 수도 있다며, 신중한 행동을 당부했다.

이때 선전위원장이 한 가지 해법을 제시했다.

"우주선을 발사하되 그랜드 펜윅 공국의 노동자 동무들을 지원하기 위해서라고 하면 어떻소? 거기엔 아무도 이의를 제기하지 못할 것 아니오."

"그러면 우리 우주선이 그랜드 펜윅 우주선보다 먼저 달에 도착할 수도 있지 않겠소?"

각료 중 한 사람이 물었다.

"당연히 먼저 도착할 거요."

국방위원장이 대답했다.

"하지만 우리는 어디까지나 그랜드 펜윅의 우주비행사들을 도와주려 했다고 주장하는 거요."

"우주비행사들이 아니라 노동자 동무들이라고 하시오!"

누군가가 이의를 제기했다.

"어떠한 경우에도 개인의 우상화는 금물이오!"

"우리가 먼저 도착한 이상 달 위에 소비에트 혁명기를 꽂은들 누구도 감히 뭐라 할 수 없을 거요."

국방위원장이 말했다.

"그나저나 「프라우다」에서 보도한 수도 시설 어쩌고 하는 이야기는 어떻게 하는 게 좋겠소?"

누군가가 물었다.

"그야 평소처럼 하면 되지 않겠소? 알고 보니 악랄한 미국 자본주의자들이 퍼뜨린 거짓 정보였다고 말이오."

또 다른 누군가가 대답했다.

그리하여 소련과 미국 모두 그랜드 펜윅보다 먼저 달에 도착하기 위해 초고속 우주선 발사 준비를 서두르게 되었다. 그런 사실을 알 리 없는 그랜드 펜윅의 우주선은 여전히 시속 1,600 킬로미터로 달을 향해 날아가고 있었다.

## 뛰는 놈과 나는 놈, **그리고 느긋한 놈**

빈센트 마운트조이는 처음 며칠 동안은 신이 났지만 얼마 지나지 않아 달을 향한 여정이 무척 지루하게 느껴졌다. 처음에는 우주선에 설치된 후면 잠망경을 통해 뒤쪽에서 자전하고 있는 지구의 모습이며, 구름이 없는 날이면 햇빛에 밝게 반짝이는 대륙의 광경에 매료되곤 했다.

하지만 한동안 시야가 가려 지구가 보이지 않자, 천문학습관의 의자에 앉아 돔 천장의 별자리들을 꼼짝 않고 보고 있는 듯 답답해졌다.

그는 사실 천문학에는 별 관심이 없었다. 물론 우주공간의 짙은 어둠이며 그 어둠 속에서 밝게 타오르는 별빛에 깜짝 놀라기도 하고, 그보다 훨씬 부드러운 행성의 광채에 사로잡히기도 했다. 하지만 이것도 계속되다보니 곧 질려버리고 말았다.

애석하게도 우주선의 구조가 워낙 간단해서 굳이 손봐야 하는 기계장치도 없었다. 할 일이라곤 요리와 청소, 빈 유리병과 깡통을 어뢰 발사관처럼 생긴 가압식 배출구를 통해 우주에 내다버리는 것뿐이었다.

안타깝게도 이들이 그랜드 펜윅과 연락을 주고받기 위해 가져온 무전기는 우주선이 발사된 지 불과 몇 시간 만에 교신 불능 상태가 되고 말았다. 무전기를 점검한 코킨츠 박사는 이 우주선의 연료로 사용하고 있는 피노튬 64가 방출하는 방사능 때문에 송수신이 끊긴 것이라고 진단했다.

"달에 도착해서 원자로를 끄면 무전기도 다시 작동할 걸세. 적어도 그때까진……."

그는 어깨를 으쓱해 보이며 서글픈 표정을 지었다.

"우리 쌀먹이새들이 잘 있는지 알 수 없겠군."

기분 전환을 위해 빈센트가 체스판을 꺼내자 코킨츠 박사는 밝아진 얼굴로 말을 제자리에 배열했다.

"폰†을 잘 보게나."

그가 말했다.

"체스를 못 두는 사람일수록 이 녀석들을 무시하지. 하지만 이 작은 폰들이야말로 체스에서 진정한 위력을 지닌 존재라네. 다른 말들에 비해서는 움직임이 제한되어 있지만, 일단 서로 협조하면 나이트고, 비숍이고, 퀸이고, 심지어 킹까지도 꼼짝 못하게 만든다니까. 어쩌면 세상에서 가장 오래된 놀이

† 장기에서 졸卒에 해당하는 체스 말의 이름이다.

가운데 하나인 이 체스가 인간에게 민주 정부의 진화에 대한 열쇠를 제공했을지도 몰라."

그는 계속해서 체스가 정치전략과 철학을 연습하는 도구가 될 수 있다는 설명을 이어나갔고, 빈센트는 코킨츠 박사의 이야기에 푹 빠져들었다.

한편 미·소 양국은 그랜드 펜윅의 느려터진 우주선을 따라잡기 위해—물론 명목상으로는 만약의 사태에 대비하여 그랜드 펜윅의 우주비행사들을 돕기 위해—각자 보유한 것 중에서도 가장 강력한 우주선을 발사할 준비를 서둘렀지만, 그 과정에서 예기치 못한 낭패를 연달아 겪고 있었다.

미국은 맨 먼저 우주선 관련 업무를 담당한 최고 책임자들로 이루어진 위원회를 새로이 구성하여 첫 회의를 열었는데, 결과는 재앙에 가까웠다. 회의 결과, 어떻게 해야 우주선을 달까지 보냈다가 지구로 귀환시킬 수 있는지를 놓고 또다시 연료, 공기정화, 내부온도 조절, 외부온도 조절, 텔레미터, 원격측정 장치, 쓰레기 배출, 건강관리, 그리고 정신과 진료 문제 등 각 세부 분야를 담당할 소위원회가 구성되었다. 심지어는 우주여행 중에 우주비행사들이 읽을 책을 선정하는 도서선정 위원회까지 생겼을 정도이다.

그리하여 불과 이틀 만에 미국의 우주선 발사에 동원된 전문 인력만 해도 1,500명이나 늘어났고, 이들은 자신이 맡은 분야가 가장 중요하다는 확신에 사로잡혀 갑론을박을 벌였다.

대통령은 가급적 빨리 우주선을 발사하라고 마이델 박사를 닦달했으나 아무 소용이 없었다. 마이델 박사는 무슨 일이든 커다란 모자이크로 보고, 그중 작은 조각 하나라도 빠져서는 안 된다고 굳게 믿었다. 그리고 혹시나 그런 일이 생기면 전체 그림보다도 그 하나가 더 중요하다는 듯 거기에만 죽어라 매달리곤 했다.

그는 대통령에게 우주선 발사 준비에 필요한 갖가지 세부사항들을 산더미처럼 쏟아놓았고, 그 수많은 정보에 파묻힌 대통령은 전혀 정신을 차릴 수가 없었다. 몇 번인가는 대통령도 화가 머리끝까지 솟았지만, 더 이상 마이델 박사의 지휘 아래 움직이는 인력들을 들볶지는 못했다.

"모든 준비가 완료된다 하더라도 날씨라는 변수가 남아 있습니다. 그것만큼은 저희도 어쩔 수 없으니까요."

여러 번에 걸친 대통령과의 면담 중에 마이델 박사가 이렇게 말했다.

"날씨고 나발이고 간에 그랜드 펜윅 우주선보다 더 빨리 달에 도착하도록 얼른 출발시키란 말일세!"

대통령이 박사의 말을 낚아챘다.

"대통령 각하."

마이델 박사가 말했다.

"각하께서는 지금 우리가 추진하고 있는 이 계획이 동전의 양면과도 같다는 사실을 잊고 계신 것 같습니다. 만약 우주선이 불의의 사고로 폭발한다든지, 발사는 성공적이었지만 지구 궤도를 벗어나지 못한다든지, 기껏 달에 도착했는데 착륙장치 고장으로 불시착한다든지 하는 경우에는 차라리 그랜드 펜윅이 먼저 달을 정복하도록 내버려두느니만 못한 엄청난 재앙이 될 것입니다.

게다가 지금 그랜드 펜윅의 우주선이 통신 두절 상태라 그 친구들이 살아 있는지, 아니면 불의의 사고로 죽었는지는 아무도 모르지 않습니까. 우주선이 여전히 달로 향하고 있다는 사실밖에는 확실한 것이 없죠. 그 우주선의 원자로가 작동하고 있다는 게 레이더에 포착됐으니까요. 하지만 거기에 탑승하고 있는 빈센트 마운트조이와 코킨츠 박사 두 사람의 생사 여부는 아무도 모르는 겁니다."

"내가 원하는 건 하나뿐일세."

대통령이 말했다.

"끝도 없이 열리는 저놈의 위원회인지 나발인지는 그만두고, 당장 우주선을 발사하는 걸세."

"대통령 각하."

마이델 박사가 부드럽게 말했다.

"너무 걱정하지 마십시오. 우리 우주선은 시속 12만 킬로미터로 날 수 있으니까요. 그러니 케이프커내버럴에서 발사하면 세 시간도 채 안 되어 달에 도착할 겁니다. 그랜드 펜윅이 달에서 불과 5천 킬로미터 앞에 도달했을 때 우주선을 발사해도, 그들보다 먼저 도착할 수 있습니다. 그나마 다행인 것은 그 친구들이 현재 통신 두절 상태라는 겁니다. 그렇지 않았다면 우리가 따라잡을까봐 속도를 올렸겠지요."

박사의 설명에 대통령은 적이 안도했고, 갑작스러운 우주선 발사 계획을 둘러싼 각종 위원회 회의도 계속 진행되었다.

소련의 경우는 상황이 좀 달랐다. 각종 회의가 열리긴 했지만 미국처럼 갑론을박하지는 않았고, 오로지 일의 진행 상황을 보고하고 지시받기 위한 요식행위에 불과했다. 그러나 소련에서도 문제가 생기긴 마찬가지였다.

소련이 보유한 우주선 중에서 이번 임무를 수행할 만한 것은 앞부분에 아예 달 착륙선이 탑재되어 있었다. 하지만 이는 본래 달 궤도에서 내려보내는 용도로만 고안된 것이었다. 따라서 우주선을 곧바로 달까지 보내려면 이 부분을 들어낸 다음, 두 명의 우주비행사가 지낼 수 있는 곳으로 개조해야 했다. 그러자니 손볼 데가 한둘이 아니었고, 가뜩이나 이런 변수에 대응하는 데 유연하지 못한 소련으로서는 개조 작업만 해도 이만저만 힘든 일이 아니었다.

하지만 소련 과학자들 역시 미국 과학자들 못지않게 성공을 확신하고 있었다. 이들의 우주선은 미국 우주선보다 시속 3만 킬로미터나 더 빠른 시속 15만 킬로미터로 날 수 있어서, 동시에 발사한다 하더라도 쉽게 미국 우주선을 제칠 수 있기 때문이다.

소련의 전략은 일단 미국이 우주선을 발사할 때까지 기다리자는 것이었다. 미국 우주선이 발사되고 한 시간 반 뒤에 우주선을 발사한 후 자기들이 달에 가장 먼저 도착한다면 훨씬 더 큰 명예를 얻을 수 있다는 계산이었다.

한편 그랜드 펜윅에 남아 있던 사람들은 우주선과의 교신이 끊긴 바람에 걱정이 태산이었다. 털리 배스컴은 매 시간마다 교신을 시도했지만 우주선에서는 아무 응답이 없었다. 두 우주 비행사에게 무슨 변이 생긴 것은 아닐까 하는 생각에 온 나라가 숨을 죽였고, 사람들은 우주선과의 교신 불능에 대해 입도 뻥긋할 수 없었다. 혹시나 잘못 입을 놀렸다가 부정이라도 타면 어쩌나 하는 두려움 때문이었다.

글로리아나는 남편 털리의 충고에 따라 그랜드 펜윅 국민들을 안심시키기 위해 다음과 같은 성명을 발표했다.

"우주선과의 교신 불능 상태는 우리에게도 큰 걱정거리입니다. 하지만 위대한 탐험에는 항상 예기치 못한 차질이 있게 마련입니다. 우리가 이로 인해 의기소침하는 것은 우리의 두 우주비행사에게 아무 도움이 되지 않습니다.

현재까지 확인된 바에 의하면 우주선은 진로와 속도를 유지하고 있으며, 따라서 코킨츠 박사와 빈센트 마운트조이 두 사람 모두 무사하다는 것은 의심의 여지가 없습니다.

여기 남은 우리의 임무는 오로지 기다리는 것뿐이며, 우리도 그들 못지않게 용기를 내야만 합니다. 우주의 적막 속에 놓인 두 사람도 지금 교신 불능 상태로 인해 우리 못지않게 고통스러워하고 있을 것이기 때문입니다. 그러니 지금 우리가 겪고 있는 고통을 인내와 조화시켜서 그들이 성취하고자 하는 위업에 더하도록 합시다. 이제 모두 편안한 마음으로 일상으로 돌아가서 우리를 돌보시는 하느님을 의지하고 기다립시다."

외국에서 온 라디오 방송사와의 인터뷰에서 신시아 벤트너는 이렇게 말했다.

"저는 오로지 만사가 잘되길, 그리고 빈센트가 하루속히 무사하게 돌아오길 기도할 뿐입니다."

이 방송을 들은 전 세계인들도 두 우주비행사의 무사귀환을 기도했다.

출발한 지 4일째, 그랜드 펜윅의 두 우주비행사 앞에 달이 서서히 거대한 모습을 드러내기 시작했다. 지구의 중력권을 벗어날 때까지만 해도 이 지구의 위성은 무척 작아 보였고, 이후 며칠 동안 점차 커지긴 했어도 그렇게 대단해 보이진 않았다. 하지만 4일째가 되자 달의 모습은 믿을 수 없이 거대해졌으며, 맨눈으로도 그 위에 펼쳐진 수많은 '바다'와 분화구와 산을 어렴풋하게나마 식별할 수 있었다.

처음에는 달이 우주선의 진로에서 약 50도 지점에 위치해 있었다. 이 각도는 코킨츠 박사가 계산한 대로 달이 초속 1킬로미터 정도로 움직이면서 점점 줄어들어, 머지않아 달과 만나게 될 지금은 20도 정도가 되었다.

출발 직후에는 달이 우주선의 오른편 뒤에 있었지만 지금은 오른편 앞에 있었다. 달의 형체는 점점 더 거대해져서 타오르는 태양이나 다른 별들보다도 훨씬 압도적이었다.

시간이 지날수록 달은 더 커지고 더 웅장해졌다. 다른 별들도 달의 거대한 형체에 가려졌다. 달 표면의 분화구도 처음에는 그저 성냥 대가리만 했지만, 시간이 지나면서 작은 동전 크기에서 커다란 주화 크기로 변해갔다. 빈센트는 이 광경에 감탄해 마지않았다.

"세상에!"

그는 아직 약 10만 킬로미터나 떨어져 있는데도 마치 축구경기장처럼 거대하게 보이는 한 분화구를 보고 감탄하며 말했다.

"저 어마어마한 분화구 좀 보세요."

"저것 말인가?"

코킨츠 박사가 말했다.

"저게 바로 베일리 분화구라네. 맨 처음 발견한 사람[†]의 이름을 따서 지은 거지. 지름이 약 300킬로미터나 된다네. 우리가 그 한가운데 착륙한다 하더라도 거기가 분화구 안이란 걸 깨닫지 못할 걸세. 분화구 벽이 달의 지평선 밖으로 멀리 펼쳐져 있을 테니까."

"분화구 벽의 높이는 얼마나 될까요?"

"가장 높은 곳은 9킬로미터 정도. 그 정도면 지구의 에베레스트 산과 맞먹는 높이야. 다른 산들은 약 6킬로미터 정도고, 그게 평균이라고 할 수 있지.[††]"

"급경사겠죠?"

"그렇지. 그래도 탐사하는 데는 별 문제가 없을 걸세. 지구에 비해 중력이 6분의 1밖에 안 되니까. 달에서는 지구에서와 같은 체력으로도 한 번에 5, 6미터씩 펄펄 뛰어다닐 수 있어."

빈센트는 잠시 암산을 해보았다.

"그렇다면 높이 9킬로미터나 되는 분화구 벽을 한 시간이면 오를 수 있겠군요."

"그렇지. 저 위에서 돌아다니는 건 별로 어렵지 않을 걸세. 문제는 고온과 저온, 자외선과 달 표면의 재질 등이지."

코킨츠 박사가 말했다.

이후 몇 시간 동안 빈센트는 미국에서 보낸 로켓에 딸려온 우주복(역시 중고품이었다)에 이상이 없는지 확인했다. 등에 지고 갈 산소탱크와 연결된 밸브와 조절기도 점검했다. 이 산소탱크는 바다에서 사용하는 스쿠버다이버용 산소탱크와 비슷하게 생겼지만, 다른 점이 있다면 날숨 속의 이산화탄소를 제거해 산소를 계속 보존해서 공급한다는 것이었다.

일을 마친 빈센트가 피곤에 지쳐 침대로 가려고 보니 코킨츠 박사는 두꺼운 안경을 코 위에 걸친 채 이미 잠들어 있었다. 빈센트는 박사의 얼굴에서 살며시 안경을 벗기고 창문에 달린 금속 가리개를 내렸다. 이들은 우주에 있었으며 자전을 하는 것도 아니어서 낮과 밤이 따로 없었다. 무자비한 태양 광선이 낮이고 밤이고 항상 내리쬐었다.

우주선 안이 어두워지자 빈센트는 왠지 안심이 되었다. 하지만 침대에 누워 막

† 장 실뱅 베일리(1736-1793) 프랑스의 천문학자이자 정치가. 프랑스 대혁명 초기에는 혁명 지도자로 활동하다가 훗날 참수형을 당했다.

†† 달에서 가장 높은 산이라 해도 4킬로미터 안팎이기 때문에, 9킬로미터에 가까운 에베레스트 산에 비할 바는 아니다. 다만 여기서는 베일리 분화구의 벽을 언급하고 있는 것으로 보아, 지면에서의 높이인 약 4킬로미터에 분화구의 지면 아래 깊이인 약 4킬로미터를 합산해 가장 높은 산이 약 9킬로미터, 평균 높이가 약 6킬로미터라고 추산한 것은 아닐까 싶다.

잠이 들기 직전, 빈센트는 문득 자신이 안전한 지구로부터 까마득히 멀리 떨어진 우주공간에 있다는 사실을 자각했다.

순간 섬뜩한 생각이 들어 코킨츠 박사를 깨울까 하다가 그만두었다. 대신 눈을 감은 채 애써 그랜드 펜윅 성의 마당을 떠올렸다. 신시아를 마지막으로 본 그곳 말이다. 날씨가 화창했던 그날의 마당은, 지금 그에겐 천국이나 다름없었다.

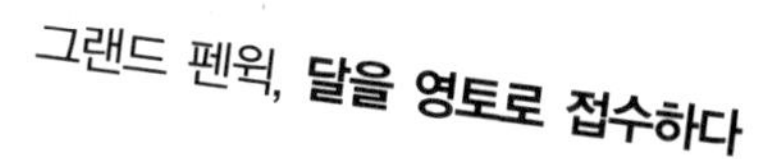

# 그랜드 펜윅, **달을 영토로 접수하다**

그랜드 펜윅의 우주선은 출발한 지 7일이 지난 뒤에야 달의 중력권에 들어섰다. 중력의 영향으로 우주선의 속도도 약간씩 빨라졌다. 거대하고 웅장하며 우툴두툴한 돌덩어리 같은 달 표면이 눈앞에 있었다.

우주선 안의 두 사람은 달의 중력 방향에서 보자면 완전히 거꾸로 서 있었지만, 아래로 떨어지는 것을 방지하기 위해 자석이 붙은 신발을 신고 있어서 아무런 불편이 없었다. 다만 코킨츠 박사는 안경이 계속해서 천장으로 떨어지는 바람에 성가셔 했고, 미처 잡아매지 못한 다른 물건들도 천장으로 떨어졌다. 하지만 그 속도가 워낙 완만한 까닭에 두 사람은 깃털처럼 공중으로 둥둥 떠오른 물건들을 손으로 붙잡을 수 있었다. 물론 이런 현상은 예상하고 있었다.

빈센트는 여기까지 왔으니 달 궤도를 따라 몇 바퀴 더 돌면서 지구에서는 보이지 않는 달의 뒷면을 촬영했으면 했다.† 하지만 코킨츠 박사는 단호하게 반대했다.

"노닥거릴 시간이 없네."

박사가 말했다.

"가능한 한 빨리 착륙해서 암석 표본을 몇 개 수집한 다음 이 곳을 떠나야 하네. 우리는 관광하러 온 게 아니야."

"몇 시간이면 충분히 한 바퀴 돌 수 있는데요. 피노튬도 충분하고요. 이 기회를 놓치면 평생 후회할지도 몰라요."

빈센트가 말했다.

"자네는 기온 문제를 또 잊어버린 모양이군. 태양이 비추지 않는 쪽은 영하 100도는 너끈히 될 걸세. 지금 같은 고온 상태에서 극심한 저온 상태로 갑자기 뛰어든다면, 우리가 탄 이 우주선은 갑작스러운 온도 변화로 수축해서 산산조각이 날 거야. 그러니 계획대로 온도 차가 덜한 중간지대를 찾아 착륙하자고. 그곳이 우리에겐 가장 안전해. 달의 낮은 지구 시간으로 무려 30일이나 지속되니까 중간지대도 제법 오랫동안 우리를 보호해줄 걸세. 다시 한 번 말하지만 노닥거릴 시간이 없네. 지금 우리는 아주 낯설고도 위험한 곳에 와 있다는 사실을 결코 잊지 말아."

코킨츠 박사가 말했다.

빈센트는 어쩔 수 없이 고개를 끄덕였다. 앞으로 약 1만 킬로미터, 여섯 시간 정도 뒤에 도착할 달의 표면이 그들의 시야를 가득 채우고 있었다. 두 사람은 착륙 준비에 들어갔다.

이때 케이프커내버럴에서는 달 탐사용 6단 우주선의 발사 준비를 모두 마친 상태였다. 앞으로 여섯 시간 내에 우주선을 발사할 생각을 하자, 마이델 박사는 매우 흡족했다. 우주복을 입은 두 명의 미국인 우주비행사들은 발사 광경을 참관하러 특별히 케이프커내버럴까지 찾아온 대통령과 마이델 박사를 대기실에서 만났다.

"시간은 넉넉합니다, 대통령 각하."

마이델 박사가 말했다.

"앞으로 두 시간 뒤에 발사하면 그랜드 펜윅의 우주선보다 한 시간이나 먼저 달에 도착하게 될 겁니다. 만반의 준비가 되었고 날씨도 아주 화창합니다. 이젠 각하께서도 과학적 접근에 따른 방법이 최선이라는 데 동의하실 겁니다."

대통령은 고개를 끄덕였다. 하지만 그는 몹시 신경이 곤두서고 흥분한 상태라서, 마이델 박사가 무슨 이야기를 하는지 전혀 듣지 못하고 있었다.

"연료 주입은 언제쯤 끝낼 예정인가?"

대통령이 물었다. 물론 진행 상황을 담은 일정표를 이미 받은 터라 어떤 답이 나올지도 알고 있었다. 다만 흥분을 좀 가라앉히기 위해 질문을 던졌을 뿐이다.

† 달은 자전주기와 공전주기가 같기 때문에, 지구에서는 달의 앞면밖에는 관측할 수가 없다. 그래서 달의 뒷면에 대해 갖가지 추측과 음모론이 제기되기도 했다. 인류 최초로 달의 뒷면을 관찰하고 사진으로 촬영한 것은 달 궤도 비행에 처음으로 성공한 1968년의 아폴로 8호다.

"앞으로 한 시간 뒤면 끝납니다."

마이델 박사가 대기실의 시계를 바라보며 말했다.

"막바지 단계일 겁니다."

대통령은 우주비행사들을 향해 돌아섰다.

"자네들이 탄 우주선이 무사히 발사되는 모습을 봐야 내 맘이 놓이겠네."

"저희도 마찬가지입니다."

둘 중 한 사람이 씨익 웃으며 대답했다.

대기실에는 여러 대의 전화기가 설치되어 있었다. 그런데 갑자기 그중 한 대가 울리기 시작했다. 대기실 안에 있던 네 사람 모두 움찔하며 전화기를 바라보았다. 마이델 박사가 곧 수화기를 들었다.

"마이델이오."

그는 이렇게 대답하고 나서 한참 동안 상대방의 말을 듣기만 하다가 이렇게 말했다.

"지금 당장 이리로 가져와 보게."

박사는 전화를 끊고 창백한 표정으로 대통령을 보았다.

"무슨 일인가?"

대통령이 물었다.

마이델 박사가 대답하기도 전에 온몸을 방화복으로 감싼 한 남자가 대기실로 들어오더니 대통령은 안중에도 없는 듯, 들고 온 휴지 조각을 탁자 위에 올려놓았다.

"여과장치 안에서 발견했습니다."

그가 말했다.

대기실에 모인 사람들의 시선이 일제히 휴지로 향했다. 휴지 조각 한가운데 작고 검은 점이 있었다.

"이게 뭔가?"

대통령이 조급해하며 물었다.

"파리입니다, 각하."

방화복을 입은 남자가 대답했다.

"파리라고?"

대통령이 되물었다.

"그렇습니다. 등유에 들어 있었습니다. 우주선에 사용하는 연료 말입니다."

남자가 말했다.

"그래, 이것 때문에 무슨 문제라도 있나? 여과장치로 걸러냈으니 그만 아닌가?"

대통령이 물었다.

"지금 여기 있는 것은 파리의 몸통 중 반쪽뿐입니다."

마이델 박사가 말했다.

"나머지 반쪽이 연료탱크 안으로 들어갔을지도 모릅니다. 일단 연료탱크를 비운 뒤에, 등유를 다시 여과해서 넣어야 할 것 같습니다."

그는 시계를 흘끗 바라보았다.

"달에 먼저 도착하기는 틀린 것 같군요. 연료탱크를 비웠다가 다시 채우는 데만도 네 시간은 걸릴 테니까요."

"이런 망할!"

대통령이 버럭 소리를 질렀다.

"이까짓 파리 새끼 반 토막 때문에? 겨우 이것 때문에 지금 달에 못 간다는 건가? 자네 지금 제정신인가? 연료탱크에 들어간 파리 반 토막 때문에 우리가 달 착륙 경쟁에서 질 거라는 걸, 지금 나보고 받아들이라는 건가?"

"유감스럽지만 사실입니다, 각하."

마이델 박사가 말했다.

"연료에 이물질이 섞여 있을 가능성이 있는 이상, 우주선의 안전은 물론이고 여기 있는 두 사람의 생명도 위험합니다. 이 문제를 그냥 넘어갈 수는 없습니다. 물론 각하께서 굳이 명령하신다면 예정대로 발사하겠습니다. 하지만 저는 연료를 교체했으면 좋겠습니다."

대통령은 두 우주비행사를 흘끗 바라보았다. 두 사람은 아무 말도 하지 않고 명령만 기다린다는 표정이었다. 대통령은 두 사람에게서 시선을 거두어 이번에는 반 토막이 난 파리를 쳐다본 뒤, 들릴락 말락 한 목소리로 이렇게 말했다.

"알았네, 연료를 다시 넣도록 하게."

대통령은 자리에서 일어나 대기실 밖으로 나갔다.

한편 소련 과학자들은 미국 우주선의 발사 소식을 끈기 있게 기다리고 있었다. 발사장은 우랄 산맥 동쪽의 외진 곳에 위치해 있어, 모스크바에서 무선으로 발사 명령을 내릴 예정이었다. 소련의 우주비행사들은 이미 캡슐에 탑승해 있었고, 연료

공급도 마친 상태였다. 하지만 시간이 지나도 발사 명령이 떨어지지 않아서 한참이나 발사대 위에 있었다.

한편 그랜드 펜윅의 우주선은 아무 차질 없이 달 위에 사뿐히 내려앉았다. 분사구에 설치한 샤워기 꼭지는 각도 조절이 가능했기 때문에, 빈센트는 우주선이 달의 지면과 평행을 이루며 날도록 조종했다. 그러다가 어느 거대한 분화구의 한가운데 이르자 우주선을 지면과 수직이 되도록 세운 다음, 전기로 움직이는 착륙용 다리를 내밀며 서서히 내려앉았다. 일체의 흔들림도 없는 사뿐한 착륙이었다. 이윽고 빈센트는 원자로의 전원을 껐다. 빈센트와 코킨츠 박사는 말없이 서로를 바라보았다.

"마침내 성공했군요."

빈센트가 한참 후에 감격에 겨워 말했다.

"그러게. 결국 성공했구먼."

코킨츠 박사가 말했다.

"당연한 거지만 말이야. 이제 밖에 나가서 암석 표본을 채취한 후에 곧바로 이륙하도록 하세."

"그래도 가능하면 탐사를 더 해보는 게 어떨까요? 지구 시간으로 하루 정도만 돌아다니다가 우주선으로 돌아와도 될 텐데요. 그 정도면 여기저기 다닐 수 있을 거예요. 아, 그보다 국기부터 꽂아야죠."

"국기라니?"

우주복을 입느라 끙끙대며 코킨츠 박사가 물었다.

"우리 국기요. 그랜드 펜윅 공국이 달나라를 접수했다는 사실을 알리기 위해 국기를 꽂아야죠. 떠나기 전에 아버지께서 신신당부하셨거든요. 직접 연설문까지 작성해 저한테 건네주시면서, 제가 이걸 읽는 동안 박사님께서 그 내용을 녹음하시게 하고, 달 위에 휘날리는 그랜드 펜윅의 국기도 사진으로 찍어오라고 하셨어요."

빈센트가 대답했다.

"국기가 휘날리진 않을 걸세. 여긴 바람이 없거든. 당연히 공기도 없고."

코킨츠 박사가 말했다.

"그러면 사진 찍을 때만 제가 흔들죠, 뭐."

두 사람은 우주복을 입고 혹시 공기가 새지 않는지, 우주복 내의 기압이 지구에서와 똑같이 유지되는지를 확인했다. 그리고 우주선 한쪽에 마련된 감압실(에어록)로 들어갔다. 코킨츠 박사는 사진기와 휴대용 녹음기를 들었고, 빈센트는 쌍두雙頭 독수리가 한쪽 머리에서는 "그렇지", 다른 쪽 머리에서는 "아니지"라고 말하는 모습이 그려진 그랜드 펜윅 공국의 국기를 들었다.

두 사람은 감압실에서 안쪽으로 통하는 문을 닫고 출입구를 열었다. 문이 활짝 열리자마자 무시무시한 '쉭!' 소리와 함께 감압실 안의 공기가 모조리 달의 진공 속으로 빠져나갔다. 그 서슬에 두 사람도 그만 밖으로 쓸려나가며 우주선 출입구에서 무려 4미터 아래의 달 표면으로 떨어졌다.

"괜찮으세요, 박사님?"

빈센트가 워키토키로 물어보았다. 달에는 대기가 없기 때문에 대화는 무전기로 이루어졌다.

"괜찮아."

코킨츠 박사가 대답했다.

"자네가 그렇게 문을 벌컥 열게 놔둔 내 잘못이지. 하긴 이런 탐사에서 만일의 경우를 모두 대비하기란 어려우니까."

두 사람은 툭툭 털고 일어나 주위를 둘러보았다. 이들 앞에 펼쳐진 풍경은 황량하고 적막하기만 했다. 빈센트는 눈부시게 번쩍거리는 흰 종이 위에 짙은 검은색 잉크로 그린 풍경화 속에 들어와 있는 듯한 기분이 들었다. 원근감에 문제가 있는 듯, 한 발자국 내딛자마자 머리가 어찔했다.

"뭔가 문제가 있나 봐요. 거리감이 이상해요."

그가 말했다.

"대기가 없어서 그럴 거야. 그래서 멀리 있는 산도 가까이 있는 것처럼 또렷하게 보이거든. 지구에는 공기가 있기 때문에 멀리 떨어진 것은 훨씬 부드럽게 보이지. 반면 여기 그림자는 무조건 짙은 검정이고 밝은 부분은 눈부신 흰색이라네."

코킨츠 박사가 말했다.

"한 걸음만 더 가면 저기 있는 산 암벽에 그대로 부딪힐 것만 같아요."

"조금만 있으면 익숙해질 걸세."

"일단 국기부터 꽂아야겠어요."

빈센트가 말했다. 그는 주위를 둘러보다가 5, 6미터쯤 떨어진 곳에 있는 바위 둔덕을 발견하고, 단 두 걸음 만에 그곳에 도착했다. 코킨츠 박사 역시 커다란 비눗방울처럼 생긴 헬멧을 쓴 채, 피터팬처럼 둥실거리며 단 두 걸음에 도착했다. 두 사람은 별 어려움 없이 둔덕 위에 올랐고, 빈센트는 우주복 주머니에서 마운트조이 백작이 직접 쓴 연설문을 꺼냈다.

"워키토키 수신기에 녹음기를 연결하셨죠?"

빈센트가 물었다.

"그래."

코킨츠 박사가 답했다. 그는 빈센트가 하는 일에는 별 관심이 없는 듯, 하늘만 뚫어져라 보았다. 빈센트는 종이에 적힌 내용을 읽어나갔다.

"나 빈센트 마운트조이는 지구에 위치한 독립 군주국인 그랜드 펜윅 공국을 대표하여, 시오도어 코킨츠 박사와 함께 지구의 위성인 달에 최초로 도착한 인류의 자격으로, 이곳의 모든 영토에 대한 우리 그랜드 펜윅 공국의 주권을 지구에 살고 있는 모든 인류 앞에 엄숙히 선언하는 바이다. 나는 달을 그랜드 펜윅 공국의 법률이 적용되는 그랜드 펜윅 공국의 영토로 선언하고자, 이곳 정상에 그랜드 펜윅 공국의 국기를 꽂아 우리의 권리를 지구 위에 존재하는 온 나라 앞에 확증하는 바이다. 글로리아나 12세 대공녀 만세! 부디 만수무강하시옵기를!"

이 말과 함께 빈센트는 국기를 매단 깃대를 들어 둔덕 위의 경석輕石처럼 보이는 돌 더미 위에 꽂았다. 바로 그 순간, 갑자기기 그의 머리 위로 깡통 세례가 쏟아졌다. 그의 선언문을 들은 저 하늘의 누군가가 온갖 쓰레기 더미를 끼얹은 것 같았다. 콩, 소시지, 양배추 절임, 농축우유, 맥주, 코카콜라 캔을 비롯해서, 땅콩버터, 청어절임, 포도젤리가 들어 있던 유리병까지 종류도 다양했다. 실은 그가 지난 9일 동안 우주선 안에서 먹고 밖으로 버린 것들이었다. 그 쓰레기들이 한 무더기가 되어 그와 국기 위에 수북하게 쌓였다.

"이런 젠장!"

빈센트가 벌컥 화를 내며 쓰레기 더미를 헤치고 나왔다.

"어떤 녀석이 이걸 여기다 버린 거야?"

"자네가 그러지 않았나?"

코킨츠 박사가 말했다.

"우주선에서 내다버린 쓰레기가 우리를 따라온 거라네."

그는 쓰레기 더미를 바라보며 서글픈 듯 중얼거렸다.

"국기 따위는 꽂지 않아도 될 걸 그랬네. 지구인이 여기 왔다 갔다는 흔적은 이걸로 충분할 테니까."

빈센트는 깡통과 유리병 더미를 한쪽으로 밀쳐놓았다. 그러다가 문득 호기심에 깡통 하나를 걷어차보니 무려 400미터나 날아갔다! 그러자 코킨츠 박사가 화를 냈다.

"그만 두게! 차라리 구멍을 파고 묻는 게 낫겠네. 이 얼마나 부끄러운 일인가? 그렇게 고생해서 와서는 기껏 여기를 쓰레기장으로 만들다니……."

코킨츠 박사가 한탄하자 빈센트는 얼른 박사와 함께 커다란 구멍을 파고 깡통과 유리병을 묻었다. 달 표면에서의 귀중한 시간을 보내는 방법 치고는 참으로 우스꽝스럽다는 생각이 들었다.

땅을 파는 것은 별로 어렵지 않았다. 그곳의 땅은 경석 비슷했고, 위에는 미세한 가루 물질이 몇 센티미터 덮여 있었다. 그 아래에는 좀 더 단단한 암반이 자리 잡고 있었지만, 다행히 금이 가 있어서 커다란 돌덩어리 하나를 들어낼 수 있었다. 그렇게 많은 깡통과 유리병을 다 묻을 만한 커다란 구덩이가 만들어졌다. 하지만 일을 마치고 보니 주위에 갑자기 짙은 안개가 자욱하게 끼어서 불과 몇 미터 앞의 우주선도 보이지 않을 지경이었다.

"땅에서 올라온 먼지라네."

코킨츠 박사가 말했다.

"달은 중력이 약하기 때문에 한 시간 정도는 지나야 먼지가 가라앉을 걸세. 가세. 일단 여기를 벗어나야 돼."

코킨츠 박사가 앞장서고 빈센트는 그 뒤를 따랐다. 두 걸음 만에 그들은 무려 5, 6미터를 이동해서 먼지구름 속을 벗어났다. 이들이 만들어낸 먼지구름은 땅을 판 자리에서 무려 30미터나 솟아올라 있었다. 먼지구름 사이로 햇빛이 어른거리자 신비스러운 광경이 연출되었다. 코킨츠 박사는 그 모습을 흥미로운 듯 관찰했다. 그러고는 등을 돌려 분화구의 바닥을 가로질러 가장자리에 도착해서 위로 올라가기 시작했다. 빈센트도 그 뒤를 따랐다.

분화구 가장자리에는 햇빛이 화염방사기의 불꽃처럼 어른거리고 있었다. 그 열기는 그야말로 대단해서 우주복을 입고 있었어도 겁이 더럭 날 지경이었다. 갑자기 코킨츠 박사가 양손으로 땅 위의 먼지를 움켜쥐고 분화구 가장자리 너머로 던졌다. 빈센트는 그 광경을 보고 깜짝 놀랐다. 곧바로 주위에 거대한 먼지 구름이 생겨나 햇빛을 차단하면서 엷은 그늘을 만들었다.

"뭘 하려고 그러세요?"

빈센트가 물었다.

"태양에 노출되어 있는 쪽을 탐사하려고 그러네."

코킨츠 박사가 말했다.

"방법은 간단하지. 먼지를 일으켜서 햇빛을 차단하고, 그 그늘로 걸어가면 되니까."

"먼지 속을 걷는다고요?"

빈센트가 물었다.

"어쩐지 오싹한 기분이 드는데요. 그러다가는 몇 분도 안 돼 앞이 보이지 않아 서로를 잃어버리거나 우주선을 찾지 못할 것 같아요. 그나저나 그건 어떤 원리인가요?"

"여기선 고온과 저온이 반복되지."

코킨츠 박사가 설명했다.

"그래서 달 표면이 가루로 변한 걸세. 공중에 흩뿌려진 가루는 그 아래에 있는 물체에겐 일종의 보호막 구실을 하지. 달은 이런 식으로 계속 가루가 되어가는 거야. 나중에는 아마 거대한 먼지 덩어리, 그러니까 안개 더미 정도의 응집력밖에 없는 상태가 될 걸세."

"얼마나 있으면 그렇게 될까요?"

"10억 년은 더 있어야겠지."

"그러면 이 문제는 다른 사람이 걱정하게 내버려두죠. 얼른 가요. 조금 더 둘러보게요."

하지만 두 사람은 먼저 무전기를 다시 작동시켜서 그랜드 펜윅에 자신들이 달에 무사히 착륙했으며, 공국의 이름으로 이 땅을 접수했음을 알리기로 했다. 두 사람은 우주선으로 되돌아가서 출입구를 통해 감압실로 들어갔고, 그곳에서 충분한 공기를 불어넣어 지구와 같은 기압 상태를 만든 뒤에 조종실로 들어갔다.

"그랜드 펜윅 나와라, 여기는 독수리."

빈센트가 미리 정해둔 호출 암호를 사용해 무전을 보냈다.

"그랜드 펜윅 나와라, 여기는 독수리."

"잘 들린다, 독수리."

털리의 목소리가 들려왔다.

"빈센트, 자네인가? 다들 무사한가? 괜찮아?"

"모두 정상입니다."

빈센트가 말했다.

"무전기가 잠시 고장 났다가 이제야 작동하기 시작했습니다. 30분쯤 전에 달에 무사히 착륙했습니다. 이제 어떻게 할까요?"

"잘했다, 내 아들아! 잘했어!"

갑자기 마운트조이 백작의 떨리는 목소리가 들려왔다.

"우리 그랜드 펜윅 공국 역사상 가장 위대한 날이 아닐 수 없구나. 콜럼버스와 마젤란이 활동하던 당시의 에스파냐라 하더라도, 오늘 우리 공국이 이룩한 이 혁혁한 업적에는 감히 대지 못할 게다. 그나저나 혹시 누가 왔다 간 흔적이 있더냐?"

"누구요?"

빈센트가 물었다.

"소련인이나 미국인 말이다."

"그 사람들도 여기 오기로 했나요?"

빈센트가 깜짝 놀라 물었다.

"두 시간 전에 양쪽 모두 우주선을 발사했단다."

마운트조이 백작이 말했다.

"겉으로는 우리 우주선에 문제가 생긴 게 틀림없으니 우리를 돕기 위해 초고속 우주선을 발사했다고 하더구나. 하지만 그거야 체면을 세우기 위한 핑계일 뿐이고 다른 꿍꿍이가 있지 않을까 싶다. 소련과 미국의 우주비행사들은 거기 도착하자마자 달을 자기네 영토로 선언하려고 들 게다. 그나저나 우리가 가장 먼저 도착한 것이 맞느냐?"

"당연하죠!"

빈센트가 대답했다.

"우주선에서 나가 보니 주위에 아무도 없던걸요. 그렇죠, 박사님?"

"그랬지."

코킨츠 박사가 말했다.

"그런데…… 우리 쌀먹이새들은 좀 어떻습니까?"

"이 상황에 쌀먹이새라니!"

마운트조이 백작이 꽥 소리를 질렀다.

"박사, 내 말 잘 들어보시오. 지금 우리는 향후 세계의 운명을 결정짓게 될지도 모르는 아주아주 중대한 순간에 와 있단 말입니다. 달이 우리의 영토임을 분명히 선언해야만 향후 인류에게도 득이 된다고요.

그러니 여기 지구에서도 얼른 우리가 최초로 달에 착륙했다는 사실을 발표해야겠습니다. 우리가 달을 그랜드 펜윅의 영토로 접수했다고 말입니다. 그래야만 동서 간의 냉전이 종식되고 인류에게 커다란 혜택이 돌아갈 겁니다. 유엔에서도 강대국을 제외한 나머지 약소국들은 대부분 우리를 지지할 게 틀림없습니다. 아랍 국가들이 좀 미심쩍긴 하지만요. 하여튼 미국인과 소련인이 거기 도착해서 자기네 국기를 꽂으려 하면 박사께서 얼른 나서서 저지하시기 바랍니다. 그 친구들이 순순히 따르지 않으면 무력을 동원해서라도 막아야 합니다."

"아니, 여기 도착한 지 한 시간도 채 되지 않았는데 전쟁을 벌이란 말입니까?"

"아니, 그렇게 오해하시면 곤란합니다."

마운트조이 백작이 말했다.

"제 말뜻은 무력에 호소해서라도 평화를 유지하셔야 한다는 것입니다. 뭐랄까, 군사적 평화주의란 거죠. 솔직히 평화주의를 내세우기 위해서는 군사적 우위가 확보되어야 하는 것 아니겠습니까? 필요하다면 미국과 동맹을 맺으셔도 무방합니다. 달에서 광물 채굴권을 보장해주는 대가로 우리와 연합해서 소련에 대항하자고 하면 될 겁니다. 그러면 소련은 꼼짝 못할 겁니다. 자, 혹시 더 궁금하신 것이 있으면 말씀해보세요."

빈센트는 멍한 표정으로 코킨츠 박사를 바라보았다.

"그래요, 그렇지 않아도 한 가지 묻고 싶은 게 있습니다."

코킨츠 박사가 말했다.

"말씀해보세요."

"그러니까…… 쌀먹이새들은 좀 어떻습니까?"

"아니, 아직도 그놈의 새 타령이오?"

마운트조이 백작이 노발대발했다.

"새들은 모두 무사합니다."

털리가 얼른 끼어들어서 사태를 수습했다.

"이삼 일 내에는 알이 부화할 것 같아요."

"달에 착륙한 이래 가장 반가운 소식이구먼."

코킨츠 박사는 이 말과 함께 교신을 끝냈다.

둘은 다시 우주선에서 나와 황량하고 험준하며 원근감조차 느껴지지 않는 달 표면에 섰다. 두 사람은 가볍게 몸을 튕겨서 다시 한 번 분화구 가장자리로 향했다. 분화구 벽 너머에는 거대하고도 우중충한 봉우리가 튀어나와 있었다. 삼각형 봉우리의 한쪽 경사면은 햇빛을 받아 눈부신 흰색이었고, 다른 쪽 경사면은 짙은 검은색이었다. 두 사람은 이 봉우리 위에 올라가 보기로 했다. 거기에 서면 주위를 한눈에 볼 수 있을 것 같아서였다.

봉우리는 얼핏 보기에 약 1.5킬로미터쯤 떨어져 있는 듯했지만, 사실은 15킬로미터가 넘는 거리였다. 한 번에 3미터씩 성큼성큼 뛰는 두 사람의 걸음으로도 한 시간이나 가서야 봉우리 아래에 도착할 수 있었다.

두 사람은 지표면의 거대한 협곡과 균열을 수도 없이 지나쳤는데, 그중 큰 것은 너비가 4, 5미터씩은 되었다. 그럴 때면 한쪽 끝에서 보통 정도의 힘을 주어 뛰면 반대쪽 끝까지 한 번에 넘을 수 있었다. 코킨츠 박사는 이렇게 뛰어넘는 것을 꽤 즐기는 모양이었다. 한번은 어느 커다란 협곡을 뛰어넘는 도중에 갑자기 과학적 호기심이 생겼는지, 머리를 쭉 뻗고 몸을 숙여 천천히 공중제비를 넘은 뒤에 반대편 바닥에 등부터 떨어지기도 했다.

"조심하세요. 우주복이 찢어지기라도 하면 꼼짝없이 죽는다고요."

빈센트가 말했다.

이윽고 두 사람은 높이가 약 5킬로미터 정도 되는 봉우리 아래에 도착했다. 둘은 거기서 잠시 쉬면서 자신들이 지나온 길을 돌아보았다. 그들이 움직일 때마다 일어난 먼지구름이 아직 그대로 있었다. 두 사람은 지구에서라면 보통 계단을 하나 올라가는 정도의 힘만으로 정상까지 올라갈 수 있었다.

정상에 올라선 그들은 우주선이 착륙한 분화구의 반대편에서 그보다 훨씬 더 큰 분화구를 발견했다. 코킨츠 박사는 분화구의 지름이 약 120킬로미터쯤 될 것이라고 추측했다. 그 뒤에는 산들이 죽 늘어서 있었는데, 거리가 멀어서 작아 보이긴 했지만 윤곽만큼은 눈앞에서 보는 것처럼 뚜렷했다.

몇몇 산은 어찌나 거대한지, 마치 수많은 피라미드들이 모여 있는 것 같았다. 짙은 검은색 하늘에는 거대한 불덩어리 태양이 똑바로 볼 수 없을 정도로 작열하고 있었다.

두 사람이 정상에 서서 이 무시무시한 광경을 내려다보는 사이에, 황량한 달의 지평선 위로 지구가 천천히 모습을 드러냈다. 멀지만 손에 잡힐 듯 또렷하게 보이는 지구는 검은색 담비 코트 위에 매달린 아름다운 에메랄드 같았다. 이 광경에 넋을 빼앗긴 나머지, 두 사람은 아무 말도 할 수 없었다. 그것은 두 사람이 지금껏 본 그 어떤 광경보다도 장엄했다. 지구의 부드러운 푸른빛이 달의 황량한 분화구와 균열과 산 위에 축복기도처럼 쏟아지자, 달의 을씨년스럽던 모습마저도 전과는 달리 친근하게 느껴졌다.

"지구가 저렇게 아름다운지 몰랐어요."

빈센트가 한참 뒤에 말을 꺼냈다.

"하늘의 그 어떤 별들보다도 더 아름답네요."

"우리의 고향이니까."

코킨츠 박사는 간단하게, 그러면서도 서글픈 듯 대답했다.

## 달에서 벌어진 **최초의 우주 분쟁**

달 위에 비치는 지구의 놀라운 빛은 지구에 비치는 가장 환한 달빛보다도 훨씬 밝았다. 코킨츠 박사와 빈센트는 머리에 커다란 비눗방울 모양의 헬멧을 쓰고 높은 봉우리 위에 선 채, 어두운 달의 하늘 위로 떠오르는 지구를 한참 동안 지켜보았다. 달 위에서 보는 별들도 지구에서 볼 때보다 훨씬 더 밝았고 수백만 개는 더 많아 보였다.

별이 워낙 많은 까닭에 지구에서는 손쉽게 찾아낼 수 있는 별자리들, 예를 들어 북두칠성, 오리온자리, 쌍둥이자리 따위도 식별하기가 어려웠다. 나침반으로도 방위를 알아낼 수 없자 빈센트는 순간 당황했다.

하지만 코킨츠 박사는 지구가 떠오른 방향과 태양이 서서히 지는 방향을 흘끗 본 뒤, 빈센트에게 한 방향을 가리키며 그쪽이 지구에서 말하는 북쪽이라고 설명해주었다.

"우주에는 북쪽이란 게 없으니까."

그가 말했다.

"북쪽이란 우리가 편의상 만들어낸 개념에 불과해. 하지만 꼭 그걸 알아야 자네 속이 시원하다면, 자, 이쪽이 북쪽이라네. 우주선을 세워놓은 곳은 여기서 남남동쪽이 되겠고."

빈센트는 뒤로 돌아 우주선이 있는 쪽을 바라보았다.

"저것 좀 보세요!"

그가 소리쳤다.

"하늘에 별똥별 같은 게 보여요. 저기…… 저쪽이오. 맙소사! 두 개나 있어요!"

그는 흥분하며 남쪽 하늘을 가리켰다. 무수히 흩어져 있는 반짝이는 별들 사이로, 두 개의 빛이 우주의 짙은 어둠을 가르며 날아오고 있었다. 하지만 눈으로 그 빛을 따라가기는 쉽지 않았다. 주위에서 반짝이는 수많은 별빛에 묻혀, 그 불빛은 계속 보였다 안 보였다 했다.

"소련과 미국의 우주선이군."

코킨츠 박사가 말했다.

"경주라도 하는 모양일세."

경주라는 말이 딱 맞았다. 불과 몇 초 지나지 않아 두 대의 우주선은 거대한 모습을 드러냈고, 곧이어 다른 별들보다 훨씬 더 밝은 불빛을 내며 날아왔다. 두 대 모두 아직 달의 표면 위를 날면서 햇빛을 반사하고 있었다.

두 우주선은 앞서거니 뒤서거니 하면서 달 위로 내려왔다. 그들은 코킨츠 박사와 빈센트가 미동도 않고 앉아 있는 봉우리를 지나 약속이라도 한 듯 동시에 우주선을 지면에 수직으로 세우더니, 똑같은 동작을 연기하는 두 명의 발레리나처럼 봉우리 바로 밑에 위치한 거대한 분화구에 착륙했다. 우주선이 착륙한 지점은 봉우리에서 약 3킬로미터가량 떨어진 듯했지만, 불과 몇 미터 앞을 보는 것처럼 정상에서도 뚜렷하게 보였다.

착륙용 다리를 뻗은 우주선이 완전히 동작을 멈추자, 양쪽 우주선의 출입구가 열리더니 우주복에 비눗방울 모양의 헬멧을 쓴 우주인이 두 명씩 밖으로 뛰어나왔다. 네 사람은 서둘러 시선을 교환하고 급하게 주위를 둘러보더니, 각자의 우주선이 위치한 곳에서 가장 가까운 둔덕을 향해 달려갔다. 그리고 거의 동시에 둔덕에 도착해서 한 사람은 그 자리에 자국 국기를 꽂고, 다른 한 사람은 그 모습을 멀찍이서 사진기에 담았다.

그 광경을 본 빈센트는 코킨츠 박사의 눈치를 살폈다. 그러나 박사는 여전히 하늘만 보고 있었다.

바로 그때였다. 양국 우주비행사들이 각자 달을 자국의 영토로 선언하려는 엄숙한 순간에, 하늘에서 깡통과 유리병들이 그들 위로 후두둑 쏟아져내렸다.

"생각했던 것보다 쓰레기 문제가 심각하군."

코킨츠 박사가 말했다.

"가세. 적군을 맞이하러 가야지."

몇 분 뒤에 두 사람이 그곳에 도착해보니 소련인 우주비행사와 미국인 우주비행사 사이에 이 달이 어느 나라의 것인지를 두고 말다툼이 오가고 있었다. 마침 양쪽 모두 영어를 쓰고 있어서 빈센트와 코킨츠 박사는 무전기로 이들의 대화를 엿들을 수 있었다.

"저거 당장 치우지 못해?"

미국인 우주비행사가 말했다.

"여기는 미국 영토라고!"

"무슨 소리! 우리는 이미 달을 소비에트사회주의공화국연방과 전 세계 노동자들의 영토로 선언했소!"

소련인 우주비행사가 지지 않고 대꾸했다.

"이봐, 주먹맛을 봐야 정신을 차리겠어?"

미국인 우주비행사가 말했다.

"너 같은 제국주의의 하이에나에 압제자 같은 녀석 앞에 내가 순순히 무릎 꿇을 것 같으냐?"

소련인이 말했다.

"자, 달에 오신 것을 환영합니다."

보다 못한 코킨츠 박사가 갑자기 끼어들었다.

네 명의 우주비행사는 깜짝 놀라 몸을 돌려 코킨츠 박사와 빈센트를 바라보았다.

"어느 나라 사람이오?"

소련인 우주비행사가 물었다.

"그랜드 펜윅 공국에서 왔습니다."

빈센트가 말했다.

"그나저나 지금 여러분은 그랜드 펜윅 공국의 영토에 착륙하셨습니다. 비자는 갖고 오셨는지요?"

"비자라니, 무슨 얼토당토않은 소리요?"

미국인 가운데 한 사람이 물었다.

"설명하자면 간단하죠."

빈센트가 사무적인 투로 말했다.

"우리 그랜드 펜윅의 우주선이 이곳에 가장 먼저 도착했습니다. 당신네들보다 무려 한 시간 전에요. 우리는 달에 발을 딛자마자 여기를 우리 그랜드 펜윅 공국의 영토로 선언했습니다. 그러니 지금부터 그랜드 펜윅 공국의 영토 내에 들어오려는 외국인은 반드시 비자를 발급받아야 합니다. 자, 다시 한 번 묻겠습니다. 비자는 소지하셨습니까?"

네 사람은 멍한 얼굴로 빈센트를, 그리고 서로의 얼굴을 바라보았다.

"자, 아무도 비자가 없으신 모양이군요."

빈센트가 말했다.

"다행히 우리는 이곳에서 관광산업을 육성할 의향이 있으므로 여기까지 찾아오신 분들을 푸대접하진 않겠습니다. 게다가 지금은 좀 특별한 상황이니까요. 일단 우리 그랜드 펜윅의 우주선 안으로 들어오시면 거기서 이곳에 체류할 수 있는 서류를 작성해드리겠습니다. 수수료는 1파운드씩입니다만, 지구에 돌아가신 후에 지불하셔도 좋습니다. 하지만 일단 거기 꽂힌 양국 국기는 철거해주셔야겠습니다."

"우리 소비에트사회주의공화국연방의 자랑스러운 국기를 내리는 일은 결코 없을 거요!"

소련인 가운데 한 사람이 말했다.

"헛소리 집어치우시지! 우리 역시 성조기를 절대로 내리지 않을 거니까!"

미국인 중 한 명도 이렇게 말했다.

"아, 그렇게 나오시겠다, 이거죠?"

빈센트가 말했다.

"그러면 지금 여러분은 우리 그랜드 펜윅 공국의 영토 내에서 공개적인 도발 행위를, 그것도 아무 이유 없이 하는 것으로 간주하겠습니다. 저는 이 사실을 곧바로 우리 공국에 무전으로 알려서, 앞으로 몇 시간 내에 이 문제를 유엔에 제소하도록 하겠습니다. 그러니 지금 여러분이 하시는 행동의 의미를 잘 생각해보시기 바랍니다. 당신들 같은 강대국이 지구에서 가장 작은 나라를 상대로 무력 도발 행위를 하면서까지 달을 차지하겠다, 이거지요?"

네 명의 우주비행사는 다시 한 번 시선을 교환했지만, 여전히 국기를 내리지는 않았다.

"앞으로 한 시간의 여유를 드리겠습니다."

빈센트가 말했다.

"이 문제에 대해 정부와 잘 상의해보시기 바랍니다. 분명히 아셔야 할 것은 우리가 당신들보다 이곳에 먼저 도착했고, 이미 달을 그랜드 펜윅 공국의 영토로 선언했다는 사실을 지구에 무전으로 알렸으며, 지금쯤 이 사실이 전 세계로 퍼져나갔으리라는 겁니다. 그러니 당신네들 중 누구라도 먼저 도착했다고 우겨봐야 아무 소용 없습니다.

자, 우리 우주선은 저쪽 능선 너머에 있으니 앞으로 한 시간 후에 거기서 뵙길 기대하겠습니다. 만약 오시지 않는다면 저로선 어쩔 수 없이 당신들의 도발 행위가 정부의 지시에 의해 이루어진 것으로 간주하고, 이 문제를 곧바로 유엔에 제소해야 한다고 우리 정부에 보고하겠습니다."

네 명의 우주비행사들은 여전히 말없이 빈센트를 바라볼 뿐이었다.

"그것 참 보기 좋겠군요, 그렇죠?"

빈센트가 비꼬듯 말했다.

"겉으로는 우리 우주선이 사고라도 당했을 경우를 대비해 도와주러 간다고 해놓고, 정작 달에 도착하자마자 서로 자기네 땅이라고 우기고들 앉아 있다는 게 전 세계에 밝혀지면 정말 보기 좋겠어요! 자, 가시죠, 박사님."

그는 코킨즈 박사와 함께 자리를 떠나 멀리 떨어진 능선까지 가서 그들을 지켜보았다.

먼저 행동을 개시한 쪽은 소련인 우주비행사들이었다. 지금까지와는 달리 자기네 나라 말로 하는 통에 무슨 얘기를 주고받는지는 알 수 없었다. 어쨌든 두 사람은 우주선 안으로 들어갔다가 삽과 쇠지레를 들고 다시 밖으로 나왔다.

"저 친구들이 뭘 하려는 걸까요?"

빈센트가 물었다.

"베를린 장벽을 쌓으려나 보지."

코킨츠 박사가 말했다.

박사의 말은 사실이었다. 소련 우주비행사들은 경석 등 돌을 주워다 장벽을 쌓기 시작했다. 달에서는 돌이 별로 무겁지 않아서 눈 깜짝할 새에 길이 200미터에 높이 2미터 정도의 장벽이 세워졌다. 하지만 장벽은 작업 중에 발생한 먼지구름 때문에 거의 보이지 않았다.

미국인 우주비행사들은 우주선 안으로 들어가 정부와 상의한 뒤에 나왔다가, 소련인들이 두 우주선 사이를 장벽으로 막아놓은 것을 발견했다. 두 사람은 몹시 황당하다는 듯 서로를 쳐다보다가, 그중 한 사람이 갑자기 힘차게 발을 굴러 높이 뛰어올랐다. 그는 족히 6미터는 뛰어올라서 새처럼 장벽을 뛰어넘어 반대편 바닥에 사뿐히 내려앉았다.

"달에서는 장벽도 소용이 없는 모양이군요. 가시죠, 박사님. 우리도 우주선으로 돌아가야죠. 그나저나 청어절임하고 콩 통조림 말고 다른 걸 먹었으면 소원이 없겠어요."

빈센트가 말했다.

두 사람이 우주선에 도착하자마자 미국인과 소련인 우주비행사 네 사람이 뒤따라 모습을 나타냈다.

"워싱턴과 상의해서 우리 국기를 내리기로 했습니다."

미국인 가운데 한 사람이 말했다.

"달은 그랜드 펜윅의 영토입니다."

"우리도 전 세계 노동자들 간의 협력과 평화라는 대의를 위해 기꺼이 우리 국기를 내리기로 했습니다."

소련인 가운데 한 사람이 말했다.

"달은 이제 그랜드 펜윅의 영토입니다."

"올바른 결정에 감사드립니다."

빈센트가 말했다.

"자, 얼른 안으로 들어오시죠. 정식으로 착륙 허가서를 발급해드리겠습니다. 그나저나 우주선에 먹을 것 좀 있나요? 아, 콩 통조림은 빼고요. 그건 저희도 많거든요."

"모두 하느님의 **손에 달렸죠.**"

그로부터 두 시간 뒤, 그랜드 펜윅의 우주선은 달에서 이륙해 지구로 향했다. 하지만 여전히 시속 1,600킬로미터의 느린 속도로 움직였기 때문에, 며칠 후 지구로 돌아왔을 때에는 미국과 소련의 우주선이 먼저 돌아와 대대적인 환영을 받은 뒤였다.

물론 두 사람이 탄 우주선이 펜윅 성의 마당에 사뿐히 내려앉았을 때도 그에 못지않게 열렬한 환영을 받기는 했다. 악대가 군가를 힘차게 연주했고, 성에는 삼각기와 현수막이 걸렸으며, 아이들은 다들 깨끗이 목욕하고 주일에나 입는 가장 좋은 옷을 입고 나왔고, 글로리아나 대공녀는 코킨츠 박사와 빈센트 마운트조이에게 이번 업적을 기념하기 위해 만든 메달을 손수 하사했다. 메달의 한쪽에는 달 탐사용 우주선의 모습이, 다른 한쪽에는 이번 여행에서 단단히 한몫을 한 미국제 샤워기 꼭지—사실 이는 마운트조이 백작의 고집 때문이었다—아래 유명한 라틴어 문구가 새겨져 있었다.

"페르 아르두아 아드 아스트라Per ardua ad astra."†

신시아 벤트너는 빈센트가 우주선에서 나오는 모습을 보자마자 그에게 달려가서, 그가 비눗방울 모양의 헬멧을 벗자 뭐라 말할 틈도 없이 그를 끌어안고 키스를 퍼부었다. 그러다가 문득 뭔가 깨달은 듯, 혹시 감기라도 걸리면 안 되니 얼른 헬멧을 다시 쓰라고 우겼다.

그날 저녁에는 큰 연회가 열렸는데, 때마침 성에 마련된 20개의 최신식 욕실의 완공을 축하하는 자리이기도 했다.

그랜드 펜윅의 우주선이 무사히 귀환했다는 사실에 전 세계는 깜짝 놀랐다. 각국의 신문과 방송사는 이 사실을 비교적 호의적으로 보도했지만, 그렇다고 아주 열광하지도 않았다. 이들보다 먼저 달에서 돌아온 미국과 소련의 우주선에 전 세계의 이목이 집중된 탓에, 그랜드 펜윅의 우주선은 큰 주목을 끌지 못한 것이다. 마운트조이 백작은 이에 울분을 느끼고 그랜드 펜윅이 마땅히 얻었어야 할 영예를 다른 두 나라에게 강탈당했다고 여겼다. 연회가 끝난 뒤에 그는 아들 빈센트를 따로 불러 이렇게 말했다.

"정말 장하다, 내 아들아. 네가 직접 달 위에 우리 그랜드 펜윅의 국기를 꽂고 그곳을 우리의 영토로 선언했다니……. 그런데 사실 우리는 그곳을 점령하기만 했지 정작 써먹을 수는 없지 않으냐? 그래서 차제에 자유의회의 승인을 받아 우리 영토인 달을 유엔에 귀속시켜서 국제적인 관리 아래 둘 생각이다. 단, 한 가지는 분명히 해야지. 우리 그랜드 펜윅이야말로 인류 최초로 달에 도착한 나라이니 이 사실을 전 세계 만방에 분명히 알려야 한다고 말이다.

그나저나 달에 대한 우리의 주권을 증명할 만한 증명서 같은 게 없으니 참으로 안타깝구나. 미국이야 맹세를 지킬 테니 문제가 없지. 하지만 소련 친구들을 믿을 수가 있어야 말이지! 그 친구들은 뭔가를 서류상으로 남기려고만 하면 어찌나 까다롭게 구는지! 하지만 서류로 만들어놓지 않으면 법이란 법은 다 무시해버리는 친구들이다."

빈센트는 주머니를 뒤적여 지갑을 찾은 뒤, 그 안에서 접힌 종이 두 장을 꺼냈다.

"그럴 줄 알고 만들어놓은 것이 있죠. 이것 좀 보세요."

그는 아버지에게 종이를 건넸다. 그것은 빈센트가 달에서 미국과 소련의 우주비행사들에게 발급해준 착륙허가서 사본이었다.

내용은 이러했다.

나 빈센트 마운트조이는 그랜드 펜윅 공국 정부를 대신하여 다음 두 명의 미국인 우주비행사,

찰스 사이버트 대령과 월버 리스 대령에게 그랜드 펜윅

† '역경을 헤치고 별을 향하여'라는 뜻. 영국 공군RAT의 모토이기도 하다.

공국의 영토인 달에 착륙할 것을 허가한다. 본 허가서의 발급 수수료는 1파운드로 하며, 현재 위 당사자들이 그랜드 펜윅 공국의 통화를 소지하지 않은 관계로, 이에 상응하는 현물인 닭고기 통조림 2개와 햄 통조림 1개를 대신 수수하였음을 밝혀둔다.

아래에는 빈센트 마운트조이의 서명이 있었다. 또 다른 종이에는 소련의 우주비행사들에게 같은 내용의 착륙허가서를 내주면서, 수수료 대신에 보르시치† 깡통 두 개와 1킬로그램짜리 소시지를 받았다고 적혀 있었다. 두 종이에는 빈센트 마운트조이의 서명뿐 아니라 허가서를 발급받은 우주비행사들의 서명도 있었다.

"그러면 그렇지! 넌 역시 내 아들이다!"

마운트조이 백작이 기쁨에 겨워 소리쳤다.

"정말 멋지게 해냈구나! 네가 정치를 하면 분명히 위대한 정치가가 될 게다. 솔직히 기계공학이야 머리가 그만저만하면 누구나 할 수 있지. 너처럼 대단한 활력과, 기민한 용의주도함과, 뛰어난 상상력을 지닌 인재에게는 정치가 딱이지 않느냐! 너도 언젠가는 우리 그랜드 펜윅 공국이 낳은 가장 위대한 수상 가운데 한 사람이 될 수 있을 게다! 그러니 한 번뿐인 인생, 실수하지 말고 잘 선택하거라!"

"우리의 가장 큰 경쟁자인 두 나라로부터 달에 대한 주권을 확인받는 문서인데, 이보다는 품위 있는 편이 좋을 뻔했어요."

빈센트가 말했다.

"하지만 당시에는 닭고기 통조림 2개와 햄 통조림 하나, 보르시치와 소시지만 얻을 수 있다면, 달이고 뭐고 까짓것 그냥 다 가지라고 하고 싶더라고요."

"흐음……."

마운트조이 백작은 뭔가 깊이 생각하는 듯했다.

"역사적으로 보면 그런 선례도 없지는 않지. 맨해튼 섬만 해도, 네가 달에서 받은 것보다도 더 싼값에 거래되었으니 말이다."††

그날 저녁, 마운트조이 백작은 콘네마라산 연록색 대리석으로 만든 커다란 욕조에 누워 만사가 얼마나 멋지게 해결되었는지를 곱씹으며 흐뭇해하고 있었다. 수도 시설은 완벽히 설치돼서 수도꼭지만 돌리면 더운물이 펑펑 쏟아졌다. 성안뿐 아니라 그랜드 펜윅의 온 가정이 온수와 냉수를 마음껏 쓸 수 있었다. 비록 벤트너가 여전히 반대하고 있지만, 성의 일부분은 이미 관광객용 호텔로 꾸밀 채비를 하고 있었다. 게다가 달까지 인류의 공동 소유가 되었다. 이 모든 것이 다 자신의 머리에서 나온 계획이었다는 생각에 그는 우쭐한 기분이 들었다.

물론 그 와중에 미국에서 받은 자금을 모두 써버린 것도 사실이다. 동전 한 푼 남김 없이 말이다. 하지만 그럴 만한 가치는 충분했다. 이제 더 이상은 필요한 것이 없

† 러시아식 수프를 말한다.

†† 네덜란드 출신의 식민 개척자인 페터 미누이트(1589-1638)는 뉴욕의 맨해튼 섬을 그곳에 거주하던 앨곤퀸 인디언에게 24달러어치의 구슬과 장신구를 주고 구입했다는 일화가 전해진다.

으니까 말이다. 더 이상 아무것도…… .

백작은 갑자기 번개에 맞은 듯, 허둥대며 욕조에서 벌떡 몸을 일으켰다.

"어이쿠, 이런 세상에!"

그가 비명을 질렀다.

"모피코트를 잊고 있었네! 대공녀 전하께 드릴 흑담비 모피코트를 까맣게 잊고 있었어!"

얼마 뒤, 미국 국무부 장관의 책상 위에 쌓인 붉은 서류철의 맨 위에는 지난 몇 주간 그가 지겹도록 봐왔던 파일이 또 올라와 있었다. 그는 이번에는 뭘까 싶어서 두근대는 가슴으로 서류철을 펼쳐보았다. 그 안에는 그랜드 펜윅 공국에서 온 편지가 한 장 들어 있었다. 장관은 정신이 아득해지는 것을 느끼며 편지를 읽어나가기 시작했다. 내용은 이러했다.

워싱턴 D.C. 소재
미국 정부 내
국무부 장관 귀하

삼가 인사드리며,

본인 마운트조이는 그랜드 펜윅 공국의 수상으로서 우리 공국의 수장이신 글로리아나 12세 대공녀 전하의 생신을 맞이하여 선물을 구입하는 데 필요한 금액 5만 달러를 차관 제공해주실 것을 미국 정부에 정중히 요청하는 바입니다. 이는…….

"이런, 세상에!"

국무부 장관은 꽥 소리를 질렀다.

"안 돼! 다시는 절대 안 돼!"

장관은 공포에 사로잡힌 채 믿을 수 없다는 표정으로 한참 동안 그 편지를 보고는, 이번에도 역시 중유럽 담당 전문가인 프레데릭 팩스턴 웬도버를 부르려다가 마음을 바꾸었다. 대신 그는 수화기를 들고 이렇게 말했다.

"뉴욕의 색스 피프스 애비뉴 백화점을 연결해주게."

곧이어 전화가 연결되자 국무부 장관은 모피 매장을 연결해 달라고 말했다.

"나 국무부 장관이오."

그가 말했다.

"급한 일이 있어서 그러는데……. 그랜드 펜윅 공국의 글로리아나 12세 대공녀에게 러시아 흑담비 모피코트를 한 벌 보내려고 하오만……. 그렇지, 긴 걸로……. 청구서는 내 앞으로 해서 국무부로 보내주시오. 그래요, 내가 사비로 구입하는 거니까. 아차, 한 가지 문제가 있군. 내가 그 양반 사이즈를 모르는데……."

"아마 12사이즈일 겁니다, 장관님."

백화점의 모피 담당 직원이 말했다.

"아니, 그걸 어떻게 아시오?"

장관이 깜짝 놀라 물었다.

"저희 매장은 모피코트를 구입하실 만한 전 세계의 유명인사 명단은 물론이고 그분들의 사이즈까지 모두 파악하고 있답니다."

직원이 대답했다.

"그래요? 그것 참 대단하군!"

장관은 이렇게 말하곤 전화를 끊었다.

글로리아나는 선물받은 모피코트를 너무너무 맘에 들어했다. 그녀는 자유의회의 특별 연설을 통해 자기는 세상에서 가장 충성스러운 국민을 거느린 군주가 분명하다고 단언했다.

그사이 쌀먹이새는 식구가 네 마리로 늘어났고, 새끼들이 어느 정도 자라자 해마다 그랬듯이 남아메리카 대륙을 향해 이동했다. 하지만 다음 해에는 한 마리도 그랜드 펜윅으로 돌아오지 않았다.

"하긴 모험은 그 정도면 충분하겠지."

코킨츠 박사가 마치 철학자처럼 털리에게 말했다.

"그 새들에게는 우리가 달에 갔다 온 것 못지않게 힘든 여행이었을 걸세. 다시는 그런 모험을 하고 싶지 않을 게야."

"그나저나 그 피노튬 64는……."

털리가 말했다.

"그 물질이 그랜드 펜윅 와인 중에서도 명품 중의 명품이라는 58년산 그랑크뤼에서만 추출된다는 것도 참 신기하지 않나? 갖고 있던 와인은 이번 달 탐사에 모두 써버렸고, 앞으로 또 언제 그런 와인을 만들 수 있는 포도가 나올지는 아무도 모르지. 만사가 그렇듯이 다 하느님의 손에 달린 거니까."

"맞습니다."

털리가 의미심장하게 대답했다.

"모두 하느님의 손에 달렸죠."

## 역자 후기

이른바 '달 착륙 음모론'이란 것이 있다. 1969년에 미국의 아폴로 11호가 달에 착륙한 유명한 사건이 사실은 미국 정부와 NASA가 꾸민 연극일 뿐, 실제로 인류는 아직까지 달에 도달한 적이 없다는 주장이다. 이런 주장을 신봉하는 사람들은 이른바 달 표면에서 우주비행사들이 찍었다는 사진과 영상 등에 나타난 여러 가지 의문점을 그 증거로 제시한다. 반면 NASA를 비롯한 이 분야의 전문가들은 달 착륙 음모론 자체가 일반 대중의 지나친 상상력과 과학적 무지의 소산이라고 일축해버린다. 과연 어느 쪽이 맞는 것일까?

그런데 이제는 기존의 달 착륙 음모론에 또 하나의 매우 '그럴듯한' 음모론이 끼어들었다. 이 주장에 따르면 미국이 1969년에 인류 최초로 달 착륙에 성공했다고 대대적으로 발표하기

1년 전, 그러니까 1968년에 미국보다도 한발 앞서 달 표면에 자국의 국기를 보란 듯이 꽂은 나라가 있다는 것이다. 그 나라가 어디인고 하니, 세계에서 가장 작은 나라인 약소국 그랜드 펜윅이었다!

레너드 위벌리의 《그랜드 펜윅》 시리즈 가운데 제2권에 해당하는 이 책은 1962년에 발표되었으며, 작품 속 배경은 그로부터 6년 뒤인 1968년으로 되어 있다. 이때야말로 미국과 소련의 우주개발 경쟁이 한창 숨 가쁘게 전개되던 시점이었기 때문에, 그 내용을 소재로 한 소설이 나온 것도 이상할 것은 없겠다. 《그랜드 펜윅》 시리즈 가운데 다른 작품에서도 빛을 발했던 날카로운 풍자는 이 작품에서도 여전하고, 비록 40여 년 전의 작품이긴 하지만 당시의 과학 및 우주개발과 관련된 사실을 최대한 정확하게 반영하고 있다는 사실도 매우 흥미롭다. 가령 이 책에서 달 착륙이 가능할 것이라 예상한 1968년에서 겨우 1년 뒤인 1969년에 아폴로 11호가 실제로 달 착륙에 성공했으니 말이다.

《그랜드 펜윅》 시리즈의 제1권 『약소국 그랜드 펜윅의 뉴욕 침공기』와 마찬가지로, 『약소국 그랜드 펜윅의 달나라 정복기』도 발표 직후인 1963년에 같은 제목으로 영화화되어 큰 인기를 끌었다. 다만 명배우 피터 셀러즈가 주인공 글로리아나 12세 대공녀와 마운트조이 백작, 그리고 털리 배스컴의 1인 3역을 맡아 종횡무진 활약했던 전작과 달리(영화에서는 이 세 주인공의 얼굴이 비슷한 까닭을 "로저 펜웍 경이라는 같은 조상을 두고 있기 때문"이라고 설명한다. 아닌 게 아니라, 영화에 나오는 로저 펜웍 경의 동상 역시 피터 셀러즈의 얼굴 그대로다. 꽤나 설득력 있지 않은가?) 이 영화에서는 전작에서 코킨츠 박사 역을 맡았던 데이비드 코소프를 제외한 전 출연진이 다른 배우로 바뀌었다. 우리나라에서도 예전에 〈약소국 그랜드 펜윅 이야기2〉라는 제목으로 비디오가 출시된 적이 있으니, 관심 있는 분들은 동네 비디오 대여점의 먼지 쌓인 구석 진열장을 열심히 찾아보시라!

박중서